**KAY JACOBS**

# Das gefälschte Lächeln

**WAS WÄRE WENN** Die »Mona Lisa« von Leonardo da Vinci gilt erst als das berühmteste Gemälde der Welt, seit sie 1911 aus dem Louvre gestohlen wurde. Die öffentliche Aufmerksamkeit nahm damals Dimensionen an, die bis dahin unbekannt waren. Wochenlang jagten Berichte über den Raub durch die Weltpresse. Zwar hatte es zuvor bereits spektakuläre Kunstdiebstähle gegeben, doch erst zu Beginn des 20. Jahrhunderts waren die Nachrichtenagenturen so eng miteinander vernetzt, dass sich detaillierte Meldungen in Windeseile verbreiten konnten. Die Nachrichtenlage aber war zu dürftig, um den Informationshunger der Welt zu befriedigen, und so florierten Spekulationen und Falschmeldungen. Als man das Gemälde zwei Jahre nach dem Raub wiederentdeckte, fanden die Spekulationen neue Nahrung. Man fragte sich: Ist diese »Mona Lisa« eine Fälschung? Natürlich war das nur Spekulation. Oder?

*Kay Jacobs, Jahrgang 1961, studierte Jura, Philosophie und Volkswirtschaft. Er promovierte über Unternehmensmitbestimmung und behauptet hartnäckig, nicht abgeschrieben zu haben. Später war er viele Jahre in unterschiedlichen Kanzleien als Rechtsanwalt tätig. Heute lebt er mit seiner Familie in Norddeutschland und schreibt über all das, was er als Anwalt erlebt hat oder hätte erlebt haben können.*

*Mehr unter: www.kayjacobs.de*

Bisherige Veröffentlichungen im Gmeiner-Verlag:
Kieler Dämmerung (2016)
Kieler Schatten (2015)

# KAY JACOBS

# Das gefälschte Lächeln

*Kriminalroman*

GMEINER SPANNUNG

Besuchen Sie uns im Internet:
www.gmeiner-verlag.de


Im Ehnried 5, 88605 Meßkirch
Telefon 07575/2095-0
info@gmeiner-verlag.de

1. Auflage 2017

Lektorat: Sven Lang
Herstellung: Mirjam Hecht
Umschlaggestaltung: U.O.R.G. Lutz Eberle, Stuttgart
unter Verwendung eines Fotos von: © ullstein bild – Roger-Viollet
und https://commons.wikimedia.org/wiki/File:Mona_Lisa,_by_Leonardo_da_Vinci,_from_C2RMF_retouched.jpg
Druck: CPI books GmbH, Leck
Printed in Germany
ISBN 978-3-8392-2031-3

# ERSTER TEIL: WAS NICHT WAR

Die Geschichte, die hier erzählt wird, ist unwahr. Nicht etwa in der Weise unwahr, dass sie frei erfunden und Ähnlichkeiten mit lebenden oder toten Personen nur zufällig wären, sodass man nicht wissen kann, ob sie nicht vielleicht doch wahr ist. Sie ist vielmehr in der Weise unwahr, dass sie nicht frei erfunden wurde und Ähnlichkeiten nicht nur zufällig sind, dass sie sich aber unmöglich genau so zugetragen haben kann. Aber fast.

## 1

Dreierlei stand für Hermann Weber fest: Erstens, es würde der größte Kunstraub werden, den es je gegeben hatte. Zweitens, er selbst würde sich vollständig im Hintergrund halten. Drittens, er würde reich werden. Schon seit Wochen hatte er kaum an etwas anderes denken können als an seinen Plan.

Jetzt saß er fast eine halbe Stunde auf einer Parkbank in den Jardins du Trocadéro, spielte ein wenig mit seinem Spazierstock, drehte an seinem Victor-Emanuel-Bart und beobachtete den Kerl gegenüber mit der aktuellen Ausgabe des Le Figaro, gefaltet auf Seite fünf, mit einem Eselsohr in der Ecke.

Von Kunst verstand Weber nichts. Das musste so sein. Wäre er als Kunstliebhaber bekannt, würde man sich wegen häufiger Besuche im Louvre vielleicht sogar an sein Gesicht erinnern, das wäre viel zu gefährlich. Womöglich würde er bei seinem Vorhaben auch noch mit Skrupeln zu kämpfen haben oder eines Tages könnte der Wunsch entstehen, sich anderen Kunstliebhabern zu offenbaren. Nein, ein Kunsträuber durfte auf keinen Fall ein Kunstliebhaber sein.

Auf die Idee, ein Gemälde zu rauben, war Weber gekommen, nachdem er ein Jahr zuvor, im Sommer 1910, auf einer Reise nach Florenz halbwegs gelangweilt durch die Uffizien geschlendert war. Beim Anblick von Botticellis ›Geburt der Venus‹ hatte er sich gefragt, was wohl der monetäre Wert eines Gegenstands sein mochte, der nie zum Kauf angeboten werden würde. Er wusste es. Erst Tage später war ihm der bahnbrechende und im Grunde recht naheliegende Gedanke gekommen, dass sich vielleicht doch irgendwann Umstände ereignen könnten, die zum Handel mit einem als unhandelbar geltenden Gegenstand führen würden.

Der Kerl gegenüber war sichtlich nervös. Er schaute den Weg entlang nach rechts, dann nach links, stand von seiner Parkbank auf, setzte sich wieder, drehte sich ruckartig um, blickte nach hinten, dann wieder nach rechts. In der einen Hand knitterte er die Zeitung, in der anderen seine Arbeitermütze. Zwischendurch steckte er sich immer wieder eine Gitanes an, inzwischen die vierte. Es wurde Zeit. Weber erhob sich von seiner Bank, schritt gemächlich in Richtung Eiffelturm, machte einen weiten Rechtsbogen und näherte sich dem Kerl schließlich von hinten.

»Monsieur Peruggia?«, fragte er.

Der Kerl fuhr herum und stand überhastet auf, als wäre er gerade bei einem Diebstahl überrascht worden. »Oui«, antwortete er und machte einen Diener.

»Hermann Weber.« Weber zog sein Exemplar des Le Figaro aus dem Mantel, gefaltet auf Seite fünf mit einem Eselsohr in der Ecke.

»Nehmen Sie wieder Platz«, sagte Weber auf Französisch, die einzige Sprache, die in Paris nicht auffiel und in der er sich mit Peruggia leidlich würde verständigen können.

Peruggia setzte sich, und Weber nahm daneben Platz.

»Sie müssen entschuldigen, dass ich Sie warten ließ«, fuhr Weber fort. »Ich wollte mir erst einen Eindruck von Ihnen verschaffen.«

»Selbstverständlich.«

Der Eindruck fiel nicht gerade positiv aus. Peruggia war nervös, vielleicht zu nervös, und zu unterwürfig. Weber mochte beides nicht. Andererseits hatte Peruggia unverzichtbare Fähigkeiten und Kenntnisse. Wenn Weber seinen Plan nicht mit ihm verwirklichte, würde er ihn vielleicht gar nicht verwirklichen können.

»Nehmen Sie zunächst einmal das hier.« Weber zog einen 100-Franc-Schein aus seiner Tasche und hielt ihn Peruggia hin. Das musste in etwa der Monatslohn für einen einfachen Handwerker sein. »Da, nehmen Sie. Er gehört Ihnen.«

»Aber Monsieur, ich kann doch nicht …«

»Nehmen Sie!«

Das war ein Befehl, und Peruggia gehorchte.

»Sie können das Geld behalten, auch wenn wir nicht miteinander ins Geschäft kommen sollten. Ich fordere eine einzige Gegenleistung: Sie dürfen niemandem von mir und unserem Treffen erzählen. Niemandem, niemals! Haben wir uns verstanden?«

»Jawohl. Danke.«

»Ich gehöre einer nicht sehr zimperlichen Organisation an. Sie würden es bitter bereuen, wenn Sie jemals gegen Ihre Verschwiegenheitspflicht verstießen.« Diese Worte kamen wie Rasierklingen aus Webers Mund, während er gelangweilt durch die Gegend schaute. Dabei war er überhaupt nicht gelangweilt, eher das Gegenteil. Er gehörte auch keiner Organisation an, er war Einzelkämpfer, nicht einen einzigen Mitstreiter hatte er. Peruggia hätte das Geld nehmen und ihn später bei der Polizei denunzieren können. Ihm selbst würde dann bestenfalls die Flucht bleiben.

»Sie können sich auf mich verlassen.« Peruggia steckte das Geld weg, seine Bewegungen wurden ruhiger. Er schien begriffen zu haben, dass er Akteur in einem Spiel war, in dem man Gelassenheit zumindest vortäuschen musste.

»Was für eine Organisation ist es denn?«, fragte er.

»Eine deutsche Organisation. Mehr brauchen Sie darüber nicht zu wissen.« Weber ließ eine Pause, die zum heiklen Teil des Gesprächs überleitete.

»Sie wurden mir als italienischer Patriot geschildert.«

Wurde er nicht, eher als Kleinkrimineller, aber das hätte jetzt nicht gepasst. »Meine Organisation fragt sich: Was macht einer wie Sie in Frankreich?«

»Tja, das Geld, das Geld«, antwortete Peruggia larmoyant. »Ich komme aus einem kleinen Dorf in der Lombardei. Da gibt es keine Arbeit, da muss man in die Fremde.«

»Ich habe mich über Sie erkundigt: Ihr Geburtsort heißt Dumenza, drei Kilometer östlich vom Lago Maggiore, ein Kilometer westlich von der Schweizer Grenze. Ein Viertel der erwachsenen männlichen Bevölkerung lebt vom Schmuggel, davon sitzt ein Viertel im Knast. Im Falle einer Generalamnestie würde in Dumenza Wohnungsnot herrschen.«

»Wer redet so?«

»Das tut nichts zur Sache.«

Ein ehemaliger Schulkamerad von Peruggia und jetziger Schmuggler redete so. Weber hatte diesen Mann vor einiger Zeit – sagen wir: beruflich – kennengelernt und er war es gewesen, der Peruggia empfohlen hatte.

»Ein Italiener wird in Frankreich nicht gerade freundlich behandelt, nicht wahr?« Weber knüpfte wieder an das vorherige Thema an. »Die Franzosen überfallen ihre Nachbarländer, beuten sie aus, schänden ihre Frauen und rauben ihre Kunstgegenstände. Und wenn man ihr Land besucht, behandeln sie einen wie Abschaum.« Weber schaute Peruggia in die Augen. »Ich bin Deutscher. Wir sind Verbündete.« Weber spielte auf den Dreibund zwischen Deutschland, Österreich-Ungarn und Italien an, dem die Entente zwischen Großbritannien, Frankreich und Russland gegenüberstand. Weber hoffte, dass Peruggia die Anspielung verstand.

Nach einer Weile erhob sich Weber von der Parkbank. »Gehen wir ein Stück.«

Hastig steckte Peruggia sich eine Gitanes an und folgte.

»Würden Sie bitte …«, sagte Weber und deutete auf die Zigarette.

»Aber natürlich.« Peruggia kramte seine Zigarettenschachtel aus der Jackentasche und hielt sie Weber hin.

»Nein, ich bin Nichtraucher. Sie sollen den Stängel ausmachen.«

Peruggia nahm einen betont lässigen Zug von seiner Gitanes und schnippte sie anschließend ebenso lässig weg. Damit waren die Verhältnisse geklärt: Man gab sich entspannt, und der Chef war Weber.

»Sie haben im Louvre gearbeitet, wie ich höre. Was haben Sie da gemacht? Alte Werke restauriert?«

»Nicht direkt. Ich habe die Schutzverglasung für die Gemälde hergestellt. Wie Sie sicher wissen, hat es seit einigen Jahren in mehreren Museen Säureanschläge gegeben. Davor hat man im Louvre Angst.«

»Aber eigentlich sind Sie Künstler, nicht wahr? Maler.«

Das war Peruggia nicht, sondern Anstreicher. Er bevorzugte den Begriff »Dekorationsmaler« und behauptete gern, sich auch mit Kunstmalerei zu beschäftigen, was allerdings mächtig übertrieben war. Weber wusste das, aber er erwartete keinen Widerspruch, und Peruggia schwieg.

»Deshalb zog es Sie in den Louvre, zu den alten Meistern. Es muss Sie geschmerzt haben, jeden Tag die großen italienischen Werke zu sehen, die von den Franzosen geraubt wurden.«

»Ja, das ist wohl wahr«, seufzte Peruggia.

Im Louvre gab es keine aus Italien geraubten Kunstwerke mehr – die in der napoleonischen Zeit verschleppten Gemälde und Statuen waren längst zurückgegeben worden. Doch das wusste Peruggia offenbar nicht.

»Eine Schande ist das«, bekräftigte er seine Äußerung.

»Aber Sie tun nichts dagegen. Sie nehmen es so hin.«

»Was soll ich denn machen? Ich kann doch nicht einfach ein Gemälde von der Wand reißen und mitnehmen.«

»Nein? Wieso nicht?«

Peruggia zog die Augenbrauen hoch und schaute in die Ferne. Er war ein einfacher Mann ohne Bildung, aber offensichtlich besaß er eine Art natürliche Schläue, den Hang zur Verschlagenheit, den man der ungebildeten Landbevölkerung gern nachsagte. Weber konnte sehen, wie es in Peruggias Kopf arbeitete.

»Von welchem Gemälde sprechen wir?«, fragte Peruggia nach einiger Zeit.

»Du entscheidest.« Das war nicht ungefährlich. Im Grunde kam nur ein Gemälde des Louvre in Betracht, nur ein Gemälde von italienischer Herkunft würde einen wirklichen Spitzenpreis erzielen. Doch es war nicht sicher, dass der ungebildete Bergbauer Peruggia gerade dieses Gemälde wählen würde.

»La Gioconda, die Mona Lisa«, sagte Peruggia feierlich und dann noch mal: »Die Mona Lisa.«

Weber nickte und in Peruggias Kopf arbeitete es weiter.

»Und welche Rolle spielt Ihre Organisation dabei?«

»Wir helfen dir, das Gemälde an seinen angestammten Platz nach Italien zurückzubringen. Wenn du auf eigene Faust versuchst, es dem italienischen König in die Hand zu drücken, werden sie dich verhaften und das Bild behalten. Die Rückgabe muss vorbereitet werden, und meine Organisation hat die notwendigen Verbindungen.«

»Aber wofür brauchen Sie mich? Warum macht Ihre Organisation das nicht gleich allein?«

»Ich sagte es schon: Wir sind Verbündete, wir helfen dir bei deinem legitimen Vorhaben zum Wohle des italienischen Volkes, wenn es denn dein Vorhaben ist. Wenn du nicht willst, dann eben nicht.«

Weber ließ seine Worte eine Weile wirken. Dies war der Moment, in dem sich alles entscheiden würde. Wenn Peruggia jetzt auf den Zug aufsprang, würde er draufbleiben, aber er zögerte noch. Weber hatte die Gesprächsführung sorgfältig vorbereitet, die geheimnisvolle Organisation, die großzügige Geldspende, der Appell an Peruggias Patriotismus, schließlich der Wechsel zum jovialen Du, während Peruggia standesgemäß beim Sie bleiben musste. Peruggia war reif, das spürte Weber. Es fehlte nur noch ein kleiner Schups.

»Sie werden dich zum Nationalhelden machen, mein Lieber. Du wirst berühmt werden. Und reich.«

Bei dem letzten Wort zuckte es um Peruggias Augen. Er war auf den Zug gesprungen. Noch schwieg er, aber Weber wusste, dass er ihn für sich gewonnen hatte.

»Ich muss jetzt gehen«, sagte Weber, während er auf seine Taschenuhr schaute. »Denk noch einmal drüber nach. Wir treffen uns morgen. Gleiche Zeit, gleicher Ort.«

Er klopfte Peruggia väterlich auf die Schulter, drehte sich um und ging, während Peruggias Fantasie begann, durch künftigen Ruhm und Reichtum zu taumeln. Er war aufgesprungen. Da war Weber sich sicher.

Vielleicht nicht ganz sicher. Als Weber die Treppen zum Palais du Trocadéro erreicht hatte, versteckte er sich hinter einem Mauervorsprung und nahm eine 23-stündige Observierung auf. Er beobachtete jeden Schritt, den Peruggia tat, taxierte jede Person, mit der er in Kontakt trat, und schätzte jede Handlung ein, die er vornahm. Er folgte ihm zu seiner Arbeitsstelle, anschließend nach Hause in die Rue de l'Hôpital Saint-Louis, am nächsten Morgen wieder zur Arbeit, zwischendurch gönnte er sich für vier Stunden einen kurzen Schlaf in seinem Hotelzimmer. Hätte es nur die Andeutung eines Umstandes gegeben, der an Peruggias Verschwiegenheit zweifeln ließ, wäre Weber zum nächsten Treffen nicht erschienen. Aber es gab einen solchen Umstand nicht. Sie trafen sich wieder, zur gleichen Zeit am gleichen Ort.

»Bonjour, mein Lieber! Hast du dich entschieden?«

»Ja, Monsieur. Ich mach es.« Peruggia versah seine Stimme mit einem Beben, das die historische Bedeutung seiner Entscheidung erahnen ließ.

»Du bist ein wahrer Patriot«, bebte Weber zurück.

Schweigend und ein wenig ergriffen gingen sie nebeneinander her.

»Hast du dir schon überlegt, wie du es machen willst?«

»Am besten, ich warte bis August. Dann sind die großen Ferien, ganz Paris ist im Urlaub oder auf dem Land zur Erntehilfe. Die Wärter im Louvre haben Minimalbesetzung.«

»Musst du besondere Sicherheitseinrichtungen überwinden?«

»Nein, Monsieur. Das Gemälde hängt einfach an der Wand. Oben zwei Haken, unten zwei Schrauben als Abstandshalter, das ist alles.«

»Dann wartest du einfach einen unbeobachteten Moment ab, schnappst dir die Mona Lisa, rollst sie ein und trägst sie unter deinem Kittel hinaus. Ein genialer Plan.«

»Ja, Monsieur. Also, nicht ganz. Das Bild ist auf Holz gemalt, man kann es nicht einrollen. Ich muss den Kittel drüberwerfen und es unter dem Arm raustragen. Das könnte vielleicht heikel werden.«

»Auf Holz. Ja, natürlich. Ich vergaß.« Auch das stimmte nicht ganz, wie so vieles nicht ganz stimmte, was Weber sagte. Er hatte nicht vergessen, dass die Mona Lisa auf Holz gemalt war, er hatte es nie gewusst.

»Heikel«, sagte er und rieb sich nachdenklich das Kinn, »durchaus heikel.« Doch auch ihm fiel keine bessere Vorgehensweise ein. Dann musste es so gehen. Wenn Peruggia bei dem Raub ertappt werden sollte, wäre schlimmstenfalls Webers investiertes Geld dahin. Zu ihm selbst führte keine Spur. Hermann Weber war natürlich nicht sein richtiger Name, der Victor-Emanuel-Bart war ebenfalls nicht echt und auch nicht die Haarfarbe.

»Du wirst es schon schaffen. Du wirst ein Held werden. Sie werden dich noch in 100 Jahren feiern und Bücher über dich schreiben.«

Peruggia schaute Weber entschlossen an. »Ich mach es nur für mein Volk.«

»Selbstverständlich«, antwortete Weber und klopfte Peruggia auf die Schulter. Doch jetzt genug des Pathos. »Du wohnst in der Rue de l'Hôpital Saint-Louis, Nummer fünf?«

»Ja, Monsieur. Nur ein bescheidenes Zimmer unterm Dach.«

»Steht dein Name an der Tür?«

»Ja.«

»Und hast du dort eine Möglichkeit, das Bild zu verstecken?«

»Einen Wandschrank.«

»Gut. Deponiere es dort. Nach dem Raub wird es großes öffentliches Aufsehen geben. Verhalte dich in dieser Zeit unauffällig, gehe ganz normal deiner Arbeit nach und tu, was du immer tust. Ich werde warten, bis sich die Öffentlichkeit beruhigt hat, dann nehme ich Kontakt zu dir auf und wir besprechen das weitere Vorgehen.«

»Wie kann ich Sie erreichen?«

»Gar nicht.«

Peruggia schaute Weber missmutig an.

»Du darfst nicht in Verdacht geraten. Es wäre viel zu gefährlich, wenn man dich mit einem Deutschen sieht.«

»Aber wenn es dringend ist?«

»Dann gibst du im Le Figaro eine Kleinanzeige auf. Schreib: ›Eselsohr auf Seite fünf.‹ Am folgenden Tag treffen wir uns um zwölf. Hier im Jardins du Trocadéro.«

Peruggia fügte sich, und wie zur Belohnung zog Weber zwei Geldscheine aus seinem Portemonnaie.

»Hier sind noch einmal 200 Franc, für deine Unkosten. Du zahlst sie mir zurück, wenn du reich bist.«

Peruggia nahm zögerlich die Scheine an. Dann verabschiedeten sie sich mit einem leisen, aber entschlossenen »Viva l'Italia« und einem festen Händedruck.

Die Rückzahlungspflicht war Webers letzter genialer Schachzug, Peruggia an sich zu binden. Jetzt würde Peruggia sich sicher sein, dass Weber ihn unterstützen und nicht einfach fallen lassen wollte.

# 2

Hamburg im April 2015. Die letzten Tage hatten eine Ahnung von Frühling in die Stadt geweht. In den Vorgärten schwollen die Knospen der Magnolien und um die Alster herum saßen die Menschen auf den Parkbänken und in den Straßencafés. Die einen warfen ihre Jacken weg und rissen die Hemden auf, als dürfe kein Kleidungsstück den erfrischenden Windhauch behindern, während die anderen dem Wechsel der Jahreszeiten noch nicht trauten und schwitzend in ihren Winterjacken verharrten. Daran war der April zu erkennen.

»Aber Junge, so warte doch wenigstens, bis ich die Stullen fertig habe.«

»Ich brauche wirklich kein Pausenbrot mitzunehmen, Mama. Wenn ich Hunger bekomme, kann ich mir bestimmt irgendwo etwas zu essen kaufen.«

»Die Geschäfte haben doch zu, Junge. Es ist nach acht. Haben denn die anderen Herren nicht auch alle etwas mit?«

»Nein, niemand.«

»Sie haben aber sicher anständig zu Abend gegessen.«

»Das weiß ich nicht, Mama. Ich habe jetzt wirklich keine Zeit mehr.«

»Hetze ist nicht gut für dein Magengeschwür. Und für die Aufklärungsquote auch nicht.«

Die Mutter drückte dem Sohn eine Brotdose in die Hand. »So, jetzt lauf los und jag Verbrecher.«

Kriminalhauptkommissar Matthias Unger hatte sich ausbedungen, ausschließlich übers Handy benachrichtigt zu werden, solange seine Mutter bei ihm zu Gast war. Ihre Wohnung wurde gerade renoviert und so hatte sie sich für zwei Wochen bei ihrem Sohn in Altona einquartiert. Eine schreckliche Woche war bereits um und in dieser Zeit hatte die Zentrale fünfmal auf dem Festnetz angerufen. Jedes Mal war die Mutter an den Apparat gegangen und hatte dann allerlei Details durcheinandergebracht.

»Die Zentrale soll nicht auf dem Festnetz anrufen und die Olle soll nicht rangehen, wenn es klingelt. So schwer ist das doch nicht«, raunte Unger, als er die Treppe runterhastete. Irgendwo am oder im Elbtunnel sollte es sein. Die Fahrtrichtung, welche Röhre und ob Norderelbe oder Süderelbe, das wusste die Mutter alles nicht mehr so genau, eigentlich gar nicht. Unger lenkte seinen unglaublich umweltfreundlichen Passat Diesel auf die A 7 Richtung Süden und fragte über Handy bei der Zentrale nach. So erfuhr er, dass er in die Elbchaussee 349 musste. Vor dem Elbtunnel hatte er keine Möglichkeit mehr umzukehren.

Nach einer halben Stunde und einem Umweg über Altenwerder war Unger in der Elbchaussee angelangt. Von Weitem konnte er die Einsatzfahrzeuge erkennen, auf die Hausnummern brauchte er nicht zu achten. Die Elbchaussee gehörte seit Langem zu den feinsten Adressen in Hamburg. Industrielle, Reeder, reiche Kaufleute, wer in traditionellem Sinn etwas auf sich hielt, hatte hier eine Villa mit riesigem Parkgrundstück, umringt von hohen Mauern und Hecken. Keiner der Anwohner parkte sein Auto auf der Straße, die Grundstücke verfügten über breite Auffahrten, Stellflächen und Mehrfachgaragen. So hatten die Uniformierten ausreichend

Gelegenheit, ihre Fahrzeuge unauffällig und ohne Verkehrsbehinderung auf der Zufahrt oder zumindest am Straßenrand abzustellen, taten sie aber nicht. Die Hamburger Polizei hatte sich angewöhnt, ihre Präsenz zu zeigen, wo es ging, auch mit den Autos und am liebsten mit Blaulicht.

Unger stellte sein Auto am Straßenrand ab. Rotweiße Absperrbänder geleiteten ihn über eine kurze, von mannshohem Kirschlorbeer gesäumte Auffahrt zu einer gepflegten Gründerzeitvilla, vor der fleißige Männchen in Tyvek-Anzügen unter riesigen Scheinwerfern Spuren sammelten. Auf dem Türschild stand nur ein Name, wie es bei einem solchen Anwesen vor 100 Jahren noch üblich gewesen war, heutzutage hätte man dort eher vier große Eigentumswohnungen eingerichtet. Im Inneren wartete eine repräsentative Diele mit Stuckdecke und Marmorboden. Ein uniformierter Kollege wies Unger den Weg ins Untergeschoss.

Professor Dr. Konstantin Elmenthal, Direktor des Rechtsmedizinischen Instituts, stand neben einer Leiche und einer Blutlache und zog gerade seine Einweghandschuhe aus, als Unger die Treppe herunterstieg.

»Ah, die Rechtsmedizin ist auch schon da.« Ungers Stimme klang ungewollt gequält. Er freute sich regelmäßig nicht, wenn er Elmenthal sah. Der Mann mochte fachlich etwas draufhaben, aber er war ein eitler Fatzke, einer, der klassische Musik hörte und Rotwein trank statt Bier.

»Ja, nachdem ich vorhin angerufen wurde, habe ich heute ausnahmsweise auf eine Spazierfahrt durch den Elbtunnel verzichtet.«

Woher wusste der das jetzt? Besser nicht nachfragen.

»Hallo, Chef«, klang eine junge weibliche Stimme von hinten. »Ich hatte noch gar nicht mit Ihnen gerechnet.«

Nicht darauf eingehen.

»Hallo, Monique. Wer war der Tote?«

»Carl Werner Mackenbach, 73, lebte hier allein, seit seine Frau gestorben ist. Zwei erwachsene Kinder, wohnen beide in Hamburg. Der Mann war seines Zeichens Industrieller und Kunstliebhaber.« Monique machte eine Handbewegung, mit der sie den Raum präsentierte wie ein Bühnenbild. An den Wänden hingen Ölgemälde und auf Stelen thronten Vasen und Bronzestatuen. Von der Decke hängende Strahler waren auf die Exponate gerichtet und in der Mitte des Raumes standen zwei schwere Ledersofas. Ohne diese Sofas hätte man den Eindruck gewinnen können, dass man sich in einem Museum befand, mit ihnen war aber klar, dass es sich um eine private Kunstsammlung handelte.

»Wir hatten immer Kartoffeln im Keller«, sagte Unger, als er den Raum begutachtete.

»Das ist kein Keller, das ist ein Souterrain«, entgegnete Elmenthal.

»Aha. Ich wollte schon immer mal wissen, wie so einer lebt«, entfuhr es Unger. Ein wenig Verachtung für übertriebenen Luxus schwang mit.

»Also … dieser Satz ist nicht ganz korrekt«, widersprach Elmenthal. »Hier sehen Sie: tot. Der lebt nicht mehr.«

»Aha.«

»Er wurde erschlagen, offenbar damit.« Elmenthal wies auf ein einseitig bemaltes Stück Holz, das neben der Leiche auf dem Boden lag.

»Ist das nicht die Mona Lisa?«, fragte Unger.

»Die linke Hälfte. Die andere liegt dort. Offenbar beim Schlag zerbrochen. Eine überaus stümperhafte Kopie, wenn Sie mich fragen. Nicht schade drum. Merkwürdig ist allerdings, dass der Schädel durch den Schlag mit einem so dünnen Stückchen Holz gleich zerbrach. Na ja, genaue Todesursache morgen Mittag.«

»Todeszeitpunkt?«

»Noch recht frisch. Vor knapp zwei Stunden.«

»Um 20.03 Uhr lief ein Einbruchalarm beim Sicherheitsdienst auf«, ergänzte Monique. »Um 20.17 Uhr kamen die Security-Leute hier an, entdeckten die Leiche und setzten einen Notruf ab.«

»Okay, jetzt ist 20.52 Uhr, also eher eine Stunde, was, Professor? Oder hat er den Notruf ausgelöst, als er schon tot war?«

Elmenthal zuckte mit den Schultern.

»Packen Sie mir den ein. Und das da kommt auch mit«, sagte er zu einem Mitarbeiter der Spurensicherung und deutete auf die Leiche und die beiden Holzstücke.

»Gemach, gemach«, antwortete der Mann. »Wir sind hier noch lange nicht fertig.«

»Dann beeilen Sie sich mal. Ich jedenfalls bin hier durch.«

»Ja, tschüss, Professorchen«, sagte Unger und wandte sich dann dem Mann von der Spurensicherung zu. »Moin, Kurt.«

»Hallo, Matthias«, antwortete Kurt und seufzte. »Also: Das Kellerfenster wurde von außen eingeschlagen, recht brachial, eher amateurhaft als professionell. Das hat einen stummen Alarm ausgelöst, der oben im Arbeitszimmer und außerdem beim Sicherheitsdienst auflief. Mackenbach hielt sich vermutlich im Arbeitszimmer auf, wollte nach dem Rechten schauen und wurde dann vom Täter niedergeschlagen. Wir haben haufenweise Fingerabdrücke, wahrscheinlich alle von denselben drei oder vier Personen. DNA gibt's auch, ob da etwas Tatrelevantes bei ist, kann ich noch nicht sagen.«

»Also ein Einbruchdiebstahl?«, fragte Unger nach. »Wo hing denn das Bild?«

»Dort«, antwortete eine Stimme von der Seite. »Moin, Chef.«

Unger fuhr herum. »Ihr sollt euch nicht immer anschleichen«, schimpfte er. Und als er sich wieder beruhigt hatte: »Moin, Schreiber.«

Kriminalkommissar Marco Schreiber verzog schuldbewusst den Mund. Er war nett, spießig, umständlich, unsicher und sah mit seinen 32 Jahren aus wie andere mit 50. Wenn er einen Raum betrat, nahm man ihn oft nicht wahr, erst wenn er etwas sagte. Aber Unger mochte ihn, gerade wegen seiner unbeholfenen Art.

»Der Einbrecher kommt herein und nimmt dort das Bild von der Wand. Dann wird er von Mackenbach überrascht, er rennt ihm sieben, acht Meter entgegen, schlägt mit dem Bild zu, lässt dann alles liegen und flieht?«, kombinierte Unger.

»Sieht so aus«, antworte Schreiber.

»Und warum hat der Mann all die wertvollen Gemälde unbeachtet gelassen und greift sich ausgerechnet eine Kopie?«, hakte Unger nach.

»Hm«, antwortete Schreiber. Diese Frage hatte er sich offensichtlich noch nicht gestellt. »Vielleicht riss er wahllos ein Bild von der Wand, um damit zuzuschlagen.«

»Aber warum schlägt er mit diesem unhandlichen Bild zu? Hätte es nicht nähergelegen, die Vase hier zu nehmen?« Unger zeigte auf eine chinesische Vase, die kaum einen Meter entfernt von der Leiche auf einer Stele stand.

»Vielleicht wollte er keine wertvolle Ming-Vase zerstören«, warf Monique ein.

Elmenthal, der noch immer zwischen den Anwesenden stand, trat einen Schritt an die Vase heran, nahm sie von der Stele und musterte sie intensiv.

»Ach, noch immer hier?«, fragte Unger.

»Irgendjemand muss Ihnen ja auf die Sprünge helfen, oder? Das ist keine Ming-Vase. Tang-Dynastie, 8. Jahrhundert, Wert: über eine Million – wenn es ein Original wäre.« Er hielt Unger die Unterseite der Vase hin, auf der ein Stempel ›Made in China‹ aufgebracht war.

»Ist hier denn gar nichts echt?«, fragte Unger.

»Doch, doch«, entgegnete Elmenthal und zeigte auf ein buntes Bild mit schwebenden Pferden und Menschen – so hatte Unger als Kind auch gemalt. »Hier, ein Chagall, auf 50 Exemplare limitierte Lithografie, vom Meister selbst signiert. Ich schätze 60 bis 70.000 Euro, vielleicht 100.«

»Schreiber, kriegen Sie mal heraus, was alle diese Sachen hier wert sind!«, sagte Unger.

»Tja, ich geh denn mal.« Elmenthal triumphierte und verschwand mit einem Lächeln.

Unger konnte seinen Groll kaum verbergen, wollte es vielleicht auch gar nicht, regte sich dann aber noch mehr auf, wenn Elmenthal seine Verärgerung bemerkte. Es war schon in Ordnung, wenn dieser Leichen-Fatzke in seinem Fach anständige Arbeit leistete, aber wenn er sich in die Ermittlungen einmischte, und das tat er immer wieder, dann war es zum Haareraufen.

»Ach, fast hätte ich's vergessen. Wir fanden Damenwäsche und Toilettenartikel«, sagte Kurt in die aufgeregte Stille.

Schreiber berichtete anschließend, dass er angefangen habe, Mackenbachs Kalender, Adressbuch und seine letzten Telefonverbindungen zu überprüfen, aber bislang nichts Auffälliges gefunden habe. Die Ermittler berieten sich und beschlossen, dass Schreiber seine Überprüfungen fortsetzen und Unger mit Monique die Kinder des Toten besuchen sollten.

## 3

»Nobel, nobel«, murmelte Unger und kam sich vor wie Inspektor Columbo, nur dass er keinen zerknitterten Trenchcoat trug, sondern eine zerknitterte Jeansjacke. »Der Vater blickt durch sein Wohnzimmerfenster auf die Elbe und der Sohn auf die Alster. Was sagt uns das?«

»Dass wir in unserem Leben etwas falsch gemacht haben, wenn wir auf einen Supermarkt gucken müssen?«, spekulierte Monique.

»Sie sind noch jung, Monique. Sie können sich noch einen angeln, der auf die Alster schaut.«

»Ach Chef, ein kurzer Weg zum Supermarkt ist auch nicht zu verachten.«

Die Ermittler saßen im Wohnzimmer von Mackenbachs Sohn, schauten auf die Außenalster und warteten auf ihn. Es war bereits dunkel, doch am Himmel konnten sie keine Sterne ausmachen. Sie schienen hinuntergefallen zu sein, auf das andere Ufer der Alster, bildeten kleine Perlenketten und verdichteten sich nach links, Richtung Innenstadt, zu einem Sternennebel.

Silvia Mackenbach, die Dame des Hauses, hatte die Kriminalbeamten hereingelassen und ihren Mann über Handy verständigt. »Er wird in zehn Minuten hier sein. Meine Schwägerin kommt auch gleich, ich hab sie angerufen«, teilte sie mit, als sie das Wohnzimmer betrat. »Kann ich Ihnen etwas anbieten? Einen Kaffee? Oder eine Kleinigkeit zu essen?«

»Nein danke.« Unger dachte an die Brotdose im Auto und, dass er sie leeren musste, bevor er sich wieder nach Hause trauen konnte.

»Schöne Aussicht, was zahlt man für so was: 200-Quadratmeter-Penthouse über zwei Ebenen auf der Uhlenhorst?«, fragte Monique. Uhlenhorst, also Eulennest, war ein nobler Hamburger Stadtteil und die Hamburger sagten nicht »in Uhlenhorst«, sondern »auf der Uhlenhorst«, warum auch immer. Hätte man Moniques Frage nicht als wesentlichen Bestandteil der Mordermittlungen ansehen können, wäre sie unverschämt gewesen. Für die unverschämten Fragen war eigentlich Unger zuständig, Monique kam ihm zuvor.

»Sehr viel. Für meinen Geschmack zu viel.«

Bescheidenheit gehörte zur guten hanseatischen Kaufmannstradition. Wenn man sie aber nur im Wort führte, war sie eher eine falsche Bescheidenheit. Fand jedenfalls Unger.

Kurz darauf klingelte es und Elisabeth Kraanen traf ein, die Tochter des Mordopfers, um die 30, blond, schlank, hübsch und offensichtlich privilegiert.

»Ich bin sofort losgefahren, als Silvia anrief. Das ist ja so schrecklich«, sagte sie.

»Sie wohnen nahe bei?«, wollte Unger wissen, obwohl er ihre Adresse bereits kannte.

»Mein Mann und ich haben eine Eigentumswohnung in Sankt Georg.«

Sie setzte sich aufs Sofa, den Ermittlern gegenüber, schniefte in ein Taschentuch und war entsetzt. Nach den Tatumständen fragte sie nicht.

»Sie waren den ganzen Abend zu Hause?«, erkundigte sich Unger.

»Ja. Bei meinem Mann und meinem Kind.«

Bevor sich ein informatives Gespräch entwickeln konnte, war auch Ulrich Mackenbach, der Hausherr, eingetroffen, setzte sich neben seine Schwester und nahm sie in den Arm. Als Unger über die bisherigen Erkenntnisse berichtete, blickte der Sohn ihn ernst an und das Schniefen seiner Schwester intensivierte sich.

»Ein Kunstraub?«, spekulierte Sohn Mackenbach.

»Möglich«, antwortete Unger. »Die Spurenlage ist aber für spezialisierte Kunsträuber eher untypisch.«

»Also? Was schließen die erfahrenen Kriminalisten daraus?«

»Einfache Einbrecher, die es nicht gezielt auf die Kunstsammlung abgesehen haben. Vielleicht ist der Hintergrund auch im beruflichen Bereich zu suchen«, antwortete Monique.

»Oder im privaten«, ergänzte Unger. Die Frage mit den »erfahrenen Kriminalisten« hatte ihm nicht gefallen, weshalb er nun dagegenhielt.

»Wie meinen Sie das?«, fragte Sohn Mackenbach.

»Wir stehen erst am Anfang der Ermittlungen. Was mag die Kunstsammlung Ihres Vaters wert sein?«

»Das lässt sich schwer sagen, sieben oder acht Millionen vielleicht«, antwortete der Sohn. »Die Firma war in wirtschaftliche Schieflage geraten und Vater hatte sich in den letzten Jahren von einigen Stücken trennen müssen, um Liquidität zu schaffen. Jetzt ist aber das Schlimmste überstanden.«

»Was ist das für ein Unternehmen?«, wollte Unger wissen.

»Mackenbach Technologies. Wir produzieren CD-, DVD-, Blu-ray-Rohlinge, Bank-, Kunden-, Schlüsselkarten, so was.«

»Und Sie arbeiten dort mit?«

»Ich werde den Laden übernehmen. Also … ich übernehme ihn jetzt.«

»Ist die Firma denn nun zukunftsfähig, nach der Finanzspritze aus den Kunstverkäufen?«

»Natürlich! Wir sind in der Medientechnologie tätig. Uns gehört die Zukunft, jedenfalls wenn man moderne Führungsstrategien anwendet. Heute kann man ein Unternehmen nicht mehr so führen wie in den 60er-Jahren.«

»Und Ihr Vater hatte die Firma wie in den 60er-Jahren geführt?«

Mackenbach starrte in Ungers Augen, als wollte er sich duellieren. Dann zog er eine Karte aus seinem Sakko und schleuderte sie auf den Wohnzimmertisch. »Hier, meine

Einladung. Ich war ab 19 Uhr bei einem Empfang der Handelskammer, es gibt hundert Zeugen.«

»Ich habe mich nur nach der Firma erkundigt.« Die Einladungskarte nahm Unger aber trotzdem an sich.

»Unser Vater war ein Patriarch aus dem letzten Jahrhundert. Er stellte Klarsichthüllen und Karteikästen her. Als die Belegschaft einen Betriebsrat wählen wollte, empfand er das als persönliche Beleidigung.« Ulrich Mackenbach blickte auf den Wohnzimmertisch, wo gerade noch die Einladungskarte gelegen hatte, er hätte sie wohl gerne wieder zurückgenommen. »Es kostete mich sehr viel Mühe, meinen Vater in die Gegenwart zu holen. Aber wir haben uns geeinigt, das Unternehmen ist jetzt gut aufgestellt.«

»Und trotzdem hat er Ihnen die Geschäftsführung nicht übertragen?«

»Erkundigen Sie sich noch immer nach der Firma oder suchen Sie nach Ihrem ersten Verdächtigen?«

Unger warf den Kopf zurück, wie er es immer tat, wenn sich eine Konfrontation anbahnte. Er war nicht eben groß, gerade mal 1,70, und von fülliger, aber nicht kräftiger Statur. Durch seine körperliche Präsenz konnte er nicht beeindrucken, also musste die Gestik aushelfen. Dieses Anheben der Nasenspitze und das Herunterschauen durch Veränderung der Kopfneigung, das beeindruckte sein Gegenüber allerdings kaum, und Unger hätte es wahrscheinlich unterlassen, wenn ihm diese Gewohnheit bewusst gewesen wäre.

»Ich suche nach einem Grund, weshalb Sie so wenig kooperativ sind«, erwiderte er.

Die Duellanten waren kurz davor, ihre Pistolen zu ziehen, doch Elisabeth Kraanen stellte sich in die Schusslinie.

»Es ist für einen alten Mann nicht leicht, das Zepter aus der Hand zu geben«, sagte sie. »Ulrich ist jetzt zweiter Geschäftsführer, und Vater wollte sich Ende nächsten Jahres aus der Geschäftsführung zurückziehen.«

»Na also«, knurrte Unger. Vielleicht war die Art der Fragestellung ein wenig provokant gewesen. Vielleicht hätte er sich anders ausdrücken sollen. Vielleicht hätte er es auch gemacht, wenn er diesen Junior-Schnösel hätte schonen wollen.

»Arbeiten Sie auch in dem Unternehmen?«, fragte Monique.

»Ich bin Apothekerin, angestellt, halbtags, Raphael-Apotheke in Altona.«

Die Duellanten schwiegen gesichtswahrend, während die Frauen das Gespräch übernahmen.

»Wer weiß eigentlich alles von der Kunstsammlung?«, fragte Monique.

»Ich denke, in Fachkreisen war Vater als Sammler durchaus bekannt«, antwortete Elisabeth Kraanen.

»Und wer kennt die Sammlung im Detail?«

»Wir, die Haushälterin, die Versicherung, wohl einige befreundete Sammler. Und vor einiger Zeit gab es mal ein paar Zeitungsberichte, aber ansonsten hat er das nicht so an die große Glocke gehängt.«

»Können Sie uns Namen und Anschrift der Haushälterin sagen?« Monique zückte ihren Notizblock.

»Irene Grabowski, Anschrift kenne ich nicht«, antwortete die Tochter und der Sohn zuckte mit den Schultern.

»Hatte Ihr Vater eine Geliebte?«, wollte Monique wissen und fügte nach einer Weile hinzu: »Wir fanden Damenwäsche und Toilettenartikel.«

»Keine Ahnung. Er war über 70«, antwortete die Tochter, während der Sohn wieder mit den Schultern zuckte.

»Hatte Ihr Vater Feinde?« Mit dieser Frage meldete sich Unger ins Gespräch zurück.

»Sie stellen dieselben Fragen wie die Jungs vom ›Tatort‹«, sagte Mackenbach junior.

»Ja, eine neue Dienstanweisung. Wir sollen alles genau so machen wie im Fernsehen. Dann kriegen wir nach 90 Minuten auch immer den Täter«, sprach Unger leise vor sich hin.

»Keine richtigen Feinde«, beeilte sich die Tochter zu antworten, offenbar um eine neue Eskalation zu verhindern. »Es gibt sicher Leute, die ihn nicht besonders mochten. Aber deswegen bringt man ja wohl niemanden um.«

Eine halbe Stunde später, kurz nach 23 Uhr, saßen Unger und Monique wieder im Auto und beschlossen, die Haushälterin aufzusuchen. Die Zentrale konnte ihre Adresse aber kurzfristig nicht ermitteln: »Eine Irene Grabowski ist in Hamburg nicht gemeldet.«

»Dann haben wir jetzt wohl Feierabend, Monique.«

»Wenn Irene Grabowski die Haushälterin war, wird es bei Mackenbach doch einen Arbeitsvertrag geben«, kombinierte Monique und rief Schreiber an, der nach kurzer Suche tatsächlich einen Vertrag mit Anschrift fand.

Monique saß am Steuer, obwohl es Ungers Dienstwagen war. Wenn beide zusammen unterwegs waren, fuhr Monique. Es hatte sich so ergeben, ohne dass einer von ihnen den Grund hätte benennen können. Jedenfalls lag es nicht daran, dass Unger einen Harry Klein gebraucht hätte, der den Wagen vorfuhr. Wenn er nämlich mit Schreiber unterwegs war, fuhr er meist selbst. Es lag auch nicht daran, dass Monique etwa besser Auto fuhr als Unger. Das tat sie nämlich nach Ungers Einschätzung nicht, erst recht wenn es ans Einparken ging. Das wiederum lag nicht daran, dass sie eine Frau war, denn Frauen konnten genauso gut einparken wie Männer, da waren sich beide einig. Nur Monique halt nicht, da waren sie sich allerdings nicht so einig. Egal, Monique fuhr, und irgendwie parkte sie auch immer ein und das seit zwei Jahren, seit sie zur Abteilung 4 des LKA Hamburg und unter Ungers Fittiche gekommen war.

Damals hatte sie gerade die Laufbahnprüfung bestanden und vom Leben außer Schule und Polizeiakademie noch nicht viel kennengelernt. Geboren in Südfrankreich hatte sie den Großteil ihrer Jugend in Deutschland verbracht, war behütet, bildungsbürgerlich und zweisprachig aufgewachsen; eine kleine Prinzessin, die plötzlich in die grausame Wirklichkeit eines Dezernats für Mord und Totschlag geworfen wurde. An ihrem ersten Tag bei Unger sprach er ihren Nachnamen – Lambert – deutsch aus, woraufhin sie auf der französischen Aussprache bestand. Darauf fragte Unger spontan, ob sie es denn auch sonst gern Französisch möge. Sie wurde rot und Unger auch. Er hatte es nicht so gemeint, wie sie es verstanden hatte. Er hatte die Sprache gemeint oder vielleicht das Essen oder die Lebensweise, genau wusste er es auch nicht, aber er hatte sicher nichts Schlüpfriges im Sinn. Unger war doppelt so alt wie sie, er hätte ihr Vater sein können, später fühlte er sich auch manchmal so, und ein Vater sagt nichts Schlüpfriges zu seiner Tochter. Vielleicht war das der Grund, warum sie das Auto fuhr: weil Pinguin-Väter die ersten Gehversuche ihrer Küken überwachten.

Jetzt saßen sie im Auto und dachten über ihren Besuch bei den Mackenbach-Geschwistern nach.

»Dicke Luft in der Firma und ein Machtkampf zwischen Vater und Sohn«, brach Unger das Schweigen.

»Wo gibt's das nicht?«

»Okay, Monique, Sie hören sich morgen mal im Betrieb um.«

Moniques Magen knurrte, es klang nach einem aggressiven Knurren. »Ich hab seit heut Mittag nichts gegessen«, entschuldigte sie sich.

»Frau Mackenbach hatte uns doch was angeboten ...«

»Und Sie haben für uns beide abgelehnt.«

Unger erinnerte sich an die Brotdose auf dem Rücksitz.

»Wollen Sie ein Stück Brot?«

»Das ist ja geil, Chef. Ich hab einen Bärenhunger, danke. Ich will Ihnen aber nichts wegessen.«

»Ne, alles gut.«

Unger kramte seine Stullen hervor und Monique wählte die mit Käse.

»Ich finde es toll, wenn Männer sich auch mal ums Essen kümmern.«

»Tja, wenn man geschieden ist, muss man sich eben um alles selbst kümmern.« Das war nur eine kleine Notlüge, nicht einmal das, im Grunde nur eine Ungenauigkeit, Unger konnte es verantworten. Aber jetzt sollten sie das Thema wechseln. »Was halten Sie von der Tochter?«

»Ich sag nur: Wenn jemand vor Trauer in ein Taschentuch schnieft, müsste er doch auch Tränen in den Augen haben, oder?«

Zum Dank für diese zarte Beobachtung drängte Unger Monique noch das zweite Stück Brot auf, das mit Mettwurst. Als sie aufgegessen hatte, standen sie vor einem

Mietshaus in Stellingen. Es war ein einfacher Nachkriegsbau, drei Stockwerke, relativ zentrumsnahe. Am Straßenrand parkten Polos, Corsas und alte Mercedes C-Klasse-Wagen. Hier lebten Arbeiter, Handwerker, Arbeitslose und eine Haushälterin.

Irene Grabowski war eine kleine, verhärmte Frau mit einer bescheidenen Zwei-Zimmer-Wohnung. Sie schaute ins Leere, als die beiden Ermittler die Todesnachricht überbrachten. Ihr Gesicht hatte rasch jede Spannung verloren, nur die Augenbrauen zuckten ein paar Mal in die Höhe. Langsam und stumm schlich sie ins Wohnzimmer und setzte sich aufs Sofa. Monique und Unger schlossen die Wohnungstür und folgten ihr.

»Ist dies Ihre Wohnung?«, wollte Monique wissen.

»Ja, natürlich.« Sie bewegte sich wie in Zeitlupe und so sprach sie auch.

»Sie sind hier aber nicht gemeldet.«

»Nein, ich bin noch nicht dazu gekommen.«

»Wie lange wohnen Sie denn schon hier?«

»Drei Jahre. Oder vier. Oder fünf.«

»Kann ich einmal Ihren Ausweis sehen?«

Irene Grabowski erhob sich. Mit kaum merklichen Schritten, nahezu schwebend, verließ sie das Zimmer und kam kurz darauf mit einem Ausweis in der Hand wieder.

»Hier, bitte.«

Monique nahm den Ausweis entgegen und betrachtete ihn sorgfältig. Als Wohnort war Norderstedt eingetragen.

»Der ist seit zwei Jahren abgelaufen.«

»Ja? Ich muss mich drum kümmern.«

Irene Grabowski setzte sich wieder. Ihr Blick ruhte regungslos auf dem Tisch vor ihr. Ihre Betroffenheit schien tiefer und echter zu sein als die der Mackenbach-Geschwister.

»Waren Sie schon lange bei Herrn Mackenbach beschäftigt?«, fragte Unger.

Die Haushälterin stand wortlos auf und verließ das Zimmer, die Klospülung und der Wasserhahn waren zu hören. Dann kam sie zurück und setzte sich wieder, genauso stumm.

»Über 25 Jahre«, antwortete sie. »Zuerst als Kindermädchen, später als Haushälterin.«

»Sie waren das Kindermädchen von Ulrich?«

»Von beiden Kindern, Ulrich und Elisabeth. Die sind ja nur zwei Jahre auseinander.«

»Aber heute haben Sie kein enges Verhältnis mehr?«

Die Frage brauchte etwas Zeit, bevor sie Irene Grabowskis Bewusstsein erreicht hatte.

»Wieso?«, fragte sie schließlich zurück.

»Die Mackenbach-Geschwister kannten Ihre Adresse nicht.«

»Natürlich kennen sie die!« Ein merkwürdiges Lächeln flog für einen kurzen Moment über das Gesicht des ehemaligen Kindermädchens.

»Sie sagten, sie kennen die Adresse nicht. Warum sollten sie lügen?«

Wieder etwas Zeit.

»Nein, kein enges Verhältnis mehr.«

»Haben Sie Familie?«

»Nein.«

Die Frau saß ganz am Rand des Sofas, mit krummem Rücken und die Hände auf den Knien gefaltet, als wollte sie nicht bemerkt werden. So saß sie da und schaute ins Leere. Sie war Mitte 50, eine alte Jungfer, seit über 25 Jahren im Dienst der Mackenbachs, und jetzt, als sie begann zu verwelken, hatte sie nichts mehr. Monique setzte sich zu ihr und legte die Hand auf ihre Hände.

»Können Sie etwas über Mackenbachs Verhältnis zu seinen Kindern sagen?«

»Blutsauger«, antwortete die Haushälterin leise. »Beide.«

»Gab es Auseinandersetzungen?«

»Elisabeth wollte ständig Geld und Ulrich wollte die Firma.«

»Und der Vater wollte Geld und Firma behalten?«

»Er hat die Firma aufgebaut. Und das Geld hat er mit den eigenen Händen verdient. Die Kinder haben nicht viel dazu beigetragen.«

»Hatte er eigentlich Damenbekanntschaften?«, wollte Monique wissen.

Irene Grabowski schaute auf, ein wenig verwundert, ein wenig entsetzt. »Nicht dass ich wüsste.«

»Wir haben Damenwäsche in Mackenbachs Villa gefunden.«

Irene blickte wieder ins Leere. Dann hob sie die Mundwinkel zu einem verlegenen Lächeln.

»Das könnte vielleicht meine Wäsche sein. Manchmal habe ich was mitgebracht und bei Mackenbach gewaschen. Oder ich hab seine Wäsche zum Waschen mit zu mir genommen.«

Monique hielt die ganze Zeit über die Hand der Haushälterin, offenbar erfolgreich, jedenfalls wurde ihre Reaktionszeit allmählich kürzer und ihre Antworten mehrsilbig. Erst jetzt fiel Monique an der Innenseite der getätschelten Hand eine große Brandnarbe auf.

»Oh«, sagte die Kommissarin, »woher haben Sie die?«

»Badeunfall … Feuerqualle.« Wieder dieses verlegene Lächeln.

»Feuerqualle?«

»An der Ostsee. Als Kind, 72, wir waren elf.«

»Wir?«

»Na, unsere Gruppe – ich war bei den Jungen Pionieren, Sommerlager auf Usedom.«

»Also Feuerqualle, soso.« Ungers Tonfall und sein hintergründiger Blick ließen keinen Zweifel daran, dass er die Geschichte nicht glaubte. In der Ostsee gab es gar keine Feuerquallen, die eine solche Verbrennung hervorrufen könnten. In Australien, Südamerika vielleicht, aber sicher nicht in der Ostsee.

Auf dem Heimweg sprachen Monique und Unger über die Haushälterin mit dem seltsamen Lächeln. Sie waren sich einig, dass die Geschichte mit der Feuerqualle gelogen war.

»Warum sagt sie so was?«, fragte Monique.

»Keine Ahnung. Sie wollte wohl die wahre Ursache der Narbe nicht preisgeben.«

»Offensichtlich, Chef.«

Unger schaute Monique missbilligend an. Für ironische Bemerkungen war er zuständig.

»Und das mit der Wäsche war auch komisch«, sinnierte die Kommissarin. »Und wenn ich Unterwäsche zum Waschen mitbringe, deponiere ich sie dann im Badezimmer des Hausherrn oder nicht doch eher im Hauswirtschaftsraum?«

»Die Damenwäsche lag im Badezimmer?«

»Ja, in einer Schublade im Badezimmer. Und daneben lagen Toilettenutensilien, die eindeutig keinem Mann gehören. Jedenfalls keinem Mann, wie Mackenbach einer war.«

»Okay, Monique, wenn Sie morgen mit Mackenbach Technologies fertig sind, können Sie schauen, was Sie über Irene Grabowski so rausbekommen. Die Jugend hat sie anscheinend in der DDR verbracht, nach dem Fall der Mauer hat sie rübergemacht, fing bei Mackenbachs an und blieb dort hängen. Nicht sehr aufregend, aber vielleicht gibt's noch mehr. Und wenn Schreiber mit der Kunstsammlung durch ist, kann er sich mal mit den Mackenbach-Geschwistern beschäftigen: Studienort, finanzielle Situation, Freizeitbeschäftigung ...«

»Das ganze Programm?«

»Jupp.«

»Und Sie machen blau?«

Wieder so eine flapsige Bemerkung, die keine Antwort verdiente. Aber eine Retourkutsche. Wenn Unger nur etwas Passendes eingefallen wäre, er hätte es dieser vorlauten Göre mal richtig gezeigt. Aber ihm fiel nichts ein, so blieb er stumm.

# 4

Eine Hitzewelle überzog Paris in der zweiten Augusthälfte. Wer sich in der Stadt aufhielt und nichts zu tun hatte, könnte versucht sein, sich in den kühlen Hallen des Louvre Erleichterung zu verschaffen. Doch wer sich in diesen Tagen in Paris aufhielt, der hatte etwas zu tun, und wer nichts zu tun hatte, der war aufs Land gereist oder an die See. Die Gelegenheit war günstig, so günstig wie nie, und sie würde bald vergehen.

Seit fünf Wochen, seit diesem eigenartigen Treffen mit dem geheimnisvollen Monsieur Weber, kreisten Peruggias Gedanken nur um die schöne Mona Lisa und um seinen verwegenen Plan. Er musste es tun, das war er seinem Volk schuldig und auch der Gioconda, der schönsten aller Frauen. Seit hundert Jahren im Exil und trotzdem lächelte die Schöne noch immer. Ein paar Monate zuvor hatte Peruggia sie fast täglich gesehen und war ihr in intimster Weise nahe gekommen, als er die neue Schutzverglasung montieren musste, und jedes Mal hatte sie ihn angeschaut und liebevoll gelächelt, als hätte sie bereits gewusst, dass er ihr Retter sein würde. Er musste es tun. Auf den Ruhm kam es ihm nicht an und auf das Geld auch nicht. Er würde es für einen wohltätigen Zweck spenden. Vielleicht nicht alles, aber einen gewissen Anteil. Was ihm Sorgen bereitete, war, dass sich der öffentliche Beifall voraussichtlich auf Italien beschränken würde, in Frankreich würde man die Sache anders bewerten. Er würde nicht mehr nach Paris zurückkehren können. Dabei liebte er diese Stadt. Florenz, Mailand, Rom, Marseille, er war viel herumgekommen, doch in Paris würde er immer leben wollen. Aber gerade dort würden sie ihn einsperren, vielleicht sogar sein Vermögen konfiszieren. Und doch, dieses Opfer musste er bringen. Für sein Volk. Und für die schöne Lisa.

Seinen Plan hatte er genau durchdacht. Zunächst hatte er sich vorgenommen, den Louvre an einem Sonntag als Besucher getarnt zu betreten und sich in einem unbeobachteten Moment in einer kleinen Kammer bei der Werkstatt zu verstecken. In diese Kammer schaute sonntags niemand hinein, das wusste Peruggia genau. Er würde die ganze Nacht Zeit haben, das Bild von der Wand zu holen und zu verschwinden. Später schien es ihm ratsamer zu sein, den Louvre an einem Werktag in seinem weißen Kittel zu betreten. Man kannte ihn dort, niemand würde Verdacht schöpfen. Er würde hinein- und hinausspazieren und dabei freundlich grüßen, wie er es früher tagtäglich getan hatte. Und wenn das Gemälde zufällig nicht an seinem Platz hing, weil gerade an seinem Rahmen gearbeitet wurde oder ein Fotograf es ablichtete, dann könnte Peruggia einfach verschwinden und es später erneut versuchen.

Er wählte einen Montag. Ruhetag. Im Louvre waren nur die Putzkolonnen, einige Handwerker und ein paar Gelehrte und Fotografen anwesend. Und die Wärter natürlich, aber die stellten keine nennenswerte Gefahr dar. Von den 120 im Louvre beschäftigten Wärtern taten gerade einmal zehn oder zwölf an einem Ruhetag im August Dienst. Die Hälfte davon bewachte die Ein- und Ausgänge und der Rest war für die unzähligen verwinkelten Gänge und Säle zuständig. Hinzu kam, dass es sich bei diesen Männern durchweg um Veteranen handelte, um Männer, die ihren Dienst mit eingeschränkter Motivation und mehr schlafend als wachend versahen. Es ging das Gerücht um, dass vor Jahren einmal einer der Wärter auf seinem Stuhl verstorben sei und man es erst zwei Tage später bemerkt habe.

Der vorletzte Montag im August brach an. Heute musste es sein. Peruggia hatte in der Nacht kaum ein Auge zugemacht. So gewissenhaft er seinen Plan auch durchdacht hatte, unglückliche Zufälle konnte er nicht ausschließen. Es war riskant, das wusste er, und deshalb hatte er sein Vorhaben in Gedanken immer und immer wieder durchgespielt. Als die Uhr sechs zeigte und sich allmählich die Morgendämmerung ankündigte, war Peruggia froh, aufstehen zu können. Als es halb sieben war, schlenderte er eine Weile an der Seine auf und ab, er wollte nicht der Erste sein, der das Museum betrat. Dann zog er seinen Arbeitskittel über, versuchte, die Körperhaltung und den Gesichtsausdruck anzunehmen, die montagmorgens bei Kollegen üblich waren, und steuerte langsam auf den Louvre zu.

»Lange nicht gesehen«, rief ihm der Pförtner vom Personaleingang zu.

»Nur ein paar Tage Urlaubsvertretung«, rief Peruggia zurück. Einige Jahre zuvor war dem Pförtner versuchsweise eine Liste ausgehändigt worden, auf der diejenigen Mitarbeiter aufgeführt waren, die am jeweiligen Tag ihren Dienst versahen. Doch bald hatte man diese Übung wieder eingestellt, weil die Liste oft nicht rechtzeitig vorgelegen hatte oder die letzten Änderungen nicht verzeichnet gewesen waren. Und man wollte es mit der Sicherheit auch nicht übertreiben. Schließlich bewachte man den

Louvre und nicht die Bastille. Der Pförtner hatte seither keinen Überblick mehr, wer das Gebäude betreten durfte.

Im Foyer standen ein paar Trauben von Handwerkern und Wächtern herum. Peruggia vernahm mehrmals »Bonjour!« und grüßte freundlich zurück, man hielt ihn für einen der ihren. Um nicht angesprochen zu werden, blieb er abseits und kritzelte irgendetwas in seinen Notizblock. Kurz nach sieben versammelte sich die Belegschaft zu der Dienstbesprechung, die regelmäßig montagmorgens stattfand. Nur Peruggia versammelte sich nicht. Er huschte durch den Salle du Manège über die große Treppe zum Südflügel in den Salon Carré, niemand begegnete ihm. Der Salon besaß zehn Meter hohe Wände, die bis auf den letzten Flecken mit Bildern der italienischen Renaissance zugepflastert waren. Hätte man die Mona Lisa in drei Meter Höhe gehängt oder noch darüber, es wäre ihm unmöglich gewesen, sie ohne Hilfsmittel von der Wand zu nehmen. Aber sie hing in Augenhöhe und lächelte Peruggia an. Und er lächelte zurück.

»Da bin ich«, flüsterte er wie ein Jüngling, der das Schlafgemach seiner Angebeteten betrat.

Ein paar Sekunden hielt Peruggia inne und horchte nach Schritten, die man in den leeren Hallen über den gesamten Flügel hätte hören müssen, wenn sich jemand näherte. Dann hob er die Gioconda von der Wand.

»Du musst weniger essen«, flüsterte er. Mit der dicken Glasscheibe und dem Rahmen war das Gemälde schwer wie ein Bierfass, und Peruggia war ein schmächtiges Männchen. Doch ein geübter Griff und er hatte das Bild von Rahmen und Glas befreit, beides legte er hinter einer Tapetentür ab. Die nackte Lisa war jetzt leicht und handlich, Idealgewicht. Peruggia zog seinen Kittel aus, warf ihn über sie, klemmte sie unter seinen Arm und eilte die Treppe hinunter. Er wollte durch den Innenhof zum Ausgang am Seine-Ufer, doch die Tür zum Hof war verschlossen. Bisher war sie tagsüber nie verschlossen gewesen, doch jetzt war sie es. Weil es sich aber um den Louvre handelte und nicht um die Bastille, stellten die dort verbauten Türschlösser für einen Mann mit Werkzeug allenfalls eine ärgerliche Behinderung dar und kein unüberwindliches Hindernis. Peruggia drehte den kupfernen Türknauf ab und machte sich mit seinem Taschenmesser an die Schrauben des Schlosses.

Plötzlich waren Schritte zu hören und sie kamen näher. Einen kurzen Moment musste Peruggia überlegen, dann drehte er die bereits gelösten Schrauben wieder fest. Die Schritte waren nur noch wenige Meter entfernt, gleich würde jemand um die Ecke kommen. Den Türknauf steckte Peruggia eilig in die Hosentasche, bevor ein Mann mit Latzhose und Werkzeugkasten vor ihm auftauchte. Peruggia wagte einen nervösen Blick zur Mona Lisa, die eingehüllt an einem Treppengeländer lehnte und fast von dem Klempner gestreift wurde.

»Na endlich«, rief Peruggia dem Mann entgegen.

»Was *endlich*?«

»Ich warte schon mindestens zehn Minuten hier.«

»Worauf?«

»Wir müssen heute ständig hier durch«, antwortete Peruggia und deutete auf die Tür, »und irgendein Schafskopf hat den Knauf abgedreht.«

»Aha«, sagte der Klempner und betrachtete den Türbeschlag.

»Ich hab vor über zehn Minuten Bescheid gesagt, dass

jemand kommt und endlich aufmacht. Aber offenbar schlafen die alle in der Wachtmeisterei.«

»Tja, da kann ich auch nichts für.«

»Aber jetzt mal zackig«, ordnete Peruggia an und war im selben Moment von seiner eigenen Courage erschrocken. Doch es wirkte. Der Klempner hatte den passenden Schlüssel dabei und öffnete die Tür. Peruggia klemmte sich sein Diebesgut unter den Arm.

»Dass mir da schleunigst wieder ein Knauf dran kommt«, sagte er und verschwand durch die Tür.

Jetzt stand er im Cour du Sphinx. Der Weg ins Freie führte durch den Cour Visconti zum Quai du Louvre. Und hier wartete die schwierigste Hürde, der Wärter am Tor vor der endgültigen Freiheit. Peruggia stellte die Gioconda in einer Mauernische ab und schlenderte auf den Wärter zu.

»Bonjour«, sagte er und steckte sich eine Gitanes an.

Der Wärter grüßte zurück.

»Heute wird es wieder heiß.«

»Wie damals bei Spichern.« Peruggia meinte die Schlacht bei Spichern im Deutsch-Französischen Krieg. Er wusste, dass der Wärter Veteran war, und kein französischer Veteran erinnerte sich gern an diese Schlacht in der erbarmungslosen Mittagshitze, überhaupt an den ganzen Krieg. Der Mann verstummte.

»Man muss viel trinken«, sagte Peruggia und zog an seiner Gitanes. »Wegen der Nieren.«

»Nieren?«

»Erst gestern ist wieder eine Wache am Élysée-Palast umgefallen: Hitzeschlag, Nierenversagen, Schluss.«

Das Gesicht des Wärters drückte deutlich Betroffenheit aus.

»Liest du keine Zeitung, Kollege?«, fragte Peruggia.

»Doch, doch.«

Die heutigen Zeitungen hatten von dem erwähnten Vorfall nichts berichtet, was daran gelegen haben dürfte, dass es den Vorfall gar nicht gegeben hatte. Aber das war nebensächlich.

»Das kann schnell gehen bei dieser Hitze, wenn man nichts trinkt. Junge kräftige Männer haben gute Chancen zu überleben«, sagte Peruggia und blickte kritisch zur Sonne, die sich gerade anschickte, die letzten Schatten von der Südseite des Louvre zu vertreiben. Der Wärter dürfte deutlich über 60 sein.

»Wann wirst du denn heute abgelöst?«

»Um eins«, antwortete der Wachmann.

»Tja …«, sagte Peruggia, doch was er nicht sagte, wirkte viel mehr. Besorgt trat er seine Zigarette aus und zündete sich eine neue an. »Willst du auch eine?«

»Nein danke.« Deutlich erkennbar rang der Veteran mit sich und seinen Dienstpflichten. Er durfte seinen Posten nicht verlassen, das würde ein braver Soldat nie tun. Andererseits war er auch für die Aufrechterhaltung seiner Dienstfähigkeit verantwortlich. Wem würde es nützen, wenn er tot umfiele und Kunstdiebe und sonstiges Gesindel ungehindert über seine Leiche stiegen? Möglicherweise dachte der Mann auch an den Wärter, der zwei Tage tot auf seinem Stuhl gesessen hatte. Es war ein Notfall. »Wenn ich mir kurz eine Flasche Wasser hole, wäre … könntest du …?«

Peruggia schaute den Wärter entrüstet an und der Wärter versank in Scham. Dann erhellte sich Peruggias Blick langsam. »Ja, geh ruhig. Ich halte hier so lange die Stellung«, sagte er schließlich.

»Das muss aber unter uns bleiben.«

»Natürlich, Kollege. Beeile dich.«

Der Wärter verschwand so schnell, wie sein Alter es zuließ. Peruggia wartete eine halbe Minute, holte die Mona Lisa hervor und verschwand ebenfalls.

## 5

»Aber Junge, so warte doch, bis ich die Stullen fertig habe. Ich füll dir auch noch etwas Kaffee in die Thermoskanne.«

Unger knallte die Wohnungstür wieder zu.

»Mama, ich bin 46. Ich habe eine 15-jährige Tochter, bin geschieden und lebe seit fünf Jahren allein. Ich bin Kriminalhauptkommissar, das ist Besoldungsgruppe A 12. Ich bin erwachsen und ich komme zurecht, und zwar ohne Thermoskanne und ohne Kindermädchen.«

Jetzt war die Mutter beleidigt. Sie stellte die Kanne auf den Küchentisch und setzte sich daneben.

»Ich bin dir lästig«, sagte sie.

Ja, das war sie.

»Nein, das bist du nicht.« Unger setzte sich zu ihr und legte seine Hand auf ihre. »Ich habe nur meine Gewohnheiten, und dazu gehört nicht, dass ich abends zu Hause in Empfang genommen werde oder dass ich morgens Butterstullen ins Büro mitnehme.«

Als Unger in der vergangenen Nacht heimgekommen war und so leise wie möglich den Schlüssel ins Schloss geschoben hatte, war mit einem Ruck die Wohnungstür aufgegangen und er fast in die Wohnung hineingezogen worden. Vor ihm hatte die Mutter gestanden, im Morgenmantel und mit missbilligendem Blick, nur das Nudelholz hatte gefehlt. Er konnte nicht genau sagen, was ihn daran störte. Vielleicht die Erinnerung an seine Ehe, vielleicht auch, weil er seine Mutter zwar liebte, ihre Anwesenheit aber nicht lange ertrug.

Die Mutter fing leise an zu weinen. »Deine Gewohnheiten haben dir ein Magengeschwür eingebracht.«

»Das mit dem Magengeschwür ist ein halbes Jahr her, Mama. Ich darf sogar wieder ein Bier trinken, der Arzt hat es mir erlaubt.«

»Du trinkst?«

»Jetzt ist aber gut, Mutter.«

Dass Unger unwillkürlich zu »Mutter« wechselte, war ein deutliches Warnzeichen. Sie nervte ihn wirklich. Früher, als der Vater noch gelebt hatte, war sie nicht so besitzergreifend gewesen. Schon während der Schulzeit hatte er weitgehende Freiheiten genossen. Der Vater arbeitete in der Werkstatt, die Mutter irgendwo im Büro, niemand zwang ihm Pausenbrote auf und er hatte seine Ruhe. Als er später zur Polizei nach Hamburg ging – zunächst nur, um dem Zivildienst zu entgehen, später hatte es ihm aber gefallen –, gab es hin und wieder mal einen Pflichtbesuch bei den Eltern und einen obligatorischen Besuch der Eltern bei ihm, das war's. Nach dem

Tod des Vaters sahen sie sich auf einmal viel häufiger, und zwar bei ihm zu Hause, nicht bei seiner Mutter. Als er geschieden war, bot die Mutter an, dass er wieder zu ihr ziehen könne, sah jedoch ein, dass der Sohn sich nicht so einfach nach Bremen versetzen lassen konnte. Kurz darauf zog die Mutter nach Hamburg, ihr war rein zufällig eine schöne, sonnige Wohnung zum Kauf angeboten worden, spottbillig, da hatte sie zuschlagen müssen. Seither kam Unger regelmäßig sonntags zum Mittagessen vorbei. Zwei oder drei Stunden am Stück konnte er meist entspannt bei ihr verbringen, dann hatte er gehen müssen, um nicht alles im Streit enden zu lassen. Jetzt galt es, sie noch eine Woche in seiner Wohnung auszuhalten. Aber es wurde von Tag zu Tag schlimmer.

Unger stand auf, klopfte der Mutter versöhnlich auf die Schulter, sich selbst in Gedanken auch und nahm die Brotdose.

»Die Thermoskanne kann ich wirklich nicht gebrauchen. Im Büro gibt es ständig Kaffee, frisch gebrüht. Bis heut Abend.« Das mit ›frisch gebrüht‹ stimmte nicht so pauschal, genau genommen stimmte es nur in Ausnahmefällen, aber er musste seine Position mit Nachdruck vertreten.

Unger und sein Team belegten drei Räume im vierten Stock des Polizeipräsidiums Winterhude. In der Mitte lag der Teamraum, ein großes Büro mit drei lichtgrauen Schreibtischen und etlichen Regalen und Aktenschränken, modern, pflegeleicht, robust und kostengünstig. An einer Wand hing eine Magnettafel. Während die Kollegen der anderen Teams mit Vorliebe gruselige Tatortbilder, komplizierte Skizzen oder Vorher-Nachher-Fotos der Opfer an ihre Wände hängten, fand sich bei Ungers Leuten, außer dem Speiseplan der Kantine und den Mitteilungen des Personalrats, nur wenig, meist nichts. An diesem Morgen hatte Monique ein mit der Mona Lisa bedrucktes Blatt Papier angeheftet. An den Seiten des Teamraums gingen zwei kleinere Räume ab, den einen belegte Unger, der andere war mit Tischen und Stühlen gefüllt und wurde kaum genutzt, allenfalls zur Zeugenvernehmung oder bei Besprechungen. Eigentlich hätte dieser Raum Schreiber zugestanden, doch er hielt sich lieber im Teamraum auf.

Als Unger hereinkam, erkundigte er sich nach Fortschritten von Schreibers Nachforschungen. Er hatte noch bis tief in die Nacht Mackenbachs Kalender, Adressverzeichnis, Telefonspeicher und private Aktenordner durchgeforstet und war heute voller Energie eine Stunde früher ins Büro gekommen als sonst. Mackenbach hatte Ordnung gehalten, das erleichterte Schreibers Nachforschungen enorm.

»Ihm gehörten mehrere Mietshäuser, aber alle bis an den Rand mit Hypotheken belastet, ebenso die Villa in der Elbchaussee. Dann besaß er ein Wertpapierdepot, das er in den letzten Jahren nahezu ausgeplündert hat. Schließlich ist da die eigene Firma, die ihm noch zu 60 Prozent gehört, den Rest hat er schon vor vielen Jahren auf seine Kinder verteilt.« Schreiber blätterte durch mehrere Ordner mit Urkunden und Kontoauszügen.

»Beim Nachlassgericht scheint ein Testament hinterlegt zu sein, ich kenne aber noch nicht den Inhalt. Und in Mackenbachs Kalender gibt es eine Menge Einträge mit ›S.‹, oft stehen Restaurants oder Hotels dabei, meist außerhalb, manchmal ist er mit ›S.‹ auch ins Theater gegangen.«

»Hm.« Wer könnte das jetzt sein, dachte sich Unger. »Wir nehmen mal eine DNA-Probe von der Damenwäsche, die wir bei Mackenbach gefunden haben, und eine Speichelprobe von der Haushälterin.«

»Schon veranlasst – die KTU sagt, das könnte schwierig werden, weil die Wäsche frisch gewaschen ist, aber sie wollen es versuchen. Und dann war mir aufgefallen, dass Mackenbach häufig eine Mobilnummer gewählt hat, die bei ihm unter ›Silke‹ gespeichert ist. Die Nummer ist auf Mackenbach selbst registriert.«

»Rufen Sie doch da mal an.«

»Hab ich schon, ging niemand ran. Aber jetzt kommt's: Ich hab eine Funkzellenabfrage durchgeführt. Das Handy liegt bei der KTU.«

Schreiber ließ eine bedeutungsschwere Pause, innerhalb der sich Ungers Stirn kräuselte.

»Die Spusi-Jungs haben es im Wohnzimmer der Mackenbach-Villa sichergestellt. Fingerabdrücke und DNA sind genommen, das Ergebnis kommt heute Nachmittag.«

»Gut gemacht, mein Schreiberling.«

Unger lobte Schreiber gern für dessen Arbeit, zu der außer ihm niemand so recht Lust hatte. Buchhalterarbeit nannte Unger das, doch es war Schreibers Element. Zum Geburtstag hatte Unger ihm ein Puzzle oder auch mal einen Zauberwürfel geschenkt. Er hatte sich immer aufrichtig darüber gefreut. Unger war wirklich froh, dass er ihn hatte.

»Und haben Sie auch schon was wegen der Kunstsammlung in Erfahrung gebracht?«

»Damit wollte ich gerade anfangen«, stöhnte Schreiber und deutete auf einen nicht ganz so kleinen Haufen Aktenordner. Es war ein flehentliches Stöhnen, aber Schreiber machte so etwas gern. »27 Bilder und 13 Skulpturen. Das wird ein bisschen dauern.«

Der obligatorische Kurzbesuch bei Kriminalrat Maderer war fällig. Unger musste dort turnusmäßig einmal pro Woche und während der Ermittlungen in einem spektakulären Mordfall – wenn er also überhaupt keine Zeit für so etwas hatte – täglich einen Kurzbericht erstatten.

Ein Raubmord im Kiez wäre bestenfalls dann hinreichend spektakulär, wenn Jan Fedder oder Olivia Jones Opfer oder Täter wären, in der Elbchaussee reichte die feine Adresse, um die lokalen Zeitungen zu füllen. Das wusste Unger und suchte Maderer schon mal auf, bevor er hinzitiert werden würde.

»Ein Raubmord in der Elbchaussee, da müssen wir uns mit den Ermittlungen ranhalten«, mahnte Maderer mit erhobenem Zeigefinger und meinte, *Unger* sollte sich ranhalten.

»Natürlich. Dabei könnte hilfreich sein, wenn …«

»Ja, wo soll denn das herkommen?«

Unger hatte gemeint, dass er noch einen Mitarbeiter für sein Team brauchte, und Maderer hatte das gewusst, noch bevor Unger es aussprach. Es herrschte Personalnotstand. Die Ermittlungsteams der Abteilung 4 bestanden planmäßig aus vier Kollegen, und das war schon nicht viel. Bis vor ein paar Jahren waren es noch fünf gewesen, bevor man – im Wesentlichen aus Personalnot – umstrukturiert hatte. Doch auch die vier Ermittler waren nicht mehr zusammengekommen, seit Fiona Schlüter sich vor ein paar Monaten in die Elternzeit verabschiedet hatte. Überhaupt war die gesamte Abteilung in den vergangenen zwei Jahren immer weiter zusammengeschrumpft, seit nacheinander mehrere Kollegen nach Sonstwo versetzt oder befördert worden waren oder nun ihren Ruhestand genossen. Mit dem Nachwuchs klappte es nicht so richtig. Schlechte Bezahlung und eine hochgradig belastende Arbeitssituation hatten die Anfänger oft derart rasant verschlissen, dass sich bis in die Polizeiakademie die Empfehlung herumsprach, man solle besser nicht an dieser Stelle in den Beruf starten.

»Aber ich kann nicht zaubern. Gute Arbeit braucht gute Leute. Und vor allem: genügend Leute«, entgegnete Unger.

»Ja, ich weiß. Sie bleiben jetzt erst mal zu dritt, anders geht es nicht. Und dafür können Sie großzügig auf die uniformierten Kollegen zurückgreifen.«

Als Unger wieder sein Büro betrat, war Monique von ihrem Besuch bei Mackenbach Technologies zurück.

»Der Laden ist auf Zack, alles stramm durchorganisiert. Mackenbach senior stellte den CEO dar, Junior ist der COO und die Cheftippse will *Management Assistant* genannt werden.«

»International aufgestellt, was?«

»Kann man so sagen. Jedenfalls: Der Laden ist zwiegespalten. Die einen fanden den patriarchischen Stil des Alten gut und meinen, der junge Chef sei ein Wichtigtuer. Die anderen sagen, der Alte hätte den Betrieb nach Gutsherrenart geführt und der Junge habe mit notwendigen Maßnahmen die Insolvenz abgewendet. Ich denke, zu welchem Lager einer gehört, dürfte im Wesentlichen damit zu tun haben, ob er bei der Umstrukturierung befördert oder übergangen wurde. Es hat auch einige

Entlassungen gegeben, da sollen sich vereinzelt ziemlich unschöne Szenen abgespielt haben. Ansonsten meinte ein Herr Lehmkuhl, das ist der Betriebsratsvorsitzende, dass zwischen den beiden Chefs manchmal ganz schön die Fetzen geflogen sind. Und im Vertrauen sagte er mir, dass sich der Alte wohl nur bereitgefunden hat, nächstes Jahr aus der Unternehmensleitung auszuscheiden, weil er in letzter Zeit sehr kränklich geworden war.«

»Was heißt denn *im Vertrauen*? Dürfen Sie das nicht weitererzählen?«

Monique hob die Mundwinkel und ein wenig die Augenbrauen. Das war ihr Talent: Ein koketter Blick und eine freundlich gehauchte Bemerkung, schon waren männliche Gesprächspartner bereit, Vertrauliches zu berichten.

»Und der Buchhalter, der übrigens CFO genannt wird, hat abgewunken, als ich fragte, ob das Unternehmen nach der Umstrukturierung übern Berg ist. Er meint, die Bank macht noch immer großen Ärger und will einen dringend benötigten Kredit nicht gewähren.«

»Na, dann hat der Sohnemann ja schon mal gelogen.«

»Sie können ihn nicht leiden, was, Chef?«

Moniques Frage löste in Unger die Erinnerung aus, dass er jetzt jemand anderen zu besuchen hatte, den er auch nicht wirklich leiden konnte.

Eine halbe Stunde später befand sich Unger in der Rechtsmedizin. Bereits vom Gang aus konnte er durch die kleine Glasscheibe in der Tür sehen, wie Elmenthal sich über den Sektionstisch beugte. Von der Decke strahlte eine OP-Leuchte herab. Elmenthal hielt in der einen Hand eine Lupe, in der anderen eine Pinzette und bewegte sich langsam und hoch konzentriert. Er befand sich offenbar in einer kritischen Phase seiner Untersuchungen. Mackenbachs Leiche indes lag nachlässig mit einem grünen Tuch bedeckt auf dem Nachbartisch.

»Na, Sie Leichenfledderer, schon was Ekliges von Interesse gefunden?«

Elmenthal schaute angewidert auf. »Ich empfehle Ihnen, ein paar Leichenöffnungen beizuwohnen und nicht erst vorbeizukommen, wenn alles vorbei ist. Was Sie da so an Lungen, Lebern und verkalkten Gefäßen zu sehen bekämen, könnte Sie dazu veranlassen, Ihren Lebensstil zu überdenken.«

Erst jetzt konnte Unger erkennen, was er zunächst nur ungläubig vermutet hatte. Auf dem Sektionstisch lag das Mordinstrument, die gefälschte Mona Lisa, deren beide Bruchstücke exakt ausgerichtet nebeneinander gelegt worden waren. Elmenthal hatte gerade kleine Materialproben vom Rand abgekratzt und in einen Klarsichtbeutel gelegt. Jetzt beugte er sich wieder über das Gemälde.

»Wussten Sie eigentlich, dass in der ganzen Medizingeschichte die erste makroskopische Beschreibung einer Leberzirrhose von einer anatomischen Zeichnung Leonardo da Vincis stammt?«

»Nein, das wusste ich tatsächlich nicht«, antwortete Unger.

Elmenthal blickte kurz hoch, widmete sich dann wieder dem Gemälde.

»Bei genauerer Betrachtung scheint diese Kopie aufwendiger zu sein, als ich dachte.« Elmenthal richtete sich wieder auf und gab Unger seine Lupe. »Schauen Sie mal genau hin: Kein Pinselstrich ist zu erkennen. Der Kopist hat hier mit mehreren halbtransparenten Farbschichten gearbeitet.«

Unger nahm die Lupe und betrachtete damit das Bild. »Schön, schön«, sagte er mit mäßiger Begeisterung.

»Ganz wie der Meister selbst. ›Sfumato‹ nennt man das, Leonardo hat's entwickelt und bis zur Perfektion gebracht. Erstaunlich, dass sich ein Kopist so viel Arbeit macht.«

»Ja. Ich …«

»Natürlich ist das nur schnödes Handwerk. Haben Sie sich im Louvre mal das Original angesehen?«

»Ich …«

»Natürlich nicht, was frage ich denn. Einen gepflegten Skatabend ziehen Sie immer vor, was? Das Bild hängt hinter dickem Panzerglas, und selbst wenn Sie sich durch die Besuchermassen drängeln, kommen Sie nicht näher als fünf Meter heran. Aber trotzdem spüren Sie den Zauber, der darin wohnt, das Genie des Meisters, das kein Kopist jemals imitieren kann.«

Elmenthal vergrub seinen Blick lächelnd in das Bild auf dem Sektionstisch und Unger hätte jetzt Gelegenheit, zu Wort zu kommen. Allerdings hatten Elmenthals Schwärmereien etwas Beunruhigendes an sich, sodass Unger irritiert schwieg.

»Aber gut, dass Sie gekommen sind«, ergriff Elmenthal wieder das Wort.

Er reichte Unger den Klarsichtbeutel, den dieser reflexartig entgegennahm.

»Das können Sie mal bei der KTU vorbeibringen, wenn Sie grad nichts zu tun haben. Und das hier …« Elmenthal deckte das Bild sorgfältig mit einem Tuch zu und eilte in sein Büro, das nur ein paar Schritte entfernt war. »Das nehmen Sie am besten auch gleich mit.«

Der Hauptkommissar schlurfte kopfschüttelnd hinterher. Auf dem Schreibtisch lagen aufgeschlagene Folianten, nicht die üblichen Anatomie-Bücher mit gefühllosen Schnittzeichnungen und gruseligen Bildern, sondern große Kunstbände. Elmenthal hatte sie alle auf der Seite aufgeschlagen, auf der eine Abbildung der Mona Lisa zu sehen war. Er ergriff ein vergilbtes Stück Papier in einer Klarsichthülle und hielt es Unger entgegen.

»Was ist das?«, fragte Unger.

»Das befand sich in einem Umschlag auf der Rückseite des Bildes. Die KTU weiß schon Bescheid, Sie brauchen es dort nur abzugeben.«

Unger nahm das Papierstück und betrachtete es sich. »›*... documenteren en verklaren, wat een ongeloofelijk verhaal over een schilderijdiefstal ...*‹. Da war wohl jemand Legastheniker.«

»Das dürfte Niederländisch sein, wenn ich mich nicht täusche.«

»Na gut. Ich hab jetzt aber zu tun. Schicken Sie einen Ihrer Paladine zur KTU oder noch besser: Machen Sie es selbst. Frische Luft tut gut und dann riecht die Kleidung auch nicht mehr so muffig.«

Elmenthal führte seinen Arm zur Nase und schnupperte am Ärmel.

»Ich wollte mich eigentlich nur nach der genauen Todesursache erkundigen«, beeilte sich Unger nachzufragen, solange Elmenthal mit seinem Geruch beschäftigt war.

»Vermutlich Hyperlipidämie.«

»Aha ... Und was ist das?«

»Eine genetisch bedingte Erhöhung des Cholesterinspiegels im Blut mit relativer Verschiebung der LDL- beziehungsweise VLDL-Fraktion.«

»Und daran stirbt man?«

»Na ja, natürlich nicht sofort. Hier, schauen Sie ...« Elmenthal rannte wieder zu dem Bild, zog das Tuch zurück und zeigte auf einen gelben Fleck am Augenlid der schönen Lisa. »Eine Fetteinlagerung zwischen Auge und Nase. Und hier, die angeschwollenen Hände. Das ist typisch für Hyperlipidämie. Wenn das nicht behandelt wird, stirbt man mit 40 oder 50 an Herzinfarkt oder Schlaganfall. Wenn die Frau vielleicht Mitte 20 war, als sie gemalt wurde, hatte sie noch etwa ...«

»Ja, interessant. Ich meinte eigentlich, woran Mackenbach gestorben ist.«

»Ach so, ja. An Atemlähmung, reflektorisch, ausgelöst durch den Schädelbruch, zunächst verursacht vom Schlag auf den Kopf. Dann ist der Schädel vollends zerbrochen, als er beim Sturz auf dem Boden aufschlug.«

So war es zu erwarten gewesen. Unger hätte sich gar nicht herbemühen müssen, ein Anruf hätte es getan.

»Aber schauen Sie doch mal hier.« Elmenthal wies auf den Mund der Mona Lisa. »Ein solches Lächeln entsteht, wenn man keine Schneidezähne mehr hat.«

Elmenthal schritt um den Nachbartisch herum, auf dem Mackenbachs Leiche lag. Durch den Sturz war dem Opfer nicht nur der Schädel zerborsten, sondern auch die Schneidezähne ausgeschlagen worden. Elmenthal zog mit seinen Zeigefingern die Mundwinkel der Leiche zu einem dezenten Lächeln zurück.

»Sehen Sie?«

»Lassen Sie das. Das ist pietätlos.«

»Das ist Wissenschaft!«

Das ist Scharlatanerie, dachte Unger, sagte es aber nicht, um das Gespräch nicht unnötig zu vertiefen oder gar zu verlängern. Elmenthal ließ die toten Mundwinkel wieder hängen, deckte die Leiche zu, diesmal etwas sorgfältiger, und schaute Unger fragend an.

»Und?«

»Und was?«

»Was schließt der erfahrene Kriminalist jetzt aus allem?«

Eine ähnliche Frage hatte Unger letzte Nacht von Ulrich Mackenbach gehört. Er konnte beide Fragen nicht ausstehen und er begann, darüber nachzudenken, welchen Anlass er zu diesem ständigen despektierlichen Verhalten gab. Über Elmenthals Frage dachte er nicht nach.

»Na, ich helfe Ihnen«, sagte Elmenthal schließlich. »Im Allgemeinen glaubt man, dass das Gemälde Lisa del Giocondo, die Ehefrau eines reichen Florentiner Kaufmanns, darstellt. Aber: Es ist überliefert, dass diese Frau noch bis zu ihrem Tod alle Schneidezähne hatte, und in ihrer Familie starb man nicht sonderlich jung, auch sie selbst wurde über 60. Also?«

»Also?«

Elmenthal schüttelte den Kopf. Offensichtlich grauste ihn das erkennbar gewordene Ausmaß an Begriffsstutzigkeit. »Es ist gar nicht Lisa del Giocondo. Leonardo hat eine andere Frau porträtiert. Ich vermute, es könnte sich um …«

»Ja gut, ich muss jetzt gehen.« Auch durch Schweigen war es nicht möglich, Elmenthals Redefluss zum Versiegen zu bringen. Also schritt Unger zur Tat und zur Tür.

»Ach übrigens«, rief Elmenthal ihm hinterher, »Mackenbach war sehr krank und schwächlich, unter anderem litt er an Osteoporose, deshalb auch die besondere Zerbrechlichkeit des Schädels und die ausgebrochenen Schneidezähne. Das wurde vermutlich durch eine schleichende Phosphorvergiftung ausgelöst.«

»Phosphor?« Unger drehte in der Tür um.

»Ja, weißer Phosphor, ein hochwirksames Gift. Der Körper scheidet es nur sehr langsam wieder aus. Kleine Mengen, über einen längeren Zeitraum zugeführt, reichern sich zu einer toxischen Dosis an. Der Körper verfällt allmählich. Nieren, Leber und Herz werden in Mitleidenschaft gezogen, und eben Osteoporose ausgelöst.«

»Kommt man da so ohne Weiteres ran?«

»Roten Phosphor können Sie legal kaufen, weißen nicht. Früher war er in Zündhölzern und in Brandbomben enthalten. Heute braucht man gute Beziehungen, um da ranzukommen. Oder einen Urlaub auf Usedom.«

»Wa? Usedom?« Schon wieder ein Wort, das der Kommissar letzte Nacht gehört hatte.

»Unger, Unger. Bei uns in der Schule gab es das Unterrichtsfach Kiffen nicht. Stattdessen hatten wir Geschichte.« Elmenthal blickte über seine Brille und hob den Zeigefinger, sodass er eine verblüffende Ähnlichkeit mit Lehrer Lämpel hatte. »Also: Im Zweiten Weltkrieg haben britische Bomber die Heeresversuchsanstalt bei Peenemünde auf Usedom angegriffen. Ein Großteil der Phosphorbomben fiel ins Meer und zündete im Wasser nicht. In den nächsten Jahrzehnten sind sie durchgerostet, der weiße Phosphor entwich, wurde zum Teil an den Strand gespült, von Touristen für Bernstein gehalten, in die Hosentasche gesteckt und nach einiger Zeit: woam! Selbstentzündungstemperatur: 34 Grad. Wer dann versucht, mit Wasser zu löschen, verursacht als krönenden Abschluss eine mittelschwere Explosion.«

»Danke, mein lieber Professor. Danke.« Unger lächelte und verschwand.

Er konnte die neuen Informationen noch nicht recht einordnen, aber sein kriminalistisches Gespür ließ ihn ahnen, dass er gerade etwas Wichtiges erfahren hatte. Die obligatorische Quälerei bei Elmenthal hatte sich zum Schluss doch noch gelohnt. Usedom. Elmenthal mochte einen anderen Teil seiner Ausführungen für interessanter gehalten haben, er war halt ein Schöngeist. Aber Usedom war interessant, und Phosphor. Und eigentlich, wenn man mal über Elmenthals Macken hinwegsah, war er ein ganz umgängliches Kerlchen. Bei Unger stellte sich das Gefühl ein, das ihn manchmal überkam, wenn er die ersten passenden Teile eines großen Puzzles gefunden hatte.

## 6

Nur Schreibers Haare und dessen Stirn waren auszumachen, alles andere versteckte sich hinter seinem Monitor und etlichen Aktenordnern und Kunstkatalogen, die sich auf dem Schreibtisch türmten. Kleine Rauchwölkchen schienen von Schreiber emporzusteigen, obwohl er Nichtraucher war. Wahrscheinlich hatte er in seinem ganzen Leben noch nie eine Zigarette in den Händen gehalten. Bestanden die Wölkchen also nicht aus Rauch, dann war es vielleicht Dampf vom Schweiß auf Schreibers glühendem Schädel. Unger blickte ein wenig gedankenverloren auf seinen Mitarbeiter. Wie er so dasaß, mit den Akten und den Wölkchen, er hätte einem Pointenbild von Carl Spitzweg – einem der wenigen Maler, mit denen Unger etwas anfangen konnte – entsprungen sein können. Spitzweg hätte die Wölkchen nicht gemalt, aber eine Atmosphäre geschaffen, in der sich der Betrachter die Wölkchen hinzudachte. Und auch in der Realität waren sie wohl nicht vorhanden. Sie waren nur Einbildung, eine Komposition der Fantasie, die bestrebt ist, stimmige Bilder zu produzieren.

»Kommen Sie voran?«, fragte Unger.

»Adamski von der Abteilung 5 war vorhin kurz hier und hat mir ein wenig geholfen. Er kommt nachher noch mal vorbei.« Schreiber blickte auf und lehnte sich zurück. »Ich bin noch lange nicht durch, aber im Moment sieht es so aus, als wäre mindestens die Hälfte der Gemälde nicht echt. Die meisten davon hatte Mackenbach mal im Original besessen. Vor etwa fünf Jahren fing er an, sie nach und nach zu verkaufen und durch Kopien zu ersetzen. Bei den Skulpturen sieht es ähnlich aus.«

Als Unger nach nebenan zu Monique ging, hörte es sich wieder so an, als knurrte ihr Magen. Unger hielt seine Brotdose in der Hand, und vielleicht war das Knurren in ähnlicher Weise ein Produkt der Fantasie wie zuvor die Rauchwölkchen.

»Wollen Sie ein Stück Brot?«

»Finden Sie, ich bin zu dünn?« Moniques Stimme klang, als fühlte sie sich brüskiert.

»Nein.« Auch fast brüskiert.

Monique war schlank, aber nicht dünn, eher sportlich. Wenn sie, was nicht selten vorkam, in einem engen Shirt durch die Gegend lief, konnte man erkennen, dass es bei ihr nicht einmal den Ansatz eines Bäuchleins gab, aber auch keine leere Magengrube, sondern leicht definierte Bauchmuskeln. Unger hatte schon mehrmals der Versuchung widerstehen müssen, den Trainingsgrad der Muskeln mit der Hand zu überprüfen. Das ging natürlich nicht, so etwas machte man nicht, nicht der Chef bei der Mitarbeiterin.

»Nein, Sie sind nicht zu dünn, aber ich bin zu dick.«

»Na gut, dann helfe ich Ihnen abzunehmen.«

»Nehmen Sie gleich beide Brote.« Unger übergab die Brotdose seiner Mitarbeiterin, die heißhungrig darüber herfiel.

»Ich habe drei Neuigkeiten von belanglos bis entsetzlich«, nuschelte Monique mit vollem Mund. »Welche Reihenfolge?«

Unger entschied, mit »belanglos« anzufangen und sich allmählich zu steigern.

»Okay. Erstens, die Alibis der Mackenbach-Geschwister. Ich hab da die Jungs vom PK 14 eingespannt. Die freuen sich, wenn sie mal mit Leuten zu tun haben, die nicht penetrant nach Alkohol riechen. Ergebnis: Das Alibi von Elisabeth Kraanen ist bestätigt, sie war gestern Abend zu Hause bei Mann und Kind. Bei Ulrich Mackenbachs Alibi gibt es Unklarheiten. Eine Menge Leute haben ihn zwar bei der Handelskammer gesehen, aber niemand will sich genau auf eine Uhrzeit festlegen.« Monique schluckte einen Bissen Wurstbrot hinunter. »Zweitens: Das Nachlassgericht hat uns Mackenbachs Testament gefaxt. Irene Grabowski ist neben den beiden Kindern zu einem Drittel als Erbin eingesetzt.«

Ein neues Teil des Puzzles fiel in Ungers Gehirn und brachte die beiden zueinanderpassenden Teile wieder durcheinander.

»Aber jetzt kommt's, Chef, halten Sie sich fest: Irene Grabowski ist tot.«

»Tot? Wie ist das denn passiert?«

»Laut Totenschein: Leberzirrhose. Hat sich offenbar totgesoffen.«

»So schnell?«

»Na ja, ist sieben Jahre her.«

»Hä?« Unger verzog sein Gesicht, als hätte er nicht »Hä« gesagt, sondern »Igitt«.

Eine Viertelstunde später klingelten Unger und Monique an der Wohnungstür der Frau, die behauptete, Irene Grabowski zu sein. Als sie öffnete, wirkte sie nicht mehr lethargisch, wie noch am Vorabend, sondern zerzaust und aufgewühlt. Sie ging voran ins Wohnzimmer, wo die nächste Überraschung auf die Ermittler wartete: die Mackenbach-Geschwister.

»Hoppla«, sagte Unger. »Ein Familientreffen?«

Monique blieb mit verschränkten Armen im Türrahmen stehen, als wollte sie sicherstellen, dass niemand fliehen konnte. Ulrich Mackenbach schaute stumm aus dem Fenster und Elisabeth Kraanen nahm verlegen auf dem Sofa Platz. Auch die Gastgeberin setzte sich zunächst, stand aber von Nervosität getrieben gleich wieder auf.

»Planen Sie die Trauerfeier?«, fragte Unger, als seine

vorherige Frage unbeantwortet geblieben war, und legte jede Süffisanz in seine Stimme, zu der er fähig war.

Wieder keine Antwort.

»Oder die Erbschaftsaufteilung?«

Auch ohne Antwort.

Unger ging zu Ulrich ans Fenster.

»Ich dachte, Sie kennen die Anschrift von Frau Grabowski nicht?«

»Erklären Sie mir erst mal, wie Sie dazu kommen, sich während meiner Abwesenheit im Betrieb nach mir zu erkundigen, als wäre ich der Mörder.«

»Ah, die Buschtrommeln funktionieren, was?«, hielt Unger dagegen.

»Ich habe mich nicht nach Ihnen erkundigt, sondern im Rahmen von Ermittlungen die Mitarbeiter eines Gewaltopfers befragt«, entrüstete sich Monique. »Außerdem wusste ich nicht, dass Sie nicht im Betrieb sein würden. Das hab ich erst von Ihrer Sekretärin, oder wie sie sich auch immer nennt, erfahren.«

Unger ergriff erneut das Wort. »So, jetzt wechseln wir wieder unsere Rollen, wir fragen, Sie antworten. Und meine Frage lautete: Seit wann kennen Sie die Adresse von Frau Grabowski?«

»Ich habe heute Morgen mit unserem Anwalt telefoniert, wegen der Firma, wie es jetzt weitergeht. Er erzählte, dass es ein Testament zugunsten von Frau Grabowski gibt und dann gab er mir ihre Adresse.«

»Und von dem Testament wussten Sie vorher nichts?«

»Nein.«

»Ihr Vater hat das nie erwähnt?«

Eine Neuauflage des Hahnenkampfes drohte, nur wähnte Unger sich dieses Mal vollkommen im Recht.

»Nein!«

»Und jetzt sind Sie gekommen, um Frau Grabowski zur Rede zu stellen?«

»Sie hat sich ins Erbe geschlichen!«

»Gerade jetzt, wo die Firma doch so schön übern Berg ist …«

»Was wollen Sie von mir? Ich bin hier nicht der Erbschleicher.«

Unger wandte sich der im Zimmer auf und ab gehenden Haushälterin zu. »Tja, Frau Grabowski, in dem Testament wird eine Frau Irene Grabowski zu einem Drittel als Erbin eingesetzt. Was sagen Sie denn dazu?«, fragte er.

»Ich? Nichts. Von dem Testament wusste ich nichts.«

Unger musterte Irene auf der Suche nach einer Regung, die die Ungereimtheiten erklären könnte, doch er fand nur wieder das verlegene Lächeln und das Zucken der Augenbrauen.

»Irene Grabowski ist vor sieben Jahren in Norderstedt gestorben«, sagte er.

»Aber *ich* bin Irene Grabowski.« Die Stimme der Frau klang gebrochen, das Lächeln verschwand und die Augenbrauen verkrampften sich. »Sie haben doch meinen Ausweis gesehen.«

»Das ist kein Beweis.«

»Es muss ein Irrtum sein, ein Irrtum. Elisabeth und Ulrich können es bestätigen. Sie kennen mich seit ihrer Kindheit.«

Unger schaute Ulrich Mackenbach auffordernd an, der stumm aus dem Fenster sah. Ungers Blick ging weiter zu Elisabeth Kraanen.

»Ich … ich kann das nicht sagen.« Sie zuckte mit den

Schultern. »Es ist so lange her. Ich hatte sie über 20 Jahre nicht gesehen.«

»Ihr Schweine!«, fauchte Irene und schaute Elisabeth verächtlich an.

»Hä? Wie jetzt?« Ungers Puzzle fiel gerade vom Tisch, in alle Einzelteile.

»Als die Kinder größer wurden, war ich eine Zeit lang woanders«, bemühte sich die Haushälterin, eine Erklärung zu liefern. »Und als Frau Mackenbach krank wurde, bin ich zurückgekehrt als Haushälterin.«

»Wann war das?«

»Vor fünf Jahren.«

»Da war Irene Grabowski bereits tot.«

»Ich bin Irene Grabowski!«

»Dann werden wir die Leiche exhumieren.«

»Es war eine Feuerbestattung.«

Die Anwesenden schauten auf Irene, sogar Ulrich riss seinen Blick vom Geschehen auf der Straße los, und Irene schaute nacheinander jedem ins Gesicht. Hilfe konnte sie von niemandem erwarten.

»Also doch!« Unger wurde ungeduldig. »Wer sind Sie?«

»Ich bin Irene Grabowski.«

Unger kramte in seinem Kopf nach etwas, das er übersehen haben könnte und das die Widersprüche aufklären würde. Monique schaute gebannt auf Irene, Elisabeth auch und Ulrich drehte sich wieder der Straße zu, konzentrierte sich aber zweifellos auf das Geschehen im Raum.

»Silke ist tot«, sagte Irene nach einer Weile. »Wir waren Zwillinge.«

»Sie sind Irene und hatten eine Zwillingsschwester

mit Namen Silke? Eineiige Zwillinge?«, fragte Unger nach.

»Ja.«

»Und Silke liegt in dem Grab?«

»Ja.«

»Wie konnte es denn dazu kommen, dass *Sie* beim Standesamt als verstorben gemeldet sind?«

»Ein Irrtum.«

»Ein Irrtum, den Sie niemals aufgeklärt haben?«

Irene antwortete nicht. Ihr Blick ging wieder ins Leere und das verlegene Lächeln kehrte zurück.

»Frau Grabowski, oder wie auch immer, wer soll Ihnen das glauben?«

Wieder keine Antwort.

»Wo waren Sie gestern zwischen 19 und 20 Uhr?«, fragte Monique und schlug damit den Bogen zu ihren Ermittlungen. Bislang hatte noch niemand einen Verdacht ausgesprochen, auch wenn alle ihn im Kopf hatten.

»Zu Hause. Allein.«

Elisabeth schaute hasserfüllt, während Ulrichs demonstrative Gleichgültigkeit von ihm abfiel.

»Sie ist eine Lügnerin und eine Erbschleicherin«, rief er. »Und wahrscheinlich auch eine Mörderin.«

Unger hatte den Überblick verloren. Eine Reihe von Fragen und Gedanken schwirrten durch seinen Kopf und wollten sortiert werden.

»So geht das jetzt nicht«, sagte er und beschloss, die Befragung in kontrollierter Umgebung fortzusetzen. Irene sollte ins Präsidium mitkommen und den Mackenbach-Geschwistern schlug Unger vor, nach Hause zu fahren und sich zu beruhigen.

# 7

»Das ist absolute Kacke«, fluchte Elisabeth.

Die Geschwister hatten sich gerade in Ulrichs neuen BMW X6 gesetzt und beobachteten, wie Irene – oder wie auch immer sie hieß – von den beiden Kommissaren auf den Rücksitz eines Passats verfrachtet wurde.

»Kacke«, sagte Elisabeth noch einmal.

»Was willst du?«, entgegnete Ulrich. »Ich weiß überhaupt nicht, was du willst.«

Er wusste es doch oder ahnte es zumindest. Auch ihm gefiel so einiges nicht, ohne dass er es auf Anhieb vollständig aufzählen konnte. Das Testament natürlich, die Erbschleicherei, das war gewissermaßen Diebstahl. Aber nicht nur das. Ihm hätte gefallen müssen, dass Irene nicht Irene war. Aber das tat es nicht, nicht wirklich. Die ganze Situation gefiel ihm nicht.

»Das war wirklich eine Scheißidee, hierherzukommen«, fuhr Elisabeth ihren Bruder an. »Gestern Abend hast du dich benommen wie ein Orang-Utan und heute treffen die uns bei Irene an.«

»Na und?«

»Findest du nicht, dass du dich verdächtig gemacht hast?«

»Ich finde vor allem, dass es hier um sehr viel Geld geht, sehr, sehr viel Geld. Da kann man ruhig mal nachprüfen, ob Irene nicht in Wirklichkeit eine Betrügerin ist.«

»Ulrich und das Geld.« Elisabeth schüttelte verächtlich mit dem Kopf. »Du bist ein erbärmlicher Wicht!«

Jetzt wusste Ulrich doch nicht mehr, was Elisabeth eigentlich wollte.

»Du heuchelst Trauer und ich bin ein Wicht?«, empörte er sich. »Du hast dich doch heimlich gefreut, als du hörtest, dass Vater tot ist.«

»Getrauert hast du auch nicht.«

»Ich habe jedenfalls nicht geheuchelt.«

Im Grunde hatte Ulrich noch nie gewusst, was seine Schwester wollte. Irgendwas war immer, immer war es was anderes, und meistens hatte es mit dem Vater zu tun.

Dass er die Mutter betrogen haben soll, zum Beispiel. Niemand wusste es, nicht mal die Mutter, aber Elisabeth wollte es gesehen haben. Sie waren damals kleine Kinder gewesen, im Grundschulalter. Elisabeth hatte noch keine Vorstellung davon haben können, was betrügen überhaupt bedeutete. Mitten in der Nacht kam sie heulend in Ulrichs Zimmer gerannt und wimmerte, sie habe irgendetwas gesehen. Es war unverständliches Zeug. Sie hatte nur geträumt, das war klar, aber Ulrich konnte sie nicht beruhigen. Er ließ sie in sein Bett, sie hielten sich im Arm und Elisabeth wimmerte weiter, endlos lang, bis sie vor Erschöpfung eingeschlafen war.

Oder dass der Vater ihr gegenüber immer grausam gewesen sei, dass er sie gegängelt und für Nichtigkeiten böse bestraft habe. Sie hatte nie auf ein humanistisches Gymnasium gewollt, aber sie hatte gemusst. Und in der Untertertia hatte sie sich eine Fünf in Mathematik eingefangen. Vater hatte dann Anabah, Elisabeths Pferd, verkauft und gesagt, dass sie kein neues bekomme, bevor sie nicht mindestens eine Vier in Mathematik habe. Elisabeth war richtig abgedreht, sie hatte Anabah geliebt, und es war sicher eine drastische Maßnahme gewesen. Aber sie hatte Erfolg. Ein Jahr später und bis zum Abitur hatte sie immer eine Drei. Und wieder ein Pferd.

Oder dass Elisabeth nach dem Abitur BWL studieren sollte. Sie wollte aber nicht und tat es auch nicht, das einzige Mal, dass sie sich dem Vater gegenüber durchgesetzt hatte. Er enterbte sie. Später entschuldigte sie sich bei ihm. Er verzieh ihr, bestand nicht mehr auf BWL und setzte sie wieder als Erbin ein.

Oder dass Vater wegen seiner Härte an Mutters Alkoholsucht schuld gewesen sein sollte. Und an ihrem Tod. Und daran, dass auch Elisabeth angefangen hatte, Alkohol zu trinken.

So war die Welt in ihren Augen. Bei jeder dieser Tragödien hatte sie ständig geweint, sich monatelang nicht wieder eingekriegt, war sogar zum Therapeuten gelaufen. Ulrich hatte all das nicht nachvollziehen können. Ob ihm nicht aufgefallen sei, dass sie für den Vater keinen Kosenamen hätten, hatte Elisabeth ihn einmal gefragt. Ihm war es aufgefallen. Die Mutter hatten sie ›Mom‹ genannt, den Vater ›Vater‹. Aber ob er deswegen wirklich an allem Schlechten Schuld trug?

Der Passat war inzwischen davongefahren, sodass die Geschwister auf die hinterlassene Parklücke starrten.

»Worauf wartest du?«, fragte Elisabeth.

»Ich bring dich nach Hause«, antwortete Ulrich und startete den X6. Ein kraftvolles, aber leises Brummen war zu hören, das beim zügigen Losfahren in ein leichtes Surren überging, als wollte er demonstrieren, dass ihn die Beschleunigung überhaupt nicht anstrenge. Ulrich hatte den neuen Wagen erst vor ein paar Tagen vom Autohaus abgeholt. Endlich ein standesgemäßes Auto mit niedrigem Spritverbrauch, endlich konnte er all den Öko-Hetzern eine lange Nase drehen. Er hätte sich gern über sein neues Auto gefreut, aber Freude wollte in diesen Tagen nicht aufkommen.

»Es ist nicht gut, wenn sie Irene durch die Mangel nehmen.«

»Warum? Wenn sich herausstellt, dass sie gar nicht Irene ist, können wir das Testament anfechten«, antwortete Ulrich und steuerte den X6 über einen Kantstein, als er an einem Linksabbieger vorbeifuhr. »Etwas Besseres kann uns eigentlich nicht passieren.«

»Dann sollten sie das schnell herausfinden und nicht erst lange in unseren Familienangelegenheiten herumstöbern. Und könntest du bitte aufhören zu fahren wie bei einer Rallye durch die finnische Tundra.«

Ulrich verstand auch nicht, wieso gerade Elisabeth Familienangelegenheiten geheim halten wollte, wo sie doch sonst jedem, der es hören wollte, alles erzählte – natürlich nur ihre Sicht der Dinge, und gerade die war regelmäßig am peinlichsten. Aber recht hatte sie.

»Die Frau sieht aus wie Irene. Und wenn sie in Wahrheit ihre Zwillingsschwester ist, wie willst du sie da rankriegen?«, fragte Ulrich.

Die Frage blieb für zwei rote Ampeln unbeantwortet, bis Elisabeth etwas wie ›Hepp!‹ ausrief, die Hände in Schulterhöhe riss und für einen Moment wie versteinert dasaß.

»Die Narbe!«, rief sie schließlich aus. »Erinnerst du dich noch an ihre Narbe?«

»An der Hand, meinst du? Was ist damit?« Ulrich versuchte, sich zu erinnern. »Keine Ahnung, ob sie die damals schon hatte.«

»Nicht die an der Hand. Die am Bein.«

Am Bein. Da war was. Irene war damals mit den Kindern im Sommer oft zum Elbstrand gelaufen, unten in Övelgönne, man konnte es von der Villa aus zu Fuß erreichen. Eine lange schmale und steile Treppe, ›Himmelsleiter‹ hatten sie sie genannt, führte hinunter an den Strand. Unten breiteten sie ihre Badelaken aus, cremten sich ein, gingen baden und spielten Ball. Irene trug meist ein langes Strandkleid wie eine alte Gouvernante. Damit versteckte sie eine große Brandnarbe am rechten Oberschenkel, für die sie sich schämte. Wo die Narbe hergekommen war, hatte Irene nie erzählt, und die Kinder hatten sich nicht dafür interessiert, sie war einfach da. Nur das Strandkleid ihres Kindermädchens war ihnen ein wenig peinlich gewesen.

## 8

Es war einer der schlichtesten Vernehmungsräume des Polizeipräsidiums in Winterhude. Darin standen zwei Tische, ein paar Stühle, ein Mikrofon. Nichts, was die Konzentration hätte stören können. Dennoch war für Irene an Konzentration offensichtlich nicht zu denken. Sie saß am Tisch, wirkte fahrig, nervös, rieb sich die

Hände, schreckte auf, als hätte sie ein Geräusch gehört, sank dann wieder in sich zusammen, bat um ein Glas Wasser, später um ein weiteres. Unger und Monique saßen der Haushälterin gegenüber. Sie sprachen leise und ruhig, wie man es tun sollte, wenn die zu vernehmende Person eingeschüchtert ist. Sie hielten sich mit Anmerkungen oder gar Vorwürfen zurück, fragten nur präzise, bedächtig, neutral. Und sie hörten immer wieder dieselben Antworten, leise, ängstlich, ein wenig verworren vielleicht. Irene blieb bei ihrer Geschichte. Sie sei Irene, und Silke sei gestorben. Allmählich wurden Ton und Wortwahl der Ermittler fordernder, aber Irene blieb leise und ängstlich und bei ihrer Version. Auch als Monique darauf hinwies, dass der Zahnstatus oder eine Schriftprobe wahrscheinlich Aufschluss bringen könnten, dass man Verwandte befragen würde und nachverfolgen könnte, ob sie nicht doch in den letzten Jahren irgendwann einmal als Silke aufgetreten war, blieb sie dabei.

Unger wechselte das Thema. »Welches Verhältnis hatten Sie zu Carl Werner Mackenbach?«

»Er war mein Chef.«

»Sonst nichts?«

»Was sollte er sonst noch gewesen sein?«

Unger holte tief Luft. Nächstes Thema.

»Wer ist ›S.‹?«

»Wer?«

»In Mackenbachs Kalender fanden wir private Termine mit ›S.‹. Hatte Mackenbach eine Geliebte?«

»Weiß ich nicht.«

»Mackenbach hat sich ständig mit ›S.‹ getroffen. Und Sie wollen davon nichts mitbekommen haben?«

Irene zuckte mit den Schultern. Unger blätterte in seiner Akte, bis er zu einem Ausdruck von Mackenbachs Kalender kam.

»Hier, am 25. Februar: ›S. im Theater‹.«

Irene schaute Unger stumm an.

»Oder hier, 12. März: ›20 Uhr Tisch im Waidhaus‹. Das ist ein Restaurant in Husum, nicht?«

»Ich weiß das alles nicht.«

»Wo waren Sie denn am 12. März?«

»Zu Hause.«

»Allein?«

Irene nickte.

»Und was haben Sie da gemacht?«

»Ferngesehen.«

»Und wieso wissen Sie das noch so genau?«

»Ich bin abends immer allein zu Hause.«

Irene musste zur Toilette, und Unger nutzte die Pause dazu, das in der Mackenbach-Villa sichergestellte Handy von der KTU zu holen.

»Ist das Ihres?«, fragte er, als Monique die Haushälterin wieder in den Verhörraum führte.

»Ja«, antwortete sie und fügte nach kurzer Überlegung hinzu: »Ich muss es verlegt haben.«

»Die Nummer ist in Mackenbachs Kalender unter ›Silke‹ gespeichert. Ist das etwa auch ein Irrtum?«

Ungers Tonfall nahm an Lautstärke und Bedrohlichkeit zu, während Irene sich zu einem in die Enge getriebenen Tier verwandelte, ein Fluchttier kurz vor der Panik.

»Sie sind Silke Grabowski und Sie sind ›S.‹ und Sie waren Mackenbachs Geliebte! Jetzt hören Sie endlich auf mit dieser Schauspielerei!«

Die Tür öffnete sich und Schreiber winkte Unger zu.

»Jetzt nicht!«, schrie Unger zurück.

Dann stutzte er. Er hatte gehofft, dass dies der Moment sein könnte, in dem das gejagte Tier den Kampf aufgeben und die Kehle hinhalten würde. Doch Irene war ein Fluchttier, sie konnte das nicht, sie würde in Panik verfallen, sonst nichts. Unger ging zu Schreiber hinaus.

»Frau Kraanen hat gerade angerufen. Sie sagt, sie und ihr Bruder würden sich an eine große Brandnarbe am rechten Oberschenkel von Irene Grabowski erinnern.«

»Am Oberschenkel? An der Hand hat sie eine Brandnarbe.«

»An die Narbe auf der Hand könne sie sich nicht mehr so gut erinnern, sagt sie. Aber an die Narbe am Oberschenkel erinnere sie sich genau.«

Mit dieser Information stürmte Unger zurück ins Vernehmungszimmer.

»Haben Sie eine Brandnarbe am Oberschenkel?«, fragte er, ohne den Eindruck von Euphorie erwecken zu wollen, was er wohl doch tat.

»Ich?«

»Ja, Sie! Irene Grabowski hatte eine großflächige Brandnarbe am rechten Oberschenkel.«

»Wer sagt das?«

Jetzt hatte er sie.

»Sie gehen jetzt mit Frau Lambert nach nebenan ins Untersuchungszimmer und zeigen ihr den rechten Oberschenkel!«

Irene Grabowski antwortete nicht. Sie stand auch nicht auf, sie bewegte sich nicht. Nur das Gesicht verkrampfte sich. Ein Moment der Stille trat ein. Das Fluchttier hatte einen schweren Prankenhieb abbekommen, es blutete, es konnte nicht mehr weiterlaufen, es brach zusammen.

»Irene ist tot«, hauchte die Haushälterin fast ohne Stimme, dann noch einmal, etwas lauter, »Irene ist tot. Ich bin Silke Grabowski.«

Unger und Monique schauten zu, wie das gerissene Tier langsam verblutete.

»Unser Opa. Er hat uns oft Geschichten erzählt. Unsere Eltern waren viel unterwegs und Opa war dann bei uns. Wir kuschelten uns an und er erzählte Geschichten, lustige und traurige, gruselige manchmal. Eine der Geschichten handelte von einer kleinen Prinzessin mit lockigem, blondem Haar. Opa sagte, sie sah so aus wie wir, wir hätten Drillinge sein können. Der Vater der Prinzessin war einmal König gewesen, aber das Volk hatte ihn aus seinem Reich verbannt und er musste jetzt mit seiner Tochter in der Fremde leben. Er war traurig, er wäre so gern wieder in die Heimat zurückgekehrt, er hätte sogar auf den Thron verzichtet, aber er durfte aus dem fremden Land nicht ausreisen. Eines Tages fand die Prinzessin am Strand einen kleinen glänzenden Stein, der sah aus wie Honig. Und darin war eine kleine Fliege eingeschlossen. Um ihren Vater zu trösten, schenkte die Prinzessin ihm den Stein. Der König war entzückt. Er legte ihn in heißes Wasser, sodass er schmolz, und die Fliege kam frei. Sie bedankte sich beim König und wollte alle seine Wünsche erfüllen. Der König aber schickte sie nur los, in die alte Heimat zu fliegen und anschließend zu berichten, was sie dort alles gesehen hatte. So flog die Fliege los, kam wieder und erzählte von ihren Erlebnissen. Der König war glücklich, von der alten Heimat zu hören. Deswegen schickte er die Fliege immer wieder los. So verbrachte er sein Lebensende in der Fremde und war trotzdem glücklich.

Opa musste uns das Märchen oft erzählen, wir wollten es immer wieder hören. Den Schluss hörten wir nur selten, meist waren wir vorher eingeschlafen. Jahre später verbrachten wir die Sommerferien in einem Lager auf Usedom. Bei einem Strandspaziergang fand ich einen Bernstein, nur ohne Fliege. Irene und ich waren hingerissen von diesem schönen Stein. Von da an liefen wir in jeder freien Minute zum Strand und suchten Bernstein und hofften, dass wir irgendwann einen mit einer Fliege finden würden. Einmal liefen wir ohne Erlaubnis los und an diesem Tag fand ich einen besonders großen Stein. Ich schenkte ihn Irene und sie steckte ihn sich in die Hosentasche. Kurz darauf begann er zu brennen, es war gar kein Bernstein, sondern Phosphor, weißer Phosphor. Irenes Hose brannte, sodass sie entsetzlich schrie. Ich versuchte, ihr zu helfen, den brennenden Phosphor aus der Hose zu ziehen, aber er klebte fest, er klebte auf der Haut fest und das Feuer fraß sich immer weiter. Irene wurde ohnmächtig und ich stand davor und konnte nichts tun …«

»Daher die Brandwunden an Irenes Bein und an Ihrer Hand«, folgerte Monique.

»Es war nicht nur das Bein, auch am Bauch. Sie überlebte nur knapp, mit höllischen Schmerzen, noch jahrelang. Die tiefe Wunde, die große Fläche, das verheilte sehr schlecht und entzündete sich immer wieder. Irene hat viel geweint. Und ich war schuld. Während sie im Krankenhaus lag, musste ich nach Hause und alle waren mir böse. Sie sagten, dass ich Irene angestiftet hab. Und das hatte ich ja auch irgendwie. Sie wurde fünfmal operiert.«

Silke hatte wie in Trance gesprochen. Sie war kein gerissenes Tier, eher ein Tier, das von einem Betäubungsgewehr mit einer zu geringen Dosis getroffen wurde.

»Und warum haben Sie sich für Irene ausgegeben?«, wollte Unger wissen.

»Ich brauchte einen Job.«

»Deswegen nimmt man doch keine fremde Identität an.«

»Ich hatte Irene in ihren letzten Monaten gepflegt. Als sie starb, dachte ich, ich könnte bei den Mackenbachs anfangen, wenn ich mich als Irene ausgeben würde.«

»Und nachdem Sie die Stelle hatten, begannen Sie ein Verhältnis mit Mackenbach?«

»Nein!« Das Tier kehrte aus der Trance zurück. »Ich heiße Silke und der Eintrag in Mackenbachs Telefonregister ist korrekt. Aber ich bin nicht ›S‹.«

»Haben Sie eigentlich noch etwas von dem Phosphor?«

Es wäre schon ein merkwürdiger Zufall, wenn der Phosphorunfall der Grabowski-Schwestern und die schleichende Phosphorvergiftung von Mackenbach nicht zusammenhängen würden.

»Nein, ist doch alles verbrannt.«

Unger und Monique verließen den Raum und berieten sich. Dann warteten sie eine Weile, bis Silke sich wieder gefangen hatte. Monique brachte die Haushälterin anschließend nach Hause.

Inzwischen war der vorläufige Untersuchungsbericht der KTU eingetroffen. Unger überflog ihn kurz:

Daktyloskopische Spuren seien im gesamten Gebäude gefunden worden, und zwar von Mackenbach selbst, der Haushälterin, den Mackenbach-Geschwistern sowie drei nicht identifizierten Personen, möglicherweise Besuch. Keine der Spuren habe eindeutig der Tat zugeordnet werden können, insbesondere seien keine relevanten Spuren an der Tatwaffe entdeckt worden. In den Räumen der Kunstsammlung haben sich ausschließlich Spuren von Mackenbach, seinem Sohn und der Haushälterin gefunden. Das sichergestellte Mobiltelefon habe Spuren der Haushälterin aufgewiesen. Keine tatrelevanten molekularbiologischen Spuren, insbesondere keine verwertbare DNA an der sichergestellten Damenunterwäsche.

Schreiber kam herein.

»Ich hab hier die Melderegisterauskunft. Unter der Wohnanschrift von Frau Grabowski ist tatsächlich eine ›Silke Grabowski‹ gemeldet. Und bei der Sozialversicherung ist als Haushälterin auch ›Silke‹ registriert. Mackenbach muss also gewusst haben, dass sie nicht Irene ist.«

»Aber im Arbeitsvertrag steht Irene. Mackenbach hat es also nicht von Anfang an gewusst. Als er es erfahren hat, änderte er trotzdem den Arbeitsvertrag nicht. Und auch nicht das Testament. Das passt gar nicht zu diesem peniblen Mann.« Unger blickte eine Weile sinnierend auf seinen Schreibtisch und schaute dann zu Schreiber hoch. »Wie ist denn das? Wenn im Testament ein Erbe steht, der nicht mehr lebt, wer erbt denn dann?«

Schreiber runzelte die Stirn. Er hatte Jura studiert und galt in der ganzen Abteilung 4 als zuverlässige Auskunftsperson für schwierige Rechtsfragen. Ob Straf-, Zivil- oder Verwaltungsrecht, Schreiber wusste auf fast alle Fragen eine spontane und meist richtige Antwort.

»Schwer zu sagen. Man muss den tatsächlichen Willen des Erblassers zum Zeitpunkt der Testamentsabfassung erforschen.«

»Na ja, Mackenbachs Wille war: Er wollte Irene Grabowski als Erbin einsetzen.« Unger stutzte. »Oder vielleicht eher so: Er wollte die Frau als Erbin einsetzen, die für ihn als Haushälterin arbeitete und von der er glaubte, dass sie Irene Grabowski hieß.«

»Tatsächlich war sie aber Irenes Schwester. Also lautet die entscheidende Frage: Hätte Mackenbach sie auch als Erbin gewollt, wenn er gewusst hätte, dass sie in Wahrheit Irenes Schwester Silke war?«

Unger kannte die Antwort nicht. Er selbst würde niemanden als Erben einsetzen, der ihm eine falsche Identität vorgegaukelt hätte. Aber er besaß sowieso kein Testament. Er hatte auch nichts zu vererben. Außer seiner Gitarre vielleicht, eine Martin. Dafür hatte er einmal ein halbes Monatseinkommen hingelegt. Doch zum Vererben hätte sie nicht wirklich getaugt, jedenfalls kannte Unger niemanden, der sie hätte haben wollen.

»Was machen Ihre Nachforschungen bezüglich der Kunstsammlung?«, fragte er.

»Ich hab da was ganz Interessantes gefunden, ein Urteil des Oberlandesgerichts München und ein paar Zeitungsausschnitte dazu. Mackenbach hat einen gewissen Professor Maximilian Schadler auf Schadensersatz verklagt, weil er in einer Expertise ein gefälschtes Gemälde von Tizian für echt befunden hatte und Mackenbach es daraufhin für vier Millionen Euro gekauft hatte. Er hat den Prozess gewonnen. Die Sache ging damals mehrfach durch die Presse und der Professor hat viel von seinem Ruf als renommierter Kunstexperte eingebüßt. Bei der mündlichen Verhandlung soll Schadler Mackenbach gedroht haben, er werde sein Verhalten noch einmal bitter bereuen. Ich habe die Gerichtsakten angefordert, sie müssten morgen hier sein. Und Sie haben morgen früh einen Telefontermin mit Schadler. Es war gar nicht so leicht, seine Sekretärin davon zu überzeugen, dass wir wirklich von der Polizei sind.«

»Sondern? Von der katholischen Kirche?«

»Offenbar haben schon mehrfach Reporter mit unsauberen Tricks versucht, von Schadler ein Interview zu dem Prozess zu bekommen.«

»Und wie haben Sie es hinbekommen?«

»Die Sekretärin ließ sich unsere Telefonnummer von der Staatsanwaltschaft bestätigen.«

»Hm, gebrannte Kinder.«

»Im Übrigen stecke ich fest. Der Kollege Adamski hat sich noch nicht wieder gemeldet. Im Moment stöbere ich die Ordner mit Kaufbelegen und Expertisen durch. Übrigens, für die Kopien, die Mackenbach hat anfertigen lassen, musste er auch schon mal ein paar Tausender ausgeben. Die waren teilweise sehr aufwendig gefertigt worden, einige von renommierten Künstlern.«

»Ist das eigentlich erlaubt, so eine Kopie zu fertigen?«

»Natürlich. Der ursprüngliche Künstler muss mindestens 70 Jahre tot sein und die Kopie muss als solche erkennbar sein. Das wurde vom BGH ausdrücklich bestätigt …«

»Ah, Monique!«, rief Unger aus und war ehrlich erfreut, dass seine Mitarbeiterin gerade hereinkam. Dies unterbrach Schreiber gerade rechtzeitig, bevor er sich in einen Rausch reden würde. Augenblicklich war er still, wie er immer sofort still war, wenn er bemerkte, dass sein Monolog niemanden interessierte. Außer er war bereits im Rausch.

»Ich hab mich noch ein wenig in der Wohnung von Frau Grabowski umgesehen. Und in ihren Unterlagen.

Sie hat es mir erlaubt.« Monique ließ sich auf einen Stuhl fallen und atmete tief ein. »Also: Den Mietvertrag unterschrieb sie noch mit ›Silke‹. So hat sie sich auch beim Einwohnermeldeamt angemeldet. Auf einem alten Türschild, das ich gefunden habe, stand ›Silke Grabowski‹, das hat sie irgendwann gegen ›Grabowski‹ ausgetauscht. Mit der Zeit fing sie an, neue Verträge mit ›Irene Grabowski‹ zu unterschreiben.«

Unger begann, an der geistigen Gesundheit der Haushälterin zu zweifeln. »Warum macht sie das?«, fragte er mehr sich selbst als die anderen. »Und warum ist sie sogar uns gegenüber so energisch dabei geblieben, dass sie Irene ist? Glaubte sie, dass wir das nicht überprüfen?«

»Ich denke, sie leidet noch immer unter ihrer Schuld an dem Phosphorunfall ihrer Schwester und möchte es irgendwie wiedergutmachen. Deshalb ist sie in Irenes Identität geschlüpft, um ihr doch noch ein schönes Leben zu bereiten.«

»Haben Sie heimlich Psychologie studiert, Monique?« Unger machte sich gern über die ausufernden Intuitionen seiner Mitarbeiterin lustig. Intuitionen waren Überzeugungen, die ohne Gebrauch des Verstandes erlangt wurden, und das konnte Monique sehr gut: den Verstand ausblenden. Aber trotzdem schätzte Unger sie dafür. Mit ihren Intuitionen lag sie öfter richtig, als die Gesetzmäßigkeit des Zufalls es erlauben würde. In diesen Momenten genoss Monique den Triumph ihrer Intuition über Ungers spröden Verstand und postulierte, dass zutreffende Intuitionen auf Empathie beruhten. Heimlich freute sich Unger mit ihr.

»Und warum bestreitet sie, ›S.‹ zu sein?«

»Vielleicht ist Irene in Silkes Fantasie etwas so Reines, dass sie ihr ein außereheliches Verhältnis mit einem viel älteren Mann nicht zumuten konnte.«

»Schizophren.« Das war das Wort, das Schreiber regelmäßig gebrauchte, wenn er Verhaltensweisen von anderen Menschen nicht verstehen konnte. Und das geschah oft.

»Oder vielleicht ist ›S.‹ tatsächlich jemand anderes«, ergänzte Monique.

»Bei der Wahrheitsliebe dieser Frau würde ich nicht allzu viel darauf geben«, erwiderte Unger, während Schreiber wiederholte: »Schizophren.«

Unger stand von seinem Stuhl auf. »Ich glaube, keiner von denen sagt die Wahrheit.«

»Das macht sie alle verdächtig, nicht, Chef?« Machte Monique sich über Unger lustig? »Aber sie stecken auch nicht unter einer Decke.«

»Und trotzdem widersprechen sie einander nicht wirklich, nur so ein bisschen.«

»Na, das mit der Brandnarbe, das war schon ein heißer Tipp«, warf Schreiber ein. »Da kann man nicht sagen, dass die Mackenbach-Geschwister und die Grabowski unter einer Decke stecken.«

»Da ging es ums Erbe«, wiegelte Unger Schreibers Einwand ab. »Aber sonst sind sie merkwürdig zahm zueinander. Als hätten sie sich gegenseitig in der Hand.«

»Ist das jetzt männliche Intuition, Chef?«

Unger überhörte das. Jedenfalls versuchte er es.

»Monique, Sie wollten doch sowieso ein wenig im Leben von Irene Grabowski stöbern. Weiten Sie das doch ein bisschen auf Silke aus: Ist sie wirklich Irenes Zwillingsschwester? Welchen Lebensweg hatte sie? Und so weiter.« Es klang ein wenig wie eine Strafarbeit für die flapsige Bemerkung und das war es auch. Für alle flapsigen Bemerkungen der letzten zwei Tage.

»Is klar, Chef.«

»Was ist eigentlich mit der verstorbenen Ehefrau von Mackenbach? Wie hieß die noch mal?«

Monique kramte in der Akte. »Gudrun. Gudrun Mackenbach.«

»Um diese Gudrun haben wir uns noch gar keine Gedanken gemacht.«

»Na ja, die Mörderin kann sie schlecht sein«, warf Schreiber ein.

Monique grinste, Unger nicht. Einen Witz traute er Schreiber nicht zu.

»Immerhin starb sie, kurz nachdem Silke Grabowski in die Dienste der Mackenbachs gekommen war. Und später hatte Mackenbach eine Geliebte, die ›S.‹ heißt. Grund genug, mal nachzuforschen, ob die Ehe harmonisch war, nicht?«

Die Ermittler schauten sich gegenseitig an. Umwerfende Erkenntnisse versprach sich wohl niemand, aber die Spur war es wert, verfolgt zu werden.

»Okay«, sagte Monique nach einer Weile, »wo ich sowieso gerade dabei bin, kann ich mich morgen auch gleich darum kümmern, was über diese Gudrun Mackenbach so alles herauszubekommen ist.«

»Gute Idee«, stimmte Unger besänftigt zu.

Mit den Randsteinen ihres Puzzles waren sie weitgehend fertig. Jetzt mussten die übrigen Teile nach Farben sortiert werden.

Es war bereits dunkel, als Unger nach Hause fuhr. Seit dem Frühstück hatte er nichts mehr gegessen und jetzt meldete sich ein deutlicher Hunger, kein Heißhunger, nichts, was unerträglich quälte oder die Gedanken in Beschlag nahm, aber doch ein unangenehmes Gefühl, das zur baldigen Nahrungsaufnahme mahnte und Unger an sein kürzlich überstandenes Magengeschwür erinnerte. Der Arzt hatte ihm Medikamente gegeben, regelmäßige Mahlzeiten verordnet und Stress, Alkohol und Kaffee weitgehend verboten. Das sagten Ärzte eigentlich immer. Hätte Unger noch geraucht, wäre ihm das vom Arzt sicher auch verboten worden. Wie immer. Nun war es nicht so, dass er jede Empfehlung seines Arztes bedenkenlos in den Wind schlug, aber die individuelle Lebensweise musste mit den Anforderungen des konkreten Alltags in Einklang gebracht werden. Und da stand für einen Kriminalhauptkommissar des Landeskriminalamtes Hamburg das Maß an Stress nun mal nicht zur eigenen Disposition, und beim besten Willen kam er oft nicht zu regelmäßigen Mahlzeiten. Ein LKA war kein Finanzamt. Vorläufig musste es ausreichen, dass Unger nicht mehr rauchte.

Er hatte darauf geachtet, die leere Brotdose mit nach Hause zu nehmen, um sich bei der Mutter als braver Sohn präsentieren zu können. Trotz unregelmäßiger Mahlzeiten waren Pausenbrote nicht sein Ding. Doch er hatte den Versuch aufgegeben, der Mutter das klarmachen zu wollen.

Unger bog jetzt in die Friedensallee ein, noch eine Kreuzung, dann würde er zu Hause sein, genau genommen, er würde mit dem Auto vor dem Hauseingang stehen und einen Parkplatz suchen. Das war der Preis des hippen Stadtteils Ottensen, es gab mehr Autos als Parkplätze, und wenn einer frei war, dann oft etliche Häuserblocks entfernt. Der Kampf um freie Plätze hatte mitunter absurde Züge angenommen. Wenn die Anwohner einmal einen guten gefunden hatten, neigten einige von ihnen dazu, am nächsten Tag die U-Bahn zu nehmen, um das gewonnene Terrain nicht aufgeben zu müssen. Manche blieben gleich ganz zu Hause. Da ging es in der Elbchaussee, wo Mackenbach senior gewohnt hatte, deutlich entspannter zu, oder auch auf der Uhlenhorst, wo der Junior wohnte und man einen Platz in der Tiefgarage unter der eigenen Wohnung besaß. Selbst Silke Grabowski hatte es in Stellingen mit seinem Vorstadtambiente insoweit besser getroffen, aber nur insoweit.

Heute hatte Unger Glück, fast direkt vor der Haustür fand sich ein freier Parkplatz. Werktags von 8 bis 18 Uhr war das Parken hier nicht erlaubt, aber über Nacht ging es. Als Unger den Hausflur betrat, dachte er an das bevorstehende Geglucke der Mutter, doch die Freude auf eine gute, bürgerliche Mahlzeit überwog. Schnitzel mit Salzkartoffeln, grünen Bohnen und Soße hatte sie angekündigt. Doch die Wohnung war dunkel, keine Mutter, kein Schnitzel, keine Soße, nur ein Zettel auf dem Küchentisch:

*Mein kleiner Schieter,*
*ich musste einsehen, dass ich eine verschrobene alte Frau geworden bin, mit der man es nicht leicht aushält. Ich war Dir in der letzten Woche eine unzumutbare Last und*

*das will ich nicht länger sein. Ich gehe jetzt in ein Hotel, bis meine Wohnung fertig ist.*
*Tausend Küsse*
*Deine Mama*
*PS: Dein Essen steht im Kühlschrank.*

›Schieter‹ hätte sie sich sparen können. Als Unger ein Baby gewesen war, hatte die Mutter nichts von Einwegwindeln gehalten. Sie war darauf fixiert gewesen, Stoffwindeln von seinen Ausscheidungen zu befreien und anschließend auszukochen, wie es viele Generationen von Frauen vor ihr getan hatten. Nur war es ihr deutlich schwerer gefallen als den Generationen zuvor und sie hatte ihre tiefe Opferbereitschaft bestätigt gesehen. Seither nannte sie ihren Sohn oft ›Schieter‹, wenn sie es besonders zärtlich meinte.

Den Rest des Briefes, dieses pathetische und devote Leiden, das hätte sie sich auch sparen können, und vor allem hätte sie sich sparen können, ins Hotel zu ziehen. Unger öffnete den Kühlschrank und fand darin tatsächlich eine großzügige Portion Schnitzel, Kartoffeln, Bohnen und Soße, die er sich gleich aufwärmte. Ein Wackelpudding in Herzchenform stand daneben.

Nach dem Hauptgang versuchte er, die Mutter über Handy zu erreichen. Sie ging nicht ran. Daraufhin folgte der Wackelpudding, dann wieder das Handy. Jetzt hatte sie es offenbar ausgeschaltet. Wahrscheinlich würde sie ihren Freundinnen erzählen, dass Unger sie aus der Wohnung geschmissen hätte. Er packte das dreckige Geschirr in den Spüler, vergaß auch die Brotdose nicht und wischte den Herd sauber. Hunderte Hotels gab es in Hamburg, da wäre jeder Versuch, die Mutter aufzustöbern, völlig sinnlos. Hotels über vier Sterne könnte er vielleicht ausklammern und die unter drei wohl auch. Es wären dennoch zu viele, auch wenn er in entfernteren Stadtgebieten, in Bergedorf, Harburg, Wandsbek, wohl nicht zu suchen brauchte.

Er schaltete den Fernseher ein, ›heute-journal‹. Wahrscheinlich war sie in keinem Hotel, sondern war bereitwillig von einer ihrer Schnattertanten aufgenommen worden und beschwerte sich jetzt mit Tränen in den Augen über ihren herzlosen Sohn. Unger verließ das Haus, nur etwas die Beine vertreten. Bei dieser Gelegenheit könnte er die beiden umliegenden Hotels abklappern, vielleicht auch die am Altonaer Bahnhof. Nach einer erfolglosen Stunde war er zurück. Er könnte mit dem Auto noch eine kleine Runde machen. Wieder erfolglos, selbst die größere Runde. Als Unger zwei Stunden später nach Hause kam, war sein Parkplatz besetzt.

# 9

Es war ein sonniger Mittwochnachmittag, Ende August. Weber saß in einer Brasserie am Montparnasse, paffte an einem brasilianischen Zigarillo – eine Eigenart, die er sich in den letzten Wochen angewöhnt hatte – und trank einen Café royal. Vor ihm lag ein Stapel verschiedener Tageszeitungen und sie alle hatten an diesem Tag nur ein Thema: »La Joconde, c'est partie!«

Am gestrigen Dienstag war durch Zufall entdeckt worden, dass das Bildnis der Mona Lisa, das Bild aller Bilder, offenbar bereits am Vortag von ihrem angestammten Platz im Salon Carré des Musée du Louvre entwendet worden war. Der Künstler Louis Béroud hatte eine Innenansicht des Salons malen wollen und dabei eine befremdlich anmutende Lücke zwischen zwei Gemälden entdeckt. Unverzüglich hatte er den Museumswächter Maximilien Paupardin verständigt, welcher zunächst vermutete, das Gemälde befände sich beim Fotografen. Als eine dahin gehende Nachfrage abschlägig beantwortet worden war, hatte Paupardin, vor Schreck taumelnd, den Chefaufseher, dieser den Schatzmeister und dieser den Museumsdirektor Théophile Homolle verständigt. Anfangs hatte man auf ein Missverständnis gehofft, wie es das im Louvre mehrfach auch bezüglich der Mona Lisa gegeben hatte. Doch bald war klar geworden: Die Dame war verschwunden.

Die eilig herbeigerufene Polizei hatte in einem Abstellraum Rahmen und Schutzverglasung der schönen Lisa gefunden und an einem Nebeneingang das Fehlen des Türknaufes festgestellt. Offenbar hatte der Täter einen Nachschlüssel zu der Tür besessen; aus welchem Grund er den Knauf abmontiert hatte, war nicht erklärlich. Von Täter und Diebesgut fehlte jede Spur. Völlig unklar war bislang, wie der Täter an den Wärtern, die jeden Ausgang des Gebäudekomplexes akribisch bewachten, unbemerkt vorbeikommen konnte. Direktor Homolle war vom Dienst suspendiert worden. Noch vor Kurzem hatte er verkündet, wer es vermochte, ein Gemälde aus dem Louvre zu stehlen, wäre auch imstande, die Türme von Notre-Dame zu entwenden.

Weber lehnte sich zurück und paffte ein wenig an seinem Zigarillo. Es wurde auch Zeit, langsam war das Geld knapp geworden. Erst vor drei Wochen hatte er 5.500 Franc an einen gewissen Yves Chaudron zahlen müssen, 500 für die Arbeit, 5.000 für die Verschwiegenheit. Bereits ein halbes Jahr zuvor hatte er an Chaudron 500 Franc als Auslagen für einen Fotografen vorschießen müssen.

»Eine absolut identische Kopie der Mona Lisa – kriegen Sie das hin?«, hatte er Chaudron damals gefragt und Chaudron hatte geantwortet: »Ja, krieg ich hin, mein lieber Marquis, krieg ich hin. Und ich bin der Einzige, der das hinkriegt.«

›Marquis‹ nannte er ihn, weil Weber sich mit dezent spanischem Akzent und schwarz gefärbtem pomadigem Haar als argentinischer Adliger und Kunstliebhaber namens Marqués Eduardo de Valfierno vorgestellt hatte. Er sehne sich in der Einsamkeit seiner Hazienda nach einem Stück vom Glanz der Alten Welt und wolle nun seine eigene Mona Lisa in Auftrag geben, nachdem der Louvre ihm den Kauf des Originals verweigert habe. Weber war natürlich klar, dass Chaudron kein Stück davon glaubte – er war ein anderes Kaliber als Peruggia, ein Mann von Niveau und Verstand, ein anerkannter Kunsthistoriker und Restaurator. Weitgehend unbekannt blieb seine Neigung zur Kunstfälschung, doch genau das stellte die Basis dar, auf der sich Weber und Chaudron stillschweigend verständigen konnten.

Als Weber die falsche Lisa später abholte, tat er überwältigt von der Qualität des Werks, obwohl er nicht in der Lage war, sie einzuschätzen. Er schwärmte von dem Bild, weil ein Kunstliebhaber nun einmal davon zu schwärmen hatte, und er steckte sich einen brasilianischen Zigarillo an, weil argentinische Adlige nun mal brasilianische Zigarillos rauchten. Er fand an ihnen sogar Gefallen, obwohl er eigentlich Nichtraucher war.

»Es ist so original wie das Original selbst«, pries Chaudron sein Werk an. »Hier sehen Sie, die Krakelüre. Exakt!« Chaudron hielt eine Detailaufnahme der echten Mona Lisa mit einem feinen Geflecht von Alterungsrissen neben seine Kopie. »Und hier: der Malrand.« Eine andere Detailaufnahme. »Keine Kopie sieht so aus, weil kein Kopist diesen Malrand jemals zu Gesicht bekommen hat. Außer mir.«

Chaudron kramte eine weitere Detailaufnahme hervor.

»Sehen Sie hier diesen Strich? Ein 119 Millimeter langer Trocknungsriss im Holz. Auf den veröffentlichten Fotografien der Mona Lisa wurde er regelmäßig wegretuschiert.« Chaudron drehte das Gemälde um und hielt eine dritte Detailaufnahme davor. »Hier die Rückseite. Der Riss im Holz, er wurde im 18. Jahrhundert mit zwei Schwalbenschwänzen stabilisiert: voilà! Können Sie sich vorstellen, wie lange Sie suchen müssen, bis Sie ein Stück Pappelholz finden, dessen Maserung zu dem Riss passt?«

»Holz, genau.« Weber nickte fachmännisch. »Die Mona Lisa ist ja auf Holz gemalt.«

»Richtig, mein lieber Valfierno. Das ist eine Art Echtheitssiegel. Sie finden keine zwei Tafeln aus Pappelholz, die in der Maserung identisch sind.«

»Und wie haben Sie das gemacht?«

Chaudron zögerte ein wenig, gab jedoch sein Geheimnis preis. »Ich habe Buche genommen, grundiert, abgeschmiert, geschliffen und die Maserung draufgemalt.«

Weber war begeistert gewesen und dieses Mal hatte er es nicht spielen müssen. Ausdrücke wie »Genie« und »Meisterwerk« waren gefallen und hatten die ursprünglich vereinbarten 3.500 Franc auf 5.500 anwachsen lassen.

Seither wartete die falsche Lisa in Webers Reisekoffer auf ihren Auftritt. Doch noch war es nicht so weit. Weber gab sich in den folgenden Tagen genussvoll dem Müßiggang hin, machte ausgedehnte Spaziergänge, verschickte hier und da ein Telegramm und führte vertrauliche Telefongespräche. Die Nachmittage verbrachte er regelmäßig in der Brasserie am Montparnasse mit Café royal, Zigarillo und einem Stapel Tages- und Wochenzeitungen.

Die Zeitungen quollen über mit den neuesten Meldungen vom Raub der Mona Lisa, obwohl kaum neue Erkenntnisse vorlagen. Man hatte inzwischen den fehlenden Türknauf gefunden, er war wenige hundert Meter entfernt achtlos in einen Vorgarten geworfen worden. An der Schutzverglasung des Gemäldes hatte die Polizei Fingerabdrücke festgestellt und mit denen des im Louvre beschäftigten Personals verglichen, jedoch ohne Erfolg. Ein Vergleich mit den in der Pariser Verbrecherkartei gesammelten Fingerabdrücken war vorgesehen worden, gestaltete sich allerdings als äußerst langwierig und voraussichtlich aussichtslos, weil die Kartei nicht nach Merkmalen der Fingerabdrücke, sondern nach sonstigen Körpermaßen sortiert war. Türknauf und Fingerabdrücke, das war im Wesentlichen alles, auf das sich die schreibende Zunft berufen konnte, wenn sie seriös arbeiten wollte.

Dieser Mangel an Fakten führte in der Öffentlichkeit zu wilden Spekulationen: ein amerikanischer Ölmagnat hätte den Kunstraub in Auftrag gegeben, ein verarmter Nachfahre Leonardo da Vincis sei der Dieb, der deutsche Kaiser oder eine jüdische Weltverschwörung stecke dahinter. Und es kam noch besser: Die Polizei verhaftete den Dichter Guillaume Apollinaire und den Maler Pablo Picasso, weil sie in Verdacht standen, an dem Raub beteiligt gewesen zu sein. Weber amüsierte sich köstlich. Die Polizei war auf der richtigen Spur, nämlich auf der falschen. Es wurde für Weber Zeit, zur Tat zu schreiten.

Frühes Aufstehen lag ihm nicht. Morgens um sechs wach zu sein, konnte er akzeptieren, wenn er die Nacht davor auf den Beinen gewesen war, ein gemütliches Frühstück bevorstand und er anschließend ins Bett gehen konnte. Wenn sich die Reihenfolge aber umkehrte, drängte sich ihm ein nahezu unüberwindlicher Widerwille auf. Dieses eine Mal musste Hermann Weber es noch ertragen, das letzte Mal in seinem Leben. Wenn alles gut ging.

In den drei Tagen zuvor hatte er Peruggia morgens vor seiner Wohnung in der Rue de l'Hôpital Saint-Louis aufgelauert, ihn bis zu seiner Arbeitsstelle in der Rue d'Alleray verfolgt und dann noch einige Stunden beobachtet. Nie kam Peruggia vor fünf Uhr nachmittags zurück nach Hause. Um sicherzugehen, dass es auch heute so sein würde, wartete er an diesem Morgen mit seinem Reisekoffer in der Rue d'Alleray. Als Peruggia pünktlich erschien, machte sich Weber auf den Weg zu dessen Wohnung.

Das Schloss an der Wohnungstür stellte für Weber kein nennenswertes Hindernis dar. Mit einem Dietrich, den er sich vor langer Zeit aus einem Eisennagel gebogen hatte und seither immer mit sich herumtrug, hatte er nur wenige Sekunden benötigt, bis sich die Tür öffnete. Dahinter offenbarte sich ein ärmliches Zimmer mit kleinem Dachfenster. So wohnte der aktuelle Besitzer eines der wertvollsten Kunstwerke der Welt – er würde wohl weiter so wohnen.

Weber öffnete den Wandschrank und fand die schöne Lisa eingehüllt in eine Leinendecke. Aus seinem Koffer nahm er die Fälschung, legte beide nebeneinander auf das Bett, betrachtete sie ausgiebig und konnte – tatsächlich – keinen Unterschied feststellen, bis auf eine kleine Kerbe an der Rückseite der falschen Lisa, die er eingeritzt hatte, um die beiden Damen nicht selbst zu verwechseln. Anschließend vollzog er das Kernstück seines Plans. Er hätte nicht sagen können, wie er auf diesen Einfall gekommen war. Vielleicht hatten ihn die beiden Zwillinge inspiriert, die er als Kind kannte und die sich oft einen Spaß daraus gemacht hatten, ihre Identitäten zu wechseln. Vielleicht auch das Kartenspiel, das er sich vor vielen Jahren nach individuellen Vorgaben hatte drucken lassen und das ihm für eine Weile ein komfortables Einkommen beschert hatte. Wie es auch gewesen sein mag, jetzt jedenfalls tauschten die gemalten Damen ihre Rollen. Die falsche Lisa wurde zur Betrügerin.

# 10

Auch wenn man es ihm nicht ansah, mit Alarmanlagen kannte er sich aus. In seinem Beruf hatte man zwangsläufig immer wieder damit zu tun. Und hier gab es keine Anlage, jedenfalls keine, die er nicht hätte überwinden können. Allenfalls ein akustischer Glasbruchsensor könnte ihm gefährlich werden, wenn er irgendwo unsichtbar im Raum versteckt war. Aber diese Gefahr musste er eingehen. Einen Hammer hatte er sich im Baumarkt besorgt und in bar bezahlt, ebenso Arbeitshandschuhe, Schutzbrille und Mundschutz. Im Fahrradladen hatte es eine Regenhose und eine passende Jacke gegeben.

Er kannte sich in diesem Gebäude nicht aus, aber was er suchte, musste im Keller sein, und zwar dort, wo die Fensterscheiben aus Milchglas bestanden. Er wählte ein Kellerfenster aus, das von der Straße nicht einsehbar war, und schlug es ein. Mit dem Handy leuchtete er den Raum aus, kein Bewegungsmelder zu sehen. Die Videofunktion des Handys benutzte er, um den Fensterrahmen von innen zu betrachten, ein Öffnungsmelder war dort nicht angebracht. Dann legte er den Hebel um, stieß das Fenster auf und kletterte hinein. Er spähte durch die Räume. Was er suchte, war nicht eben groß, 77 mal 53 Zentimeter und einen knappen Zentimeter dick. Irgendwo hier musste es sein. Die Wände waren gefliest, Schränke und Tische mit medizinischen Apparaturen standen davor. Im dritten Raum hatte er Glück. Von der Tür aus konnte er die Konturen durch ein grünes

Tuch erkennen, es lag auf einem Sektionstisch, als wäre es eine Leiche. Nicht dass er aufgeregt war, aber sein Körper elektrisierte sich mit jedem Schritt, den er sich dem Tisch näherte. Dann ereignete sich ein ekstatischer Moment, er zog das Tuch vorsichtig zur Seite und da lag sie, lächelnd, als hätte sie ihn erwartet, und zerbrochen. Eine saubere Bruchlinie teilte die Mona Lisa von oben nach unten, über die Stirn mitten durchs rechte Auge.

## 11

»Herr Professor, in der Villa Mackenbach wurde vorletzte Nacht eingebrochen. Und Herr Mackenbach wurde erschlagen.« Es war gerade acht Uhr morgens, nicht die Uhrzeit, zu der Unger gern berufliche Telefongespräche führte, insbesondere nicht, nachdem er die Nacht mit einer ausgedehnten Suche nach seiner Mutter verbracht hatte, aber der Telefontermin mit dem Kunstsachverständigen Professor Schadler stand nun mal an.

»Ich habe davon in der Zeitung gelesen.«

»Wir vermuten einen Zusammenhang mit seiner Kunstsammlung.«

»Möglich.«

»Können Sie etwas dazu sagen?«

»Ich habe nicht bei Mackenbach eingebrochen.«

»Aber Sie sind auch nicht gut auf ihn zu sprechen, nehme ich an.«

»Wissen Sie, Herr Kommissar, es ist doch so: Wenn Sie sich einen Gebrauchtwagen kaufen und im Nachhinein stellt sich heraus, dass das Auto gestohlen war, dann machen Sie doch den TÜV nicht dafür verantwortlich, dass er das bei der letzten Hauptuntersuchung nicht bemerkt hat.«

»Aber das ist doch wohl ein Unterschied.«

»Ja?«

»Der TÜV überprüft nicht die Vorbesitzer.«

»Ich auch nicht. Ich bekomme den Auftrag, ein Gemälde dahin gehend zu überprüfen, ob es nach dem visuellen Eindruck von einem bestimmten Maler erschaffen sein kann. Mehr nicht.«

»Und das war bei dem Tizian, den Sie für Mackenbach überprüft haben, der Fall?«

»Ich habe das Gemälde nicht für Mackenbach überprüft, ich kannte den Mann damals gar nicht. Ich habe es im Auftrag des Vorbesitzers geprüft, weil er verkaufen wollte. Und ja, das mir vorgelegte Werk hätte nach allen visuellen Merkmalen, die mir zugänglich waren, Thema, Malstil, Alterungserscheinungen und so weiter, von Tizian sein *können*. Dabei bleibe ich.«

»Dann sind Sie also zu Unrecht verurteilt worden?«

»Die Leute suchen immer einen Schuldigen. Sie selbst wollen nie etwas falsch gemacht haben.« Schadler legte eine Pause ein, die er offensichtlich dringend brauchte, um sich zu beruhigen. »Ich habe in meine Expertise hineingeschrieben, dass das Werk echt *aussieht*. Mackenbach hat hineingelesen, dass es echt *ist*. Darauf hat er sich verlassen und mir die Schuld in die Schuhe geschoben. Doch das ist zu einfach. Ich bin kein Detektiv, der die Provenienz eines Bildes überprüft, und ich bin kein chemisches Labor, das das Alter der Farbpigmente feststellt. Das kann man zusätzlich in Auftrag geben, wenn man will, oder man kann es sein lassen. Mehr habe ich dazu nicht zu sagen.«

»Aber Sie haben Mackenbach bedroht.«

»Das war doch nur so dahingesagt, im Eifer des Gefechts.«

»Aber Sie haben es gesagt.«

»Ich habe über zwei Millionen Euro Schadensersatz gezahlt, dafür musste ich eine Hypothek aufnehmen. Und die ganze Kunstszene verspottete mich. Mackenbach hat mich fast ruiniert. Da kann man schon mal emotional werden. Aber das ist Jahre her. Für mich ist der Mann gestorben.«

Möglicherweise hätte Schadler weitere Ausführungen machen wollen, aber die unfreiwillige Komik in seinem letzten Satz ließ ihn verstummen.

»Sie hatten seit damals keinen Kontakt mehr zu ihm?«

»Nein.«

»Wo waren Sie in der Tatnacht?«

»Bis etwa 21 Uhr hatten wir Fakultätssitzung. Danach war ich zu Hause. Bei meiner Frau.«

Mehr hatte Unger im Grunde nicht wissen wollen. Als Schreiber hereinschlich und eigenartige Bewegungen vor ihm vollzog, die anscheinend zu bedeuten hatten, dass Unger das Telefongespräch wegen wichtiger Neuigkeiten beenden möge, bedankte sich Unger bei Schadler, legte auf und wartete auf Schreibers Bericht. Und tatsächlich handelte es sich um eine erstaunliche Neuigkeit: Das Tatwerkzeug war in der Nacht aus der Rechtsmedizin gestohlen worden.

## 12

Das Hamburger Institut für Rechtsmedizin befand sich in einem, verglichen mit früheren Verhältnissen, großzügigen Gebäude am Rande des Klinikgeländes in Hamburg-Eppendorf. Seit Institutsgründung vor rund 80 Jahren waren zum Kernbereich, der Feststellung von Todesursachen, ständig weitere Aufgaben hinzugekommen, die mehrere Umzüge, dann einen extra für das Institut errichteten Neubau und schließlich einen Anbau forderten, sodass für alle Aufgaben genügend Platz vorhanden war. Nur eines war seit den Froschschenkelexperimenten des ausgehenden 18. Jahrhunderts gleich geblieben: Leichen bewahrte man am liebsten im Keller auf.

Das sei ein Relikt mittelalterlicher Mystik und für den modernen Menschen durch nichts zu begründen, hatte sich Professor Elmenthal schon mehrfach beim Kaufmännischen Direktor des Klinikums beschwert und die Mittel für einen Umbau gefordert. Die Leichen gehörten ins Erdgeschoss, und zwar der Kühlraum in die Mitte und die Sektionsräume und Labore drum herum. Er selbst jedenfalls würde gern einmal aus dem Fenster blicken und etwas mehr als die blut- und sekretverschmierten Hosenbeine der rauchenden Laboranten sehen. Aber vor allem habe er sich das verdient, wenn er mühsam den Behandlungsfehlern der Kollegen aus den Obergeschossen hinterherpräpariere. So sehr der Klinikvorstand Elmenthals Wunsch nachempfinden konnte, das Argument mit den Behandlungsfehlern führte unweigerlich dazu, dass die geforderten Mittel nicht bereitgestellt werden konnten. So blieb es also dabei, die Sektionsräume lagen im Keller und waren mit ein wenig Gewalt leicht über die Kellerfenster zu erreichen.

»Wieso gibt es hier keine Alarmanlage?«, fragte Unger und konnte sich noch nicht entscheiden, ob er empört oder amüsiert sein sollte.

»Weil wir hier nichts aufbewahren, was für Einbrecher interessant sein könnte. Auf Friedhöfen gibt es auch keine Alarmanlagen.«

Elmenthal hatte sich offenbar für Empörung entschieden, also nahm Unger die Sache mit Humor und begann zu grinsen.

»Letzte Nacht hat das ein Einbrecher aber anders gesehen.«

Die beiden Männer standen vor dem Sektionstisch, auf dem am Vortag noch die beiden Hälften der Mona Lisa gelegen hatten.

»Fehlt sonst noch was?«

»Ne, die Leichen haben sie hiergelassen, vermutlich zu sperrig für die Kellerfenster.« Jetzt war auch Elmenthal zu Sarkasmus übergewechselt.

»Moin, moin, Matthias!« Kurt von der Spurensicherung kam herein. »Kellerfenster eingeschlagen, sonst keine besonderen Spuren«, sagte er und betonte das Wort »Kellerfenster«, als wäre es eine Offenbarung.

»Ja, ist ja auch der Keller hier«, entgegnete Unger.

»Und für Sie, Professor, hab ich gleich mal den vorläufigen Untersuchungsbericht des Briefbogens und der Farb- und Holzproben mitgebracht.« Kurt schlug einen Schnellhefter auf, den er in den Händen hielt. »Also: Die Tinte auf dem Briefbogen und das Papier selbst sind etwa 100 Jahre alt, ansonsten keine verwertbaren Spuren. Interessanter sind da schon die Farbpartikel: Es handelt sich um Eitemperafarben, also Eigelb, Leinöl, Kreide und verschiedene Farbpigmente, in ihrer Zusammensetzung typisch für die italienische Malerei der Hochrenaissance. Schließlich die untersuchte Holzprobe: Es ist Pappelholz und hat ein Alter von circa 500 Jahren. Ausführlicher Bericht folgt.«

Mit den letzten Worten drückte Kurt dem Professor seinen Bericht in die Hand. Elmenthal schnappte zunächst ein wenig, brachte dann einige unartikulierte Laute hervor und schaffte zum Schluss einen verständlichen Satz: »Haben Sie eine Ahnung, was Sie da gerade gesagt haben, Mann?«

Kurt antwortete mit einem Ich-bin-ja-nicht-doof-Blick.

Es war einer der Momente, in dem man mit mäßigem Interesse mäßig Interessantem zuhörte, in dem der Großteil der Aufmerksamkeit höflich auf eine Gelegenheit wartete, zu Wichtigerem zu kommen, und in dem ein oder zwei Signalworte alles änderten. Die Signalworte waren dieses Mal: ›500 Jahre‹. In Ungers Kopf ordneten sich die Aufgaben sämtlicher Hirnregionen neu.

»Wann wird der ausführliche Bericht vorliegen?«, fragte er und versuchte, seine Überraschung zu überspielen.

»Kann ich nicht sagen, wahrscheinlich werden die Jungs für eine abschließende Untersuchung das ganze Gemälde brauchen.«

»Welche Jungs?«

»Wir können Ölgemälde nicht vollständig selbst untersuchen, dazu fehlen uns die Geräte. Meist vergeben wir den Auftrag an das Artefakt-Institut, die machen das ganz anständig. Anschrift und Telefon stehen da drin.« Kurt deutete auf den Bericht, der sich noch immer in Elmenthals Hand befand, ohne dass dieser ihn bislang beachtet hatte.

Unger nahm den Bericht an sich. Hinten waren der Beutel mit den Materialproben und die Klarsichthülle mit dem Schriftstück angehängt. Unger schaute sich beides genau an. Sein Interesse fokussierte sich auf den Brief, niederländisch, 100 Jahre alt, vielleicht eine Erklärung für die seltsamen Untersuchungsergebnisse.

»Ich darf doch mal«, sagte Unger und steuerte auf Elmenthals Vorzimmer zu, während Elmenthal selbst noch darum bemüht war, seine Fassung wiederzuerlangen. Unger zog den Briefbogen behutsam aus der Klarsichthülle, legte ihn ins Faxgerät ein und schickte ihn ab. Dann nahm er sein Handy und rief Schreiber an.

»Ja, Schreiberchen, ich bin's. Bei euch im Fax liegt ein holländischer Text. Bitte schnell mal übersetzen lassen und mir aufs Handy schicken. Oder in die Rechtsmedizin. Ich warte hier.«

Kaum eine halbe Stunde später befand sich die Übersetzung in Ungers Hand und stürzte sowohl ihn als auch

Elmenthal erneut in Fassungslosigkeit. In einem überaus schwurbeligen und angestaubten Stil, aber inhaltlich völlig klar, stand da zu lesen: Der Italiener Vincenzo Peruggia habe die Mona Lisa im August 1911 aus dem Louvre entwendet, anschließend soll der Franzose Jules Moreau sie an sich gebracht und zusammen mit dem Niederländer Piet de Groot an den Belgier Willem D. Verheyden veräußert haben. Das war ein abenteuerliches Hirngespinst, auf das man nichts gegeben hätte, wären da nicht die unglaublichen Untersuchungsergebnisse aus dem Artefakt-Institut gewesen. Ein erwiesenermaßen 100 Jahre altes Schriftstück klebte auf der Rückseite einer erwiesenermaßen 500 Jahre alten, einseitig bemalten Holztafel und verlautbarte, dass eben diese Holztafel die Mona Lisa darstelle und aus dem Louvre gestohlen worden sei.

Unger und Elmenthal saßen im Chefbüro der Rechtsmedizin. Die Sekretärin hatte Kaffee hereingebracht, aber beide Männer vergaßen ihn zu trinken. Sie schauten sich nur an, genau genommen schaute jeder durch den anderen hindurch, das geistige Auge auf den ungeheuren Verdacht gerichtet und darauf, wie man ihn widerlegen oder gar beweisen konnte.

Unger griff zu seinem Handy und rief Schreiber an. »Ich bin's noch einmal, Schreiberchen. Finden Sie doch mal schnell heraus, ob die Mona Lisa im Jahr 1911 gestohlen wurde und was gegebenenfalls aus der Sache geworden ist.«

»Mach ich.«

»Und dann versuchen Sie mal, was über einen Willem D. Verheyden herauszufinden. Der Mann soll Belgier gewesen sein, muss um 1911 gelebt haben.«

»Okay. Übrigens hab ich in Mackenbachs Unterlagen ein Schreiben gefunden, das offenbar eine Übersetzung des holländischen Schriftstücks darstellt.« Schreiber hörte sich ein wenig verlegen an. »Ich habe mir da zuerst keinen Reim drauf machen können, darum hab ich es wieder zurückgelegt. Erst als jetzt …«

»Schon gut. Rufen Sie mich an, sobald Sie was über den Diebstahl haben. Und, wo Sie grad dabei sind, vielleicht lässt sich ja auch über die anderen in dem Schreiben genannten Personen was herausfinden.«

Unger legte auf, und wieder schwiegen sich die beiden Männer an.

»1911 aus dem Louvre gestohlen«, sagte Elmenthal unvermittelt. Sein Blick war auf die Kunstbände auf seinem Schreibtisch gerichtet wie der Blick einer Hellseherin auf ihre Kugel. »Zwei Jahre später in Florenz wiederaufgetaucht. Der Täter war ein geistesgestörter Italiener, der die Mona Lisa nach Hause bringen wollte.«

»Steht das in Ihren schlauen Büchlein?«

»So was weiß man doch, wenn man sich als Kind nicht nur Fix-und-Foxi-Bilder angeguckt hat.«

Nach einiger Zeit stand Unger von seinem Stuhl auf.

»Ich komme mit«, sagte Elmenthal.

»Wohin?«

»Sie fahren doch bestimmt jetzt zu diesem Artefakt-Labor.«

»Ja, das hatte ich vor.«

»Na also, ich komme mit. Das sollen die mir mal ins Gesicht sagen, was die da herausgefunden haben wollen.«

Unger schüttelte den Kopf und ging.

Elmenthal folgte ihm und murmelte vor sich hin. »Ich hatte ja von Anfang an das Gefühl, dass mit dieser Fälschung etwas nicht stimmt. Aber dass die Fälschung quasi gefälscht ist, also das …«

Das Artefakt-Labor Institut für Mikroanalyse lag gewerbesteuergünstig in der Elbmarsch zwischen Hamburg und Lauenburg in einem modernen neuen Gebäude, das fast avantgardistisch wirkte und nicht so recht zur Nachbarschaft von Autowerkstätten und Zimmereibetrieben passen wollte. Der Pförtner meldete die Besucher an, und kurz darauf führte eine strenge Blondine in einem kleinen Schwarzen den entzückten Elmenthal und den leicht angewiderten Unger in einen Raum mit Le-Corbusier-Sesseln und einem Flatscreen, auf dem ein Video über die mikroanalytischen Methoden zur Bestimmung von gefälschten Kunstgegenständen lief. Ob sie wollten oder nicht, die Herren bekamen einen Kaffee und durften lediglich auswählen, ob mit Milch oder ohne. Nach unverschämt kurzer Zeit, innerhalb der man ohne unangemessene Hast seine Kaffeetasse kaum leeren konnte, erschien die Blondine erneut und führte den Besuch in einen Besprechungsraum mit Le-Corbusier-Sesseln, USM-Haller-Schränken und einem für die Jahreszeit ungewöhnlich intensiv gebräunten Herren Anfang 40 mit dezenter Borrelli-Krawatte und tadellos gebügeltem Kittel. Dr. Marc Lehman stellte sich als Abteilungsleiter und stellvertretender Institutsdirektor vor.

»Ich persönlich finde es auch übertrieben«, sagte Lehman, als er bemerkte, wie Elmenthals Blick der Blondine hinterher hing, »aber wir arbeiten mit den großen Galerien und Auktionshäusern in London, Paris und New York zusammen. Da wird von uns erwartet, dass die Röcke unserer Hostessen nicht mehr als die Hälfte der Oberschenkel bedecken.«

»Wirklich übertrieben«, stimmte Elmenthal zu, »aber die Sachzwänge, die Sachzwänge …«

Unger musterte Lehman. »Höre ich einen englischen Akzent in Ihrer Aussprache?«, fragte er.

»Ich bin in London aufgewachsen«, antwortete Lehman und fügte hinzu: »Mein Name wird eigentlich *Liemen* ausgesprochen, aber das kann man den Leuten in Deutschland nur schwer klarmachen.«

Unger kam zur Sache. »Herr Dr. Lehman, die gestern durch die KTU Hamburg eingesandte Materialprobe stammt vermutlich von Leonardo da Vincis Mona Lisa.«

»Ja«, gab Lehman zurück. Es klang unbeteiligt, kühl, nicht überrascht.

»Vom Original.«

»Ja, ja. Das wird man wohl annehmen müssen.«

Eine derart abgebrühte Antwort hatte Unger nicht erwartet, Elmenthal erst recht nicht. Unger brauchte Zeit, sich zu besinnen. Und so nutzte Lehman die Gelegenheit, die Untersuchungsmethoden des Instituts zu erläutern. »Das geschulte Auge, das die Alterserscheinungen der Farbschichten, insbesondere die Rissbildung beurteilt, ist bei antiken Gemälden noch immer die wichtigste Methode zur Echtheitsbestimmung. Das Urteil kann dann durch Anwendung der Wood-Lampe und durch reflektografische und spektoskopische Analysen gestützt werden. Im Fall der Mona Lisa kam die dendrochronologische Analyse hinzu.«

»Dendro-dings, was war das doch gleich?«, fragte Unger nach.

»Die Altersbestimmung von Holz anhand der Jahresringe«, antwortete Elmenthal und sein Tonfall sagte: Das weiß man doch.

»Genau«, bestätigte Lehman. »Deshalb können wir sehr sicher sagen, dass es sich bei dem Gemälde um die echte Mona Lisa handelt.«

»Aber die Jahresringe konnten Sie gar nicht überprüfen.«

»Doch, konnten wir.«

»Sie hatten das Bild doch gar nicht hier.«

»Doch hatten wir. Vor einem Monat ungefähr.«

Dieser Fall hatte das Zeug, Unger in kurzen Abständen immer wieder in Erstaunen zu versetzen. Ehe er nachfragen konnte, ob er sich verhört oder irgendetwas falsch verstanden hatte, stand der Institutsdirektor im Raum. Professor Ganther, grau meliert und kultiviert, war deutlich weniger gefasst als sein Vertreter, nicht wegen der Echtheit des Gemäldes – daran hatte er sich bereits gewöhnt –, sondern wegen der jüngsten Geschehnisse. Der Einbruch in die Mackenbach-Villa, der offensichtlich wegen dieses einen Bildes geschehen war, der Mord, nur wegen dieses Bildes, und schließlich der Einbruch in die Rechtsmedizin, alles wegen dieses Bildes. Das Entsetzen stand in Ganthers Augen geschrieben.

»Ich hatte sofort die Vermutung, dass es sich um ein ganz besonderes Gemälde handeln musste«, versuchte er, seine Entrüstung zu erklären. »Aber dass so etwas daraus wird …«

»Sie hatten das Gemälde vor einem Monat zur Begutachtung hier, wie uns Dr. Lehman mitteilte.«

»Zunächst nur eine Farb- und eine Holzprobe, wie auch jetzt. 500 Jahre alte Proben sind keine Seltenheit. In unserem Beruf wird man da nicht gleich nervös. Zu diesem Zeitpunkt wussten wir ja noch nicht, um welches Gemälde es sich handelte. Aber der Auftraggeber benahm sich überaus eigenartig, als wir ihm das Untersuchungsergebnis mitteilten.«

»Herr Mackenbach?«

»Genau. Er rief mich an, druckste rum und fragte nach ergänzenden Untersuchungsmethoden. Ich antwortete, dass wir für weitere Untersuchungen das ganze Gemälde bräuchten. Schließlich erzählte er, dass es sich um die Mona Lisa handelte. Ich fuhr zu ihm nach Hause und tatsächlich, es war die Mona Lisa. Ich nahm das Gemälde für die weiteren Untersuchungen mit. Das Ergebnis war eindeutig, es musste das Original sein. Wir konnten es uns nicht erklären. Dass von einem alten Meister eine neue Version auftaucht, kommt gelegentlich vor. Entweder hat sie der Maler selbst angefertigt, weil er mit der ersten Version nicht zufrieden war, oder ein Schüler hat eine Kopie erstellt – das war damals durchaus üblich. In beiden Fällen weichen die Versionen optisch zumindest im Detail voneinander ab. Doch das taten sie hier nicht, jedenfalls fast nicht.«

»Inwiefern?«

»Es gab sehr geringfügige Abweichungen bei der Krakelüre.«

»Der was?«

»Der Krakelüre, das sind die Trocknungsrisse bei alten Gemälden. Die sind so einzigartig wie Fingerabdrücke und nahezu fälschungssicher. Wir besaßen hochauflösende Fotografien, die 2009 von der Mona Lisa aufgenommen wurden – also von jenem Exemplar, das im Louvre hängt, muss man wohl besser sagen. Beim Vergleich mit dem Exemplar von Mackenbach fanden wir weitgehende Übereinstimmung, aber eben nicht vollständig. An zwei Stellen, in der rechten oberen Ecke und am Rand, wich die Krakelüre deutlich ab. Durch Zufall kamen wir an Fotografien der Mona Lisa von 1911, die für damalige Verhältnisse außergewöhnlich gut gemacht waren. Und jetzt wurde es endgültig mysteriös: Die Krakelüre vom Mackenbach-Exemplar und die vom Louvre-Exemplar weichen exakt an den Stellen voneinander ab, die auf den Fotos von 1911 nicht gut zu erkennen sind.«

»Das bedeutet: Eines der beiden Exemplare wurde offenbar nach den Fotos von 1911 gefertigt«, sagte Unger und war bemüht, sich den Schauer, der gerade über seinen Rücken lief, nicht anmerken zu lassen.

»Zu dieser Expertise gelangten wir, korrekt. Das nachträglich angefertigte Exemplar muss demnach eine Fälschung aus dem 20. Jahrhundert sein. Und für das Mackenbach-Exemplar haben wir ein Alter von 500 Jahren, plus/minus 15 Prozent festgestellt.«

Die Mona Lisa im Louvre war eine Fälschung. Es gab keinen anderen logischen Schluss. So musste es sein. Doch niemand sprach diesen Gedanken aus, als wäre es eine Ungeheuerlichkeit oder als könnte man die frevelhaften Gedanken wieder ungedacht machen, solange man nur schwieg.

»Ich zog schließlich einen renommierten Kunsthistoriker hinzu, Maximilian Schadler. Er nahm das Bild in Augenschein und befand es ebenfalls für echt.«

»Schadler? Professor Schadler aus München?«

»Ja. Er ist einer der bedeutendsten Experten der italienischen Hochrenaissance. Kennen Sie ihn?«

»Mackenbach hatte einen Prozess gegen Schadler geführt.«

»Ja, heikel. Ich hatte nicht daran gedacht, als ich ihn hinzuzog. Wir haben natürlich für Diskretion gesorgt. Zwischen den beiden gab es keinerlei Kontakt. Jedenfalls kam er zum gleichen Ergebnis: Das Exemplar von Mackenbach ist das Original. Lehman und ich versuchten, ihm klarzumachen, dass er es dem Louvre zurückgeben muss. Aber er zögerte. Wir überlegten, rechtliche Schritte einzulegen, was schwierig gewesen wäre, immerhin hatten wir eine Verschwiegenheitserklärung unterschrieben – so etwas ist üblich. Ich nahm mir vor, Mackenbach noch einmal zu besuchen und auf ihn einzuwirken. Doch vorher erreichte uns ein anonymer Drohbrief, in dem wir aufgefordert wurden, die Sache auf sich beruhen zu lassen.«

»Ein anonymer Drohbrief?«

Ganther stand auf und verließ den Raum. Als er wiederkam, hielt er einen Briefumschlag mit einem gefalteten Bogen Papier in der Hand und reichte ihn Unger, der überstürzt ein Paar Einweghandschuhe aus seiner Jacke zog und über seine Hände streifte, bevor er den Umschlag anfasste. In der Tat, es war ein Drohbrief:

»… Sie haben eine Verschwiegenheitspflicht. Wenn Sie sie verletzen, wird es nicht nur Mackenbach schlechter gehen, sondern auch Ihnen.«

»Wer wusste denn von der ganzen Geschichte?«

»Tja, eigentlich nur Mackenbach, Lehman und ich. Und Schadler zum Teil. Und meine Sekretärin natürlich.«

»Der Verfasser dieses Schreibens muss gewusst haben, dass Mackenbachs Exemplar das Original ist und dass Sie erwogen haben, das zur Anzeige zu bringen«, sagte Unger und schaute in stumme und ratlose Gesichter.

Der Drohbrief musste auf DNA-Spuren untersucht

werden. Unger zog einen Klarsichtbeutel – er hatte vorsorglich immer ein paar bei sich – aus der Tasche und legte den Brief hinein. Aus dem Auto holte er zwei Wattestäbchen – er hatte vorsorglich dort ein paar deponiert – und nahm von Ganther und Lehman eine Speichelprobe, um sie bei einer DNA-Analyse ausschließen zu können. Dann verabschiedeten sich die verdutzten Besucher von ihren verdutzten Gastgebern.

Auf dem Rückweg vom Artefakt-Institut saß Unger stumm am Steuer und Elmenthal stumm daneben.

»Es muss noch einen Mitwisser geben«, grummelte Unger vor sich hin. »Irgendjemand, den wir noch nicht kennen.«

»Oder jemand, den wir bereits kennen …«

»Was sagen Sie da?«

»Wer? Ich? Nichts.«

Unger kannte von Elmenthal zur Genüge, dass er irgendwas rumorakelte in der Hoffnung, es könnte vielleicht was dran sein. Wichtigtuer. Schnösel. Das war dieselbe Strategie wie bei diesen Werbeanzeigen im Internet, die ständig vor einem Börsen-Crash warnten und als Referenz darauf verwiesen, dass der letzte Crash auch vorhergesagt worden sei. Es schien, kein Argument konnte schwachsinnig genug sein, dass nicht doch immer wieder jemand darauf reinfiel.

»Wissen Sie was? Die DNA-Analyse von dem Drohbrief, die könnte ich bei uns machen lassen. Ist ein Klacks für mich.«

Schnösel.

»Wir ziehen das vor, dann ist das Ergebnis spätestens morgen da. Vielleicht übermorgen.«

Unger empfand das Angebot als protzig, aber auch als durchaus verlockend, obwohl Elmenthal der Urheber war. Die KTU kam mit den DNA-Analysen nicht mehr hinterher, nicht weil die Technik so aufwendig war – das war sie schon seit etlichen Jahren nicht mehr –, sondern weil inzwischen bereits in den unbedeutendsten Verfahren solche Analysen durchgeführt werden mussten. Das Rohr war verstopft und es passten oft nur die dringendsten Vorgänge hindurch, also regelmäßig diejenigen, in denen Verjährung drohte. Die anderen mussten warten, manchmal bis auch dort Verjährung drohte. Aktuelle Ermittlungen hatten in diesem System nur einen nachrangigen Platz. Vielleicht hatte Elmenthals objektiv kaum begründbares Interesse an der schönen Lisa zu seinem Angebot geführt, vielleicht auch nicht. Unger war's egal, er nahm das Angebot an.

In diesem Moment klingelte sein Handy und Monique meldete sich.

»Irene Grabowski, geboren am 9.12.1960 in Leipzig. Schwester Silke, geboren am selben Tag. Eltern Rosalinde und Luuk Grabowski, leben beide nicht mehr.«

»Luuk?«, fragte Unger nach. »Lucky Luke?«

»Ungewöhnlich, nicht? Fiel mir auch auf. Irene Grabowski hatte 1991, als sie die Familie Mackenbach verließ, eine Abtreibung, Erzeuger unbekannt, danach längere Zeit arbeitslos. Von nun an immer wieder Aufenthalte in Suchtkliniken. Nur noch vereinzelt Anstellungen als Kindermädchen, später als Taxifahrerin, zum Schluss als Reinigungskraft.« Monique seufzte und berichtete weiter. »Was ich noch herausgefunden habe: Gudrun Mackenbach ist laut Totenschein an Leberdystrophie gestorben. Und unser Schreiberling lässt ausrichten: Er ist am Ball, hat bislang noch keine genaueren Ergebnisse, kann aber vorläufig sagen, dass die Mona Lisa tatsächlich einmal aus dem Louvre geraubt wurde, der Dieb damals hieß Vincenzo Peruggia, ein Italiener. Kollege Adamski will uns dazu ein paar Infos vorbeibringen. Dann hab ich noch Folgendes …«

Monique machte eine Pause, in der nur Papierrascheln zu hören war. »Ah hier: Zu Anfang des 20. Jahrhunderts gab es in Belgien einen Willem Daan Verheyden, soll in der flämischen Stadt Löwen gelebt haben. Schreiber versucht, noch mehr über den Mann herauszufinden. Von den anderen in dem Brief genannten Personen gibt es noch nichts. So, das war's erst mal.«

Unger bedankte sich für die fleißige Arbeit, dann legten beide auf.

»Was gibt es zu Leberdystrophie zu sagen?«, fragte er anschließend Elmenthal.

»Hunderte von Dissertationen, Lehrbüchern, Aufsätzen …«

»Die Kurzform bitte.«

»Unter Leberdystrophie versteht man ganz allgemein eine schwere Störung der Leberfunktion bis hin zum Ausfall. Man unterscheidet …«

»Die Kurzform!«

»Leberversagen. Ursachen: Hepatitis, Trauma, Toxine. Folgen: Gelbsucht, Koma, Tod. Behandlung …«

»Toxine?«

Elmenthal schaute Unger an, als wäre er ein hoffnungsloser Fall. »Ja, das deutsche Wort dafür lautet *Gift*. Alkohol, einige Arzneimittel, Pilze – eine Phosphorvergiftung kann unter Umständen auch zu Leberversagen führen.«

»Phosphor?«

»Sagen Sie, Unger, lernen Sie gerade Deutsch-Vokabeln?«

Der Kommissar reagierte nicht. Er hatte sich schon lange abgewöhnt, auf Elmenthals Frotzeleien zu reagieren, wenn ihm keine originelle Antwort einfiel. Es war meist ein bewusstes Ignorieren. Jetzt aber war es anders, eher so, als hätten bereits die Ohren vorsortiert und Unsachliches gar nicht erst ans Gehirn weitergeleitet.

»Also Phosphor kann zu Leberversagen führen?«

»Das klinische Bild einer Phosphorvergiftung kann sehr unterschiedlich sein. Es hängt von Vorschädigungen ab, vom Alter, in erster Linie von der Dosis. Bei einer hohen Dosis stirbt der Patient innerhalb von Stunden oft an Herzversagen, bei niedrigen, sich oft wiederholenden Dosen stellt sich über Wochen und Monate eine Knochenveränderung ein, irgendwo dazwischen liegt eine Leberschädigung.«

»Wie kann ich denn bei einem arglosen Opfer eine Phosphorvergiftung verursachen?«

»Sie müssen sich entscheiden, ob Sie eine akute Vergiftung auslösen wollen oder eine schleichende. Akute Vergiftungen bergen das Risiko, dass das Opfer seinen Mageninhalt oral evakuieren könnte, bevor es eine letale Dosis resorbiert hat. Dann müssen Sie wieder von vorn anfangen. Am einfachsten dürfte es sein, das Opfer über einen längeren Zeitraum Phosphordämpfe einatmen zu lassen. Wenn diese Möglichkeit nicht besteht, kann man die Nahrung mit Phosphor versetzen. Man muss nur ein wenig mehr verabreichen, als der Körper bis zur nächsten Applikation wieder ausscheidet. Über Medikamente ginge es auch.«

»Nahrung«, wiederholte Unger nachdenklich.

»Essen, Kost, Futter, food, nourriture …« Elmenthal hielt inne. Jetzt wäre ein günstiger Zeitpunkt, den Scherz mit den Deutsch-Vokabeln zu wiederholen, aber ihm war offenbar die Lust vergangen.

## 13

Nachdem die Kommissarin, diese Frau Lambert, sie nach Hause gebracht und die Wohnung durchstöbert hatte, geschah nicht viel. Zuerst räumte Silke Grabowski ein wenig die Wohnung auf, belud die Waschmaschine, stellte dabei fest, dass sie defekt war, rief den Wartungsservice an, setzte sich vor den Fernseher, ging ins Bett, stand wieder auf, frühstückte und legte sich aufs Sofa. Und dann kam schon Elisabeths Anruf.

Bis zu diesem Anruf war die Zeit ohne eine Emotion vergangen, ohne Antrieb, irgendwie mechanisch. Ihr fiel es nicht leicht, das Bett zu verlassen. Allein die Gewohnheit hatte Silke dazu gebracht. Noch nie war sie morgens länger im Bett geblieben als acht oder halb neun, außer vielleicht als Kind, wenn sie krank gewesen war und Fieber gehabt hatte. Doch jetzt gab es keinen Grund mehr, morgens aufzustehen, allenfalls um die Wohnung zu putzen. Das hatte sie aber gestern bereits gemacht. Und vorgestern. Sie hätte einkaufen gehen können, aber Brot war noch da, Ata und Essigreiniger auch.

Eigentlich gab es keinen Grund mehr, überhaupt etwas zu tun. Ihr Leben hatte früher darin bestanden, sich um Irene zu sorgen, dann war Irene tot. Anschließend hatte sie ein anderes Leben, Irenes Leben, und eine andere Aufgabe. Doch damit war es jetzt auch vorbei.

Silke war immer die Stärkere gewesen und die Vernünftigere, na ja, jedenfalls die Stärkere. Als Irene mit der Brandwunde im Krankenhaus lag, kratzte Silke ihre eigene Wunde an der Hand immer wieder auf und streute Salz hinein. In der Schule tauschten sie manchmal die Rollen. Wenn Irene einen Jungen gut fand und sich nicht traute, ihn anzusprechen, dann ging Silke auf ihn zu. Wenn Irene für eine Klassenarbeit nicht gelernt hatte, dann schrieb Silke auf ihre eigene Arbeit Irenes Namen. Nach der Wende besorgte sie Irene die Anstellung bei den Mackenbachs, während sie selbst bei der Familie im Osten blieb. Als Irene ihr schrieb, dass sie einen Mann kennengelernt habe und ein Kind erwarte, hatte sie sich unglaublich für sie gefreut. Als sie ihr schrieb, dass der Mann sie verlassen und sie das Baby abgetrieben habe, versuchte Silke, sie wieder zu sich nach Leipzig zu holen. Aber Irene wollte nicht. Als sie später immer öfter in Entzugskliniken war, folgte Silke ihr nach Hamburg, bis Irene plötzlich untertauchte und Silke sie nicht finden konnte. Erst als es zu spät war, als Irene todkrank gewesen war, hatte sie sich von Silke pflegen lassen. Aber es war zu spät gewesen.

Gleich zwei. Silke musste sich fertig machen, um drei sollte sie Elisabeth treffen. Vor einer Stunde hatte sie angerufen und sie ins Alex im Alsterpavillon bestellt, kein Gruß, keine Erklärung. Was Elisabeth von ihr wollte, wusste Silke nicht, sie ahnte es nur. Um Carl Werner würde es gehen, um das Erbe. Das Erbe, es war ihr so egal. Was sie getan hatte, hatte sie nicht wegen des Erbes getan. Außerdem war sie gar nicht Erbin geworden.

Silke zog sich ihren Mantel über, schlich aus dem Haus, zur Bushaltestelle und zeigte ihr Monatsticket mit dem Namen »Irene Grabowski« vor. Sie war nicht mehr Irene, Irene war tot, das wusste sie doch, sie hätte eine Einzelfahrkarte lösen müssen.

Es war noch nicht drei. Sie konnte Elisabeth durch das große Panoramafenster sehen, wie sie an einem Tisch saß, vor ihr ein Kaffee und ein leeres Cognacglas. Eine Viertelstunde ließ Silke noch verstreichen, schlich einmal den Jungfernstieg auf und ab, war kurz davor, den nächsten Bus nach Hause zu nehmen, ging dann aber doch hinein.

»Hallo, Elisabeth.«

»Ich hätte es vorher wissen müssen.« Elisabeth schaute nur kurz auf und drehte dann ihren Kopf zum Fenster mit dem Vorfrühlingsblick über die Binnenalster. »Irene hatte mich früher immer Lissi genannt, aber du sagst nur Elisabeth zu mir. Und dann auf deinem Rezept, wo ›Silke‹ draufstand, spätestens da hätte ich es wissen müssen. Schreibfehler und zweiter Vorname, so ein Blödsinn, den du mir da erzählt hast. Ich hätte es ahnen müssen.«

Silke setzte sich, behielt aber ihren Mantel an. »Was willst du von mir?«

»Mich bedanken, dass du unsere Familie zerstört hast. Vielen Dank.«

»Ach, ich bin schuld?«

»Du und Irene, Irene und du. Über die Reihenfolge bin ich mir noch nicht ganz im Klaren. Am Anfang hab ich Irene sogar gemocht. Sie war nett, ich hatte eine Freundin. Das reiche Mädchen aus der Elbchaussee hatte eine Freundin. Aber dann hat sie alles kaputt gemacht.«

Mit Bleistift und Notizblock kam die Bedienung vorbei und zickte Silke mit einem »Bitte?« an. Silke wollte keine Bestellung aufgeben, aber Elisabeth orderte einen weiteren Cognac.

»Nein, jetzt weiß ich: Du kommst an erster Stelle. Du hast unsere Mutter auf dem Gewissen.«

»Und dein Vater hat Irene auf dem Gewissen!«

»Auge um Auge, meinst du?«

Elisabeth schien nicht überrascht zu sein, obwohl sie von Irenes Ende nichts wissen konnte. Silke war in Versuchung, ihr zu erzählen, wie Carl Werner mit Irene umgegangen war, aber sie ließ es bleiben. Elisabeth würde es sowieso nicht verstehen.

»Ich habe eure Familie nicht zerstört. Für die Probleme, die du mit deinem Vater hattest, kann ich nichts. Vielleicht hättest du ein anständiges Leben führen sollen. Das hätte ihm sehr viel mehr gefallen als deine peinlichen Anbiederungen zwischen den ständigen Eskapaden.«

»Ich habe also einen unanständigen Lebenswandel?«

»Du weißt, was ich meine: deine Alkoholexzesse, wenn die Polizei dich betrunken irgendwo aufgreift. Das hat dem Ansehen deines Vaters sehr geschadet.«

Der Cognac kam und verschwand sofort in Elisabeths Rachen.

»Du bist betrunken«, sagte Silke.

»Also gut. Was ich von dir will: Lass uns in Ruhe.«

»Ich mach doch gar nichts.«

»Du bist ein durchtriebenes Luder, du hast es auf das Erbe abgesehen!« Elisabeths Hände zitterten und ihr Blick war trüb. »Ich habe ein Wertpapierdepot, da sind etwas über 500.000 Euro drauf. Das kannst du kriegen. Ich hab gestern mit der Bank telefoniert, es ist alles vorbereitet, wir können jetzt sofort hingehen, unterschreiben und alles ist deins. Bedingung: Du verpisst dich. Für immer.«

»Das Erbe ist mir scheißegal! Du und dein lieber Bruder, ihr könnt alles behalten.«

Silke stand auf, aber Elisabeth zog sie wieder zu sich herunter.

»Du gibst nicht auf, was? Du gibst erst Ruhe, wenn du uns vollends am Boden hast. Mein letztes Angebot: Du bekommst das Depot und verschwindest und redest mit niemandem mehr über uns. Oder wir machen dich fertig. Entscheide jetzt!«

Silke riss sich los und ging.

## 14

Die ersten wärmeren Tage des Jahres hatten bereits den Frühling angekündigt, und die Morgendämmerung versprach für diesen Tag schönes Wetter. Unger hatte davon kaum etwas mitbekommen. Den Großteil seiner Aufmerksamkeit füllte der Mackenbach-Fall aus, den Rest seine Mutter. Am Morgen, auf dem Weg ins Büro, hatte er vergeblich versucht, sie auf ihrem Handy zu erreichen, und jetzt, als er gerade Elmenthal abgesetzt hatte und ins Präsidium zurückfuhr, scheiterte ein weiterer Versuch. Natürlich brauchte er sich um seine Mutter keine Sorgen zu machen. Dass sie sich plötzlich in Luft aufgelöst hatte und auf seine Anrufe nicht reagierte, stellte reine Berechnung dar. Weder war ihr etwas zugestoßen, noch war sie so sehr verletzt, dass sie etwa die Kraft nicht aufgebracht hätte, seine Anrufe entgegenzunehmen. Es war nur Rache, Bestrafung, der Versuch einer Konditionierung, die Ausnutzung seiner emotionalen Abhängigkeit für narzisstische Zwecke, das Hervorrufen eines schlechten Gewissens, um zukünftiges Wohlverhalten zu erzwingen. Natürlich, so war es: Sie täuschte vor, schwer gekränkt zu sein. Unger beschloss, darauf nicht hereinzufallen. Er sollte sich auf den Mackenbach-Fall konzentrieren, diesen unglaublichen Fall, der Enthüllungen zu liefern versprach, die dazu zwingen würden, die Kulturgeschichte des Abendlandes umzuschreiben. Dieser Fall hatte es verdient, dass man sich mit voller Energie um ihn kümmerte.

Vor einer roten Ampel rief Unger im Präsidium an.

»Schreiber.«

»Ich bin's. Bin gleich bei euch. Es gibt interessante Neuigkeiten.«

»Das ist schön, Chef.«

»Sie können schon mal beginnen, Infos über Professor Schadler zu sammeln.«

»Schadler?«

»Ja, der Kunstprofessor aus München. Interessant

wäre, ob er in weitere Skandale um Kunstfälschungen verwickelt war.«

»Wird gemacht.«

»Und dann soll noch mal jemand zur Mackenbach-Villa fahren, Lebensmittelvorräte einpacken, im Müll nach Essensresten suchen und alles auf den Phosphorgehalt überprüfen lassen.«

»Phosphor?«

»Ja. Erklär ich euch später. Und … Mackenbach hat ja regelmäßig Medikamente eingenommen, müssten bereits sichergestellt sein. Die bitte auch auf Phosphor untersuchen.«

»Okay.«

»Und dann fragen Sie mal kurz bei der Verbindungsstelle nach, ob in den letzten 24 Stunden eine unbekannte hilflose Person aufgegriffen oder in ein Krankenhaus eingeliefert worden ist.«

»Denken Sie an jemand Bestimmtes?«

»Och nein, eigentlich nicht. Vielleicht eine ältere weibliche Person. Bis gleich.«

Die Ampel schaltete auf Grün, und Unger widerstand dem Impuls, seine Mutter ein weiteres Mal anzurufen. Dem Ärger mit ihr zog er den Ärger mit Elmenthal vor, wenn auch nur knapp. Sehr knapp – allein der selbstgefällige Ton, mit dem dieser Humanmetzger sein arrogantes Orakeln aussprach: »Oder jemand, den wir bereits kennen …« Am meisten ärgerte sich Unger darüber, dass er nicht selbst auf den Gedanken gekommen war: Schadler war jemand, den er bereits kannte.

Im Präsidium führte Ungers Weg zunächst zu Maderer, dieses Mal nicht wegen der Notwendigkeit einer überflüssigen Berichterstattung, sondern weil er die Entscheidung über den Inhalt der nächsten Pressemitteilung abstimmen wollte. Genau aus demselben Grund wartete der Kriminalrat bereits auf ihn, als er dessen Büro betrat. Er saß an seinem aufgeräumten Schreibtisch, ohne Akte, ohne Telefonhörer, und trommelte mit den Fingern auf die Tischplatte. Unger setzte sich auf das Sofa an der Wand.

»Es wirft kein gutes Licht auf uns, wenn morgen in der Zeitung steht, dass eine Mordwaffe aus dem Polizeigewahrsam gestohlen wurde«, sagte Maderer. »Noch dazu, wenn es sich dabei womöglich um die echte Mona Lisa handelt.«

»Tut mir leid.«

Gern hätte Unger sich verteidigt, er habe nicht wissen können, dass es sich um das Originalgemälde handelte, sonst hätte er natürlich umfangreiche Sicherungsmaßnahmen getroffen. Doch das wäre gelogen. Natürlich hätte er es wissen können, er hätte nur am Vortag rechtzeitig den Brief von der Rückseite des Bildes beachten müssen.

»Wieso lag das Bild denn überhaupt in der Rechtsmedizin und nicht bei der KTU?«

»Das kommt schon mal vor, wenn festgestellt werden muss, ob die Verletzungen des Opfers von der Waffe hervorgerufen wurden.«

Diese Antwort war nicht im eigentlichen Sinne falsch, passte jedoch nicht exakt zum Sachverhalt. Die Kongruenz von Verletzung und Waffe war bereits am Tatort festgestellt worden. Bei ordnungsgemäßem Vorgehen hätten weitergehende Untersuchungen von der KTU vorgenommen werden müssen. Es gab tatsächlich nur einen

Grund für die Überführung des Bildes in die Rechtsmedizin: Elmenthal wollte es so.

»Und ist es wirklich sicher, dass es sich um das Original handelt?«

»Alles deutet darauf hin.«

»Nicht alles, mein Lieber. Dass das Original bekanntermaßen im Louvre in Paris hängt, deutet überhaupt nicht darauf hin.« Maderer stand auf, ging ein paar Schritte zum Fenster und ließ seinen Blick über die Stadt schweifen. »Sie und Adamski werfen Ihre Ermittlungsgruppen zur Sonderkommission ›Mona Lisa‹ zusammen. Sie übernehmen die Leitung.«

»Adamski?«, fragte Unger in einem kleinen Anflug von Widerwillen nach.

»Tilman Adamski, Abteilung Kunstdelikte, guter Mann. Ich hab das schon mit ihm abgeklärt. Er wollte gleich bei Ihnen vorbeikommen. Sie kennen sich doch?«

»Doch, doch. Natürlich.« Natürlich, man kannte sich, hatte hier und da mal miteinander zu tun gehabt, obwohl zwischen den Arbeitsfeldern Kunstdelikte und Gewaltverbrechen wenige Berührungspunkte existierten.

»Außerdem bekommen Sie ab morgen zusätzlich zwei weitere Leute. Dann sind Sie zu acht, das muss vorerst reichen«, ergänzte Maderer.

Ungers Widerwille verflog schnell. Sein eigenbrötlerisches Wesen hatte ihm eine grundsätzliche Abneigung vor komplizierter Teamarbeit aufgedrängt. Aber der Fall verlangte wohl nach einer größeren Ermittlungsgruppe, und im Grunde besaß er jetzt die Manpower, nach der er am Vortag verlangt hatte.

Maderer kratzte sich an der Schläfe. »Was machen wir mit der Öffentlichkeit?«

Das war durchaus keine rhetorische Frage, eher ein Wehklagen oder ein Hilferuf. Auch wenn während des gesamten Gesprächs ein deutlicher Vorwurf in Maderers Äußerungen mitschwang, schätzte er seinen Hauptkommissar sehr, und Unger wusste das.

»Dass es sich bei dem Mordwerkzeug um das Originalgemälde handelt, dürfte spezifisches Täterwissen sein«, kombinierte Unger.

»Wir sollten diese Information also vorerst zurückhalten?«

»Schlage ich vor.«

»Wir erzählen es der Presse nicht.« Maderer kehrte zurück an seinen Schreibtisch. »Nicht etwa, um Zeit zu gewinnen, bevor wir zerfleischt werden, sondern allein aus ermittlungstaktischen Gründen. Sie wissen schon.«

»Aus kriminalistischer Sicht wäre es ein schwerer taktischer Fehler, wenn wir es einfach so ausposaunen würden«, bekräftigte Unger den Vorschlag.

»Der Täter darf nicht wissen, dass wir wissen, was er weiß.«

»Wir können alles bekannt geben, sobald wir die Mona Lisa wiederhaben. Und den Täter haben wir dann auch gleich.« Unger schaute Maderer verschmitzt an und nickte.

»Aber nur ein paar Tage«, erwiderte Maderer und hob den Zeigefinger. »Wir müssen uns ranhalten.«

*Unger* musste sich ranhalten. Schon klar.

Im Korridor vor der Abteilung 4 zog Unger sich einen Kaffee und einen Schokoriegel. Es war bereits Nachmittag, und er hatte seit dem Frühstück nichts gegessen. Ein Schokoriegel reichte völlig aus, es musste kein Wurstbrot sein.

»Na, mein Schreiberling, wie sieht's aus?«, fragte er mit vollem Mund, als er an Schreibers Schreibtisch ankam.

»Der Kollege Adamski kommt gleich vorbei.«

»Weiß ich schon. Und sonst?«

»Mackenbachs Lebensmittelvorräte werden gerade von der Spusi zusammengesucht und eingepackt. Über Schadler hab ich bislang nichts Besonderes herausgefunden – ehrlich gesagt auch noch nicht mit der Suche angefangen. Und drittens: Die Verbindungsstelle hat letzte Nacht zwei hilflose, bislang nicht identifizierte Personen am Dammtor registriert. Sie schlafen gerade in der Zentralambulanz ihren Rausch aus. Beide männlich, südländischer Typ, vermutlich Flüchtlinge. Sonst nichts.«

»Und wann kommt die Auflösung des Rätsels?« Monique saß an ihrem Schreibtisch, spielte mit einem Kugelschreiber und hob neugierig die Augenbrauen.

»Jetzt«, antwortete Unger und steuerte in sein Büro. »Kommt mal mit, Kinder.«

Er setzte sich hinter seinen Schreibtisch, die beiden Mitarbeiter davor, und sie tauschten ihre neuen Erkenntnisse aus.

»Was hatte das alles mit einer älteren weiblichen Person zu tun?«, fragte Monique zum Schluss.

»Ach, nur so. Lasst uns lieber darüber nachdenken, ob es Zufall sein kann, dass Irene Grabowski an Leberzirrhose starb und Gudrun Mackenbach an Leberdystrophie.«

»Aha Chef«, sagte Monique, »Sie meinen also, Silke Grabowski hat zuerst ihre Schwester mit Phosphor vergiftet, danach Gudrun Mackenbach und schließlich deren Mann?«

Unger zog die Schultern hoch.

»Was ist denn der Unterschied zwischen Leberzirrhose und Leberdystrophie?«, wollte Schreiber wissen.

»Keine Ahnung.« Wieder hob Unger die Schulter.

»Und das Motiv?«, streute Monique kopfschüttelnd ein. »Irene Grabowski ist als testamentarische Erbin eingesetzt. Silke Grabowski schlüpft in ihre Rolle und bringt drei Menschen um, darunter ihre eigene Schwester, nur um an ein Bild zu kommen, das sogar Mackenbach vor einem Monat noch für eine Kopie hielt. Und obendrein auf die Gefahr hin, dass sie als Silke Grabowski entlarvt wird. Und das alles müsste sie über Jahre hinweg vorbereitet haben.«

»Dann hat sie sich sehr viel Zeit gelassen«, sagte Schreiber. »Und, wenn es wirklich so gewesen sein sollte, hat sie es nicht gerade geschickt angefangen. Sie hätte zuerst die beiden Mackenbach-Kinder umbringen müssen. Nur so wäre sie als Alleinerbin an das Bild gekommen. Jetzt ist's zu spät.« Schreiber meinte das ernst, für Ironie fehlte ihm die Neigung.

»Da wäre ein einfacher Raub wohl weniger aufwendig«, ergänzte Monique. »Zumal sie mit der Original-Mona-Lisa ohnehin nicht viel anfangen könnte, außer sie dem Louvre zurückzugeben.«

»Das würde ich so jetzt nicht sagen«, erwiderte Schreiber. »Mackenbach wird die Mona Lisa ersessen haben.«

»Das heißt?«

»Grundsätzlich kann man nach deutschem Recht an gestohlenen Sachen kein Eigentum erwerben, auch wenn man gutgläubig ist. Wer eine Sache aber zehn Jahre gutgläubig besitzt, erwirbt das Eigentum schließlich doch. Das heißt Ersitzung, ähm, Paragraf …«

»Also gehörte die Mona Lisa Mackenbach?«

»Wenn er bei Ankauf und die ersten zehn Jahre danach nicht wusste, dass es das Original war: ja.«

»Und er hätte sie dem Louvre nicht zurückgeben müssen?«

»Nein. Es gibt da ein ganz prominentes Beispiel: Silvio Berlusconi, der ehemalige italienische Ministerpräsident, besaß eine antike Spieluhr, die aus französischem Staatsbesitz gestohlen worden war. Er brauchte sie nicht herauszugeben, weil er sie gutgläubig ersessen hatte – ich unterstelle mal, dass bei Berlusconi so etwas wie Gutgläubigkeit möglich ist. Immer wenn Nicolas Sarkozy, der französische Staatspräsident, zu Besuch kam, stellte Berlusconi die Uhr auf den Kaminsims und Sarkozy trottete zähneknirschend daran vorbei.«

»Ist das wahr?«, fragte Monique nach.

»Wenn nicht, ist es gut erfunden«, antwortete Schreiber und grinste. Manchmal schien er doch etwas für Ironie übrig zu haben.

»Mackenbach war also nicht nur der Besitzer der Mona Lisa, er war sogar der rechtmäßige Eigentümer. Er hätte es öffentlich bekannt geben können und der französische Staat hätte ihm wahrscheinlich ein Vermögen angeboten, nur um das Gemälde zurückzubekommen. Mackenbach hätte dann offiziell abgelehnt und es kostenlos zurückgegeben, aber das Geld gegen Verschwiegenheitsverpflichtung dennoch genommen«, kombinierte Unger und blickte in zwei skeptische Gesichter. »So hätte ich es jedenfalls gemacht.«

»Voraussetzung ist aber: Mackenbach wusste, dass er das Bild nicht zurückgeben brauchte«, entgegnete Monique.

»Die Anekdote mit Berlusconi und Sarkozy dürfte in der Kunstszene bekannt sein«, mutmaßte Schreiber.

»Aber um sicherzugehen, wen fragt man da?«, hakte Unger nach.

»Seinen Anwalt«, antwortete Monique.

»Genau. Und den fragen wir jetzt auch.«

»Wir?«

»Ja, Monique. Sie. Und dann finden Sie bitte auch gleich heraus, was es mit Leberzirrhose und Leberdystrophie auf sich hat, ob vielleicht beides von einer Phosphorvergiftung stammen kann. Und schauen Sie nach, ob bei Irene Grabowski und Gudrun Mackenbach der Phosphorgehalt im Körper festgestellt wurde.«

»Jo, dann man tau«, sagte Monique und wollte gerade aufstehen, als Kriminalhauptkommissar Adamski und seine beiden Mitarbeiter Teufel und Pfeiffer von der Abteilung Kunstdelikte in der Tür standen.

Mit seinem wirren, schwarz gelockten Haar, dem Menjou-Bärtchen und seiner braunen Cordhose wirkte Adamski wie ein französischer Intellektueller aus den 60er-Jahren. Er trug oft eine geschwungene Tabakspfeife mit sich herum, zündete sie allerdings nur selten an. Meist, wie auch jetzt, steckte im Pfeifenkopf eine Ladung ›Rum and Maple‹ und verströmte einen süßlichen Duft. Adamski umgab ein Hauch unaufdringlicher Intellektualität. Unger schätzte das an ihm. Teufel und Pfeiffer sahen eher aus wie Pat und Patachon.

»Endlich konnten wir uns losreißen«, sagte Adamski und zog seine Pfeife aus dem Mund.

Unger stand auf, begrüßte die Kollegen, bevor sie allesamt im Teamraum Platz nahmen.

»Ich habe übrigens gerade von der Registratur erfahren, dass unsere SOKO das Aktenzeichen 08/15 führt«, teilte Pfeiffer mit und sein Mund verzog sich zu einem angedeuteten Grinsen.

»Witzig«, merkte Monique an, als hätte die Registratur mit ihnen einen Schabernack getrieben. Indes versah man bei der Hamburger Polizei die Sonderkommissionen für jedes Kalenderjahr mit fortlaufenden Nummern, und ihre SOKO war die achte im Jahr 2015. Also kein Schabernack, nur humorlose Organisation.

Nachdem sich die Beamten in maßlosem Erstaunen über das Auftauchen einer echten Mona Lisa gegenseitig übertrafen und große Bestürzung über ihr erneutes Verschwinden folgen ließen, einigten sie sich darauf, dass regelmäßige Besprechungen in der Abteilung 4 stattfinden, ansonsten aber jeder an seinem Arbeitsplatz und in seinem jeweiligen Spezialbereich weiterarbeiten sollte. Die beiden weiteren Mitarbeiter, die ab dem nächsten Tag zur Verfügung stehen würden, erbat Adamski für sich, weil umfangreiche Nachforschungen in Kunstkreisen anstanden. Unger war es recht. Nach den organisatorischen Festlegungen führten Unger und sein Team die Neuen in den aktuellen Ermittlungsstand ein und begannen schließlich, das Fachwissen der Abteilung für Kunstdelikte anzuzapfen.

»Die Mona Lisa wurde von einem gewissen Vincenzo Peruggia 1911 aus dem Louvre gestohlen und zwei Jahre später den Uffizien in Florenz zum Kauf angeboten«, berichtete Teufel. »Dabei wurde Peruggia von der italienischen Polizei verhaftet. Man untersuchte das Gemälde, befand es für echt, führte es in den Louvre zurück und warf Peruggia ins Gefängnis. Die Hintergründe konnten nicht im Einzelnen aufgeklärt werden. Es gab viele

Gerüchte und Theorien. Einige Spuren führten nach Belgien, verliefen sich allerdings. Und immer wieder tauchten Zweifel auf, ob die zurückgekehrte Mona Lisa überhaupt echt war. Die damaligen Prüfungsmethoden waren nicht sonderlich ausgefeilt, man beschränkte sich im Wesentlichen auf einen Vergleich mit Fotografien, die einige Monate vor dem Raub angefertigt worden waren. Bis heute hat der Louvre eine erneute Überprüfung anhand moderner Methoden verweigert. Ich habe Ihnen dazu ein paar Unterlagen zusammengestellt und per E-Mail geschickt.«

»Also ist es möglich: Der Dieb hat eine Fälschung zurückgegeben, unsere Mona Lisa ist die echte und im Louvre hängt seit 100 Jahren die Fälschung.« Unger fühlte den Geist der europäischen Kunstgeschichte auf sich lasten und war froh, dass er mit Adamski und seinen Mannen zusammenarbeiten konnte. »Ich frage mich gerade, was die Mona Lisa wert sein mag.«

»Auf dem Weltmarkt werden die teuersten Gemälde derzeit für mehr als 100 Millionen Dollar gehandelt, unter Umständen weit mehr«, antwortete Pfeiffer.

»Wie viel genau?«

Adamski schaute in seine Pfeife, als müsse er die Glut kontrollieren. »Bei öffentlichen Versteigerungen gehen die Preise schon mal bis 150 Millionen hoch. Das hängt aber nur zum Teil vom Gemälde selbst ab, genauso wichtig ist, wie viele zahlungskräftige Interessenten sich gerade gegenseitig überbieten. Bei Privatverkäufen erfährt die Öffentlichkeit den Preis meist nicht. Man schätzt, dass er doppelt so hoch liegen kann wie bei öffentlichen Versteigerungen.«

»300 Millionen?«, fragte Unger, während Monique

ein Gesicht machte, als müsse sie eine riesige Sahnetorte allein aufessen.

»Auf dem Schwarzmarkt findet sich natürlich nur ein Bruchteil davon.«

»Wie viel?«

»Kann man nicht sagen«, antwortete Adamski. »Bei weltberühmten Kunstgegenständen kennen wir nur Einzelfälle, die lassen sich nicht verallgemeinern. Tatsache ist aber: Der Handel mit geraubter Kunst zählt neben Geldwäsche, Drogen- und Menschenhandel zu den einträglichsten kriminellen Delikten. Waffenschieberei kommt erst danach. Jährlich werden in der Kunstszene weltweit 40 Milliarden Dollar umgesetzt, davon sechs Milliarden für geraubte Kunst. Bei einem einzigen Raubzug kommen schon mal 100 Millionen Euro zusammen. Aufklärungsquote: unter 20 Prozent.«

Bei diesen Worten kam Unger das Vermögen der Mackenbach-Familie fast bescheiden vor.

»Dabei greifen die Täter allerdings regelmäßig nicht auf allzu berühmte Werke zu. Beliebt sind eher solche aus der zweiten oder dritten Reihe mit einem Wert unter 100.000 Euro. Die sind hinreichend anonym, um sie zu Preisen um 40 bis 60 Prozent ihres Marktwertes handeln zu können. Demgegenüber ist ein weltbekanntes Gemälde wie die Mona Lisa auf dem freien Schwarzmarkt praktisch unverkäuflich. Wenn ein solches Gemälde gestohlen wird, kann es dafür nur drei Gründe geben. Erstens, es handelt sich um den Auftrag eines verdrehten Kunstliebhabers, der sich das Original heimlich in den Keller hängen will. Das ist außerhalb von Hollywood-Filmen sehr selten. Zweitens: Artnapping, also Lösegelderpressung. Auch eher selten, denn hier gibt es eine vergleichsweise hohe Aufklärungsquote – die Geldübergabe ist die Schwachstelle. Überwiegend haben wir es also mit drittens zu tun: Der Täter ist ein Irrer.«

»Ist nicht der ganze Kunstbetrieb irgendwie irre?«, fragte Monique nach.

»Da ist was dran«, schmunzelte Adamski. »Heute Abend findet in den Deichtorhallen eine Vernissage statt. Da wollte ich vorbeischauen. Kommen Sie doch mit. Überregionales Publikum. Der Erste Bürgermeister wird auch erwartet.«

»Olaf Scholz interessiert sich für Kunst?«, fragte Schreiber, der den Ersten Bürgermeister wegen seiner bodenständigen Art bewunderte, etwas Prätentiöses wie Kunst passte eher nicht zu ihm.

»Kaum. Aber seine Imageberater haben ihm erzählt, dass er da Nachholbedarf habe. Er soll die Eröffnungsrede halten.«

»Schauen wir uns das doch mal an«, sagte Unger und nickte Schreiber und Monique freundlich zu.

»Dann sollten wir beide vielleicht zu Hause bleiben«, schlug Teufel mit wenig verhohlener Freude vor und zeigte auf sich und Pfeiffer. »Sonst wird es zu aufdringlich, nicht?«

Adamski nickte, Unger auch. Man verabredete sich für Viertel vor acht vor den Deichtorhallen, und Adamski versäumte nicht, darauf hinzuweisen, dass der heutige Dresscode Krawatte oder weißes Hemd erfordere. Die Beamten verabschiedeten sich und machten sich an ihr Tagesgeschäft.

Unger zog sich in sein Büro zurück und dachte nach. Eine Krawatte hatte Unger zu Hause, ein weißes Hemd wohl auch. Hatte Adamski Krawatte *oder* weißes Hemd gesagt? Kaum. Unger sollte das Hemd vielleicht aufbügeln. Ein neues Sakko müsste er sich noch besorgen – oder auch nicht. Nicht wegen eines dienstlichen Termins. Dann vielleicht eher zum Frisör, zu dem musste er ohnehin. Eine Kleinigkeit essen wäre auch nicht verkehrt, vorher eine Kleinigkeit einkaufen. Unger schaute auf seine Uhr. Kurz vor fünf, es könnte knapp werden. Er sprang kurz entschlossen auf, griff nach seiner Jacke und setzte sich wieder hin. Monique stand mit ihrem Notizblock in der Tür.

»So, ich hab grad mit Professor Elmenthal telefoniert. Also: Die Leberdystrophie ist das Endstadium schwerer Lebererkrankungen, also auch der Leberzirrhose. In der Praxis wird aber oft nicht genau unterschieden. Bei einem schweren Alkoholiker kann da schon mal eine schleichende Phosphorvergiftung für eine alkoholbedingte Zirrhose durchgehen. Weder bei Irene Grabowski noch bei Gudrun Mackenbach wurde nach Phosphor im Körper gesucht. Ergebnis: Beide können eventuell durch Phosphorvergiftung gestorben sein. Nach einer Exhumierung könnte man vielleicht noch immer einen erhöhten Phosphorgehalt feststellen.« Monique setzte sich vor Ungers Schreibtisch. »Exhumierung?«

»Das geht auch bei einer Einäscherung? Irene Grabowski hatte ja eine Feuerbestattung hinter sich«, sagte Unger.

»Ach ja, da muss ich noch mal nachfragen.«

»So oder so, der Staatsanwalt wird das nicht mitmachen, fürchte ich.«

»Rufen Sie ihn doch an, Chef.«

»Wir warten die Untersuchung von Mackenbachs Vorräten ab. Das Ergebnis wird morgen wohl da sein. Rufen Sie noch mal bei der KTU an und machen Druck. Ich muss jetzt zum Frisör.«

## 15

Kurz vor 20 Uhr erreichte Unger abgehetzt die Deichtorhallen, zwei imposante Gebäude aus Backstein, Stahl und Glas, zwischen Hafencity und Kunstmeile, errichtet 1912, exakt in der Zeit, als die Mona Lisa verschwunden war. Den Besuch beim Frisör hatte Unger nach fast einer Stunde Wartezeit erfolglos abgebrochen, zum Einkaufen war er auch nicht mehr gekommen – also musste der letzte Joghurt aus dem Kühlschrank herhalten. Die Suche nach der Krawatte und das Bügeln des Hemdes nahmen empörend viel Zeit in Anspruch, und der graue Anzug, den Tina ihm kurz vor der Scheidung gekauft hatte und der seit Jahren auf seinen Einsatz wartete, war eng geworden. Das Auto hatte Unger zu Hause gelassen und war mit der U-Bahn gekommen, der mickerige Parkplatz neben der Südhalle würde ohnehin überfüllt sein. Die Abenddämmerung hatte bereits eingesetzt, die Beleuchtung des Vorplatzes und das durch die Glasfassade dringende Licht hatten etwas Mondänes, ebenso die mit schicken Kleidern und faltenfreien Anzügen ausstaffierten Menschen, die in kleinen Grüppchen vor dem Eingang standen, sich gegenseitig von ihrem letzten Aufenthalt auf Sylt oder in Südafrika berichteten, kichernd Sekt tranken und noch schnell eine Zigarette rauchten. Nicht meine Welt, dachte sich Unger und knöpfte das Sakko auf, um einem Michelin-Männchen-Look entgegenzuwirken.

Vor dem Eingang der Nordhalle bemerkte er Monique und Schreiber, die ihm zuwinkten. Genau genommen, er bemerkte Schreiber in einem angemessen gedeckten Anzug neben einer hübschen jungen Frau, die in einem kurzen schwarzen Kleid steckte und etwa zehn Zentimeter größer war als Monique. Dennoch, es war Monique, nur nicht in Sneakers und Jeans, sondern in High Heels und Cocktailkleid. Beim Näherkommen nahm Unger sich vor, ihr ein aufrichtiges Kompliment zu machen, doch sie kam ihm zuvor.

»Ein wirklich dezenter Schnitt, Chef. Was hat das gekostet?«

Unger verwarf seine Absichten mit dem Kompliment und nahm sich vor, dem Gör irgendwann den Mund zuzunähen.

»Ach, Sie waren beim Frisör?«, sagte Schreiber. »Das wäre mir gar nicht aufgefallen.«

»Alles gut. Ist der Kollege Adamski schon da?«

»Er begrüßt gerade irgendwelche Leute und kommt gleich wieder zu uns«, antwortete Monique noch immer leicht amüsiert. Unger konnte nicht ausmachen, ob seine Haartracht oder Schreibers Begriffsstutzigkeit sie erheiterte. Es war ihm auch egal.

»Was ist das hier eigentlich für eine Veranstaltung?«, fragte er und sein Blick fiel auf ein Plakat: Today's Renaissance.

»Hier steht es.« Schreiber hielt ihm einen Flyer hin. »Gegenwartskünstler interpretieren die Renaissance.«

Kurz darauf stieß Adamski zu ihnen, sie betraten die Nordhalle und zeigten ihre Dienstausweise vor. »Heute kommt man nur auf Einladung rein. Aber wir sind immer *eingeladen*, wenn wir uns anständig anziehen«, flüsterte Adamski Unger zu. »Es waren ein paar Besuche in fleckigen T-Shirts nötig, bevor ich diese Vereinbarung schließen konnte.«

Innen bestand die Halle hauptsächlich aus einem einzigen, riesigen Raum. An einem Ende waren Sitzreihen und eine Rednertribüne aufgebaut, am anderen Ende ein Buffet mit Stehtischen, dazwischen weiße Trennwände, an denen Gemälde und Ähnliches hingen. Vereinzelt behinderten Skulpturen den Weg. Unger stellte fest, dass der Dresscode nicht so uniform war, wie er es sich vorgestellt hatte. Krawatten wurden oft durch Schals oder Halstücher ersetzt. Die meisten Oberhemden, die Unger sah, waren schwarz. Die vereinzelten weißen Hemden wurden ohne Krawatte getragen.

»Was sind das jetzt alles für Leute hier?«, fragte Unger.

Adamski steckte seine leere Pfeife in den Mund und machte eine abwägende Handbewegung. »Ich würde sagen, jeweils ein Drittel Fachleute, Jetset und Kriminelle, wobei die Übergänge natürlich fließend sind. Die Fachleute können Sie meist an den schlecht sitzenden Anzügen erkennen. Ausnahme: die Künstler. Die tragen entweder Freizeitklamotten oder sehen aus wie ein Pfau. Bei allen anderen weiß man es nicht immer so genau. Heute werden keine Verkäufe getätigt, sonst würde ich die Kriminellen auf mindestens 40 Prozent schätzen.«

»Kriminelle?«

»Sie selbst bezeichnen sich im Allgemeinen als Kunstsammler. Aber ein guter Teil der Sammler ist ein halbseidenes Völkchen. Nichts – mit Ausnahme von Schmuck und Luxuslimousinen – wird so oft mit Bargeld bezahlt wie Kunst.«

»Geldwäsche?«

Adamski nickte bedächtig. »Kommen Sie, ich mache Sie mit ein paar Leuten bekannt.«

Unger hätte sich eher für das Buffet interessiert. Es war allerdings noch nicht eröffnet, also ließ er sich von Adamski abwechselnd zu Personengruppen und Kunstwerken schleifen. Er lernte den Intendanten der Deichtorhallen und einige Künstler und Mäzene kennen. Von szenischen Momentaufnahmen radikaler schöpferischer Freiheit und traumhaften Überhöhungen war die Rede. Hier wurde ein Mäzen von einem Künstler bearbeitet, dort ein Künstler von einem Agenten und Unger dachte: Das ist nicht meine Welt. Vereinzelt führte Adamski ihn zu Männern, die er relativ unverblümt als zwielichtige Gestalten behandelte und die es relativ unverblümt zugaben. Einige Male zog Adamski sich kurz zu ernsten Gesprächen mit Herren in teuren oder auch weniger teuren Anzügen zurück, kam jedoch immer wieder zurück zu Unger und schleppte ihn weiter. Ab und an blieben sie vor Gemälden und Plastiken stehen. Manche waren modern und abstrakt, andere alt und gegenständlich, eine pittoreske Mischung, neu und alt paarweise nebeneinander. Unger betrachtete sich meist die alten Meister und ließ die regelmäßig rechts daneben hängenden modernen unbeachtet. Vor dem Porträt eines offensichtlich wohlhabenden Mannes, eines venezianischen Kaufmanns oder eines florentinischen Bankiers, blieb er stehen.

»Das ist nur eine Fotografie, als Vorlage. Das eigentliche Werk ist dieses hier.« Adamski deutete auf eine homogene türkisfarbene Fläche, die in einen rostigen Metallrahmen gefasst war.

»Was soll das sein?«

»Das Porträt dort, auf das Wesentliche reduziert, ergibt eine solche Fläche. Nach Auffassung des Künstlers.«

»Aber Türkis? Im gesamten Porträt ist kein bisschen Türkis zu sehen.« Es war nicht Ungers Welt.

Sie gingen weiter zum nächsten Bilderpaar.

»Und hier? Hier ist das Moderne ein einfaches Foto und das Alte offenbar eine Original-Strichzeichnung«, analysierte Unger.

»Ja, und trotzdem geht es auch hier um das moderne Werk: links ein Selbstbildnis von Albrecht Dürer, rechts ein Selfie von Mats Amelung. Der Künstler meint, die Porträtmalerei der Renaissance und die heutigen Selfies hätten denselben Stellenwert.«

»Da macht einer mit dem Handy ein Foto von sich, hängt es neben einen Dürer, und das ist dann Kunst?«

Inzwischen hatte der Erste Bürgermeister seine Rede gehalten und das Buffet war eröffnet, doch Adamski hatte seine Führung noch nicht beendet.

»Ich wollte Ihnen noch Professor Schadler vorstellen«, sagte er und zerrte Unger zu einem älteren, weißhaarigen, vollbärtigen und etwas müde wirkenden Mann, dessen

Gesicht sich leicht rötete, als er die beiden Kriminalisten auf sich zukommen sah.

»Wir kennen uns, wir haben heute Morgen miteinander telefoniert«, sagte Unger, der kaum weniger überrascht war als Schadler.

»Ja. Ja, in der Tat«, stimmte Schadler zu und reichte Unger die Hand. »Ihr Herr Adamski ist im Kunstbereich einer der fachkundigsten Kriminalisten, die ich kenne. Ich schätze ihn sehr.«

»Die Kunstszene ist ein Völkchen für sich, nicht wahr?« Das passte nicht so recht zu Schadlers Aussage, allenfalls in einem etwas kompromittierenden Sinn, doch Unger brauchte Zeit, seine Gedanken zu sammeln.

»Viele Leute mit Geld und wenige mit Kunstverstand«, erwiderte Schadler.

»Sie hatten mir gar nicht erzählt, dass Sie heute Abend in Hamburg sein würden.« Jetzt war Unger wieder auf der Höhe.

»Kann sein. Mir war nicht klar, dass es Sie interessieren würde.« Schadler noch nicht.

»Na ja, am Morgen rufe ich Sie in München an und am Abend treffe ich Sie in Hamburg, da hätten wir unser Gespräch ja gleich auf den Abend verlegen können.«

»Stimmt. Aber Sie hatten mir auch nicht erzählt, dass Sie heute Abend hier sein würden.«

»In diesen Tagen interessiert mich die Kunstszene durchaus.«

»Sie suchen Ihren Täter unter diesen Leuten?«

»Immerhin ist die Tatwaffe das berühmteste Gemälde der Welt.« Unger beobachtete jede Regung in Schadlers Gesicht. »Sie wussten doch, dass es sich um die Original-Mona-Lisa handelt, oder?«

»Die Original-Mona-Lisa?« Schadlers Errötung hielt an. »Doch, doch. Natürlich, das wusste ich.«

»Bei unserem Telefongespräch heute Morgen haben Sie es nicht erwähnt.«

»Ja, entschuldigen Sie.« Schadler grüßte freundlich in eine Richtung, aus der niemand zurückgrüßte. »Ich hatte mir gar nicht vergegenwärtigt, dass Sie es vielleicht noch nicht wussten. Ich war völlig durcheinander wegen dieser schrecklichen Geschichte.«

»Haben Sie es sonst jemandem erzählt?«

»Was?«

»Dass Mackenbachs Exemplar der Mona Lisa das Original ist. Das müsste doch in Kunstkreisen die Sensation des Jahrhunderts sein.«

»Nein, natürlich nicht. Ich war einige Male durchaus in Versuchung, aber ich hatte eine Verschwiegenheitserklärung unterschrieben.«

»Auch nach dem Mord an Mackenbach? Haben Sie auch danach mit niemandem darüber gesprochen?«

»Nein, auch danach nicht.«

»Und auch nicht nach dem Diebstahl der Tatwaffe?«

»Welcher Diebstahl?«

»Die Mona Lisa ist letzte Nacht aus der Rechtsmedizin gestohlen worden. Wussten Sie das nicht?«

»Nein, Herr Kommissar, das wusste ich nicht. Was sollen diese Fragen?«

»Es handelt sich um Täterwissen.«

»Ach so, wenn ich all das gewusst hätte, dann wäre ich jetzt der Täter?«

»Das vielleicht nicht. Aber wir fragen jeden, der etwas weiß, ob und an wen er etwas weitererzählt hat, damit wir abschätzen können, wie groß der Kreis derjenigen ist, die über entsprechende Kenntnis verfügen.«

»Ach so, ja, natürlich.« Schadler schien beruhigt zu sein, aber vielleicht schien es nur so.

»Ich wäre Ihnen dankbar, wenn Sie noch ein paar Tage Stillschweigen bewahren könnten.«

»Selbstverständlich«, entgegnete Schadler und schaute auf seine Uhr. »Ich werde jetzt leider erwartet.«

»Oh, ich will Sie nicht weiter aufhalten.«

Schadler verabschiedete sich und Unger schaute ihm hinterher.

»Ein komischer Kauz, nicht wahr?«, sagte Unger zu Adamski, der das Gespräch der beiden aufmerksam verfolgt hatte.

»Er beschäftigt sich mit alten Meisterwerken, ohne sich jemals eines davon leisten zu können. Natürlich ist er ein komischer Kauz«, erwiderte Adamski.

»Er war überhaupt nicht überrascht, als ich erzählte, dass die Mona Lisa erneut gestohlen wurde.«

»Es dürfte Sie vielleicht überraschen, Unger, aber genau das ist heute hinter vorgehaltener Hand Tagesgespräch.«

»Dass die echte Mona Lisa aufgetaucht und gleich wieder verschwunden ist?«

»Mit Ihnen redet niemand darüber, mit mir schon.«

»Woher wissen die das?«

»Irgendeine undichte Stelle gibt es immer.«

»Und wieso hat Professor Schadler bestritten, von dem erneuten Diebstahl gewusst zu haben?«

»Dann ist er vielleicht die undichte Stelle und will es nicht zugeben?«

»Ich glaube, wir drehen uns gerade im Kreis.«

Die beiden Kriminalisten schlenderten zum nächsten Bild.

»Was können Sie mir über Professor Schadler sagen?«, fragte Unger, während er das Gemälde einer fröhlich tanzenden Gruppe leicht bekleideter, rundlicher Frauen mit einer daneben aufgestellten Skulptur aus unregelmäßig angeordneten geometrischen Körpern verglich.

»Das hat mich Schreiber auch schon gefragt. Meines Wissens ist Schadler kriminalistisch ein unbeschriebenes Blatt«, antwortete Adamski.

»Keine Skandale? Hatte er nie etwas mit Kunstfälschung oder Kunstraub zu tun?«, hakte Unger nach. »Von dem Rechtsstreit mit Mackenbach haben Sie gehört, nicht wahr?«

»Der Rechtsstreit zwischen Mackenbach und Schadler? Ich erinnere mich. Aber da war Schadler Opfer und nicht Täter. Es war ein Ausläufer des Beltracchi-Skandals, die größte Kunstfälschung, die es jemals gegeben hat. Wolfgang Beltracchi hatte fast 40 Jahre lang Bilder im Stil alter Meister gemalt, sie für bis dato unentdeckte Originale ausgegeben und verkauft. Im Laufe der Zeit sind ein paar hundert Fälschungen zustande gekommen. Zu jedem dieser Gemälde hat er Expertisen der renommiertesten Kunstsachverständigen eingeholt und alle haben die Echtheit bestätigt. Nach Beltracchis eigener Einschätzung hängen noch immer viele seiner Fälschungen unentdeckt in den größten Museen der Welt. Das hat den internationalen Kunstmarkt über Jahre hinweg erschüttert.«

»Warum hat Mackenbach denn Schadler verklagt und nicht Beltracchi?«

»Weil von Beltracchi nichts mehr zu holen war. Als er

vor ein paar Jahren aufflog, gab es ein kurzes, aber heftiges Gläubigerrennen. Danach hatte der Mann kein Vermögen mehr. Mackenbach kam zu spät.«

»Und wie flog Beltracchi auf?«

»Durch Titandioxid, ein weißer Farbstoff, den es zur Zeit der angeblichen Entstehung eines seiner Gemälde noch nicht gab.«

»Und so etwas wird nicht überprüft, wenn eine Expertise über ein Gemälde eingeholt wird?«

»Nein, regelmäßig nicht.«

»Zu teuer?«

»Wenn Sie sich die Preise für die Expertisen mal anschauen, würde eine physikalisch-technische und chemische Prüfung nicht mehr wesentlich ins Gewicht fallen.«

»Warum also?«

»Ich denke, man will es gar nicht so genau wissen. In den letzten Jahrzehnten hat in der Kunstszene ein beispielloser Run auf unentdeckte oder verschollene Originale eingesetzt. Jeder Sammler, der bei diesem Hype mitmacht, will so eine Trophäe ergattern. Nur gibt es eben nicht so viele davon. Und wenn sich plötzlich die einmalige Chance bietet, so ein Stück zu kaufen, und ein renommierter Kunstsachverständiger sagt, das Gemälde sei echt, dann wollen sich viele das nicht durch eine chemische Partikelanalyse kaputt machen lassen.«

»Das sehe ich anders.«

»Sie sind auch kein Kunstsammler. Alle Beteiligten haben ein Interesse daran, dass das neu entdeckte Gemälde echt ist. Der Verkäufer, der Kunstsachverständige, der Galerist, der Auktionator, der Käufer, alle verdienen mit, wenn es sich um ein Original handelt. Also ist es ein Original.«

»Aber ein Kunstsammler will ein Original und keine

Fälschung. Also will er auch wissen, ob das, was er da hat, ein Original ist.«

»Ich denke, viele Sammler sehen es so, dass das, was sie da haben, so lange ein Original ist, wie es nicht als Fälschung entlarvt wurde. Das ist ein bisschen wie mit der Unschuldsvermutung.«

Das war irre, zumindest aus der Sicht von Unger. Er schaute sich noch einmal die geometrischen Körper an. Wären sie so angeordnet gewesen wie die tanzenden Frauen oder hätten sie in etwa deren rundliche Form gehabt, dann hätte Unger einen Bezug zwischen den beiden Kunstwerken herstellen können – so nicht. Tanzende Frauen und geometrische Körper hatten nichts miteinander zu tun. Nicht in Ungers Welt.

»Im Grunde ist ja alles in Ordnung«, sagte Unger nach eine Weile. »Der Markt verlangt nach Fälschungen und der Fälscher bedient den Markt.«

»Ja, solange die Fälschung nicht enttarnt wird. Geschieht dies doch, braucht man ein Bauernopfer, und das sind regelmäßig der Fälscher und der Kunstsachverständige, der die Fälschung nicht erkannt hat.«

»Mein Mitleid mit den betrogenen Sammlern hält sich in Grenzen.«

»Meines auch. Einen Moment, die Arbeit ruft.« Adamski ließ Unger stehen, um schnell ein wichtiges Gespräch mit einem Herren zu führen, der gerade im Begriff war, die Veranstaltung zu verlassen.

Unger hatte noch immer nichts gegessen und bis auf ein kleines Gläschen Sekt auch nichts getrunken. Er beschloss, endlich das Buffet aufzusuchen, als ihm Monique und Schreiber schmatzend und leicht angeheitert entgegenkamen.

»Chef, die wissen hier alle von der Mona Lisa«, sagte Monique, pickte ein goldbraunes Stück Etwas von ihrem Teller und steckte es sich in den Mund.

»Die haben mit Ihnen drüber gesprochen?«

»Die reden von nichts anderem«, antwortete Schreiber und leerte sein Sektglas in einem Zug.

»Hm, ist das gut?« Unger zeigte auf das letzte Stück Etwas auf Moniques Teller.

»Fantastisch! Aal in Ei-Meerrettich-Kruste, wirklich gut. Wollen Sie?«

»Danke, ich hole mir selbst etwas.«

»Ich fürchte nur, das ist inzwischen alles …«

»Elmenthal!« Unger konnte kaum glauben, vor allem, er wollte kaum glauben, wer ihm gerade über den Weg lief. »Was machen Sie denn hier?«

Der Direktor des Rechtsmedizinischen Instituts stolzierte in einem weißen Dinnerjacket durch den Raum und ließ seinen Blick über die Gesellschaft schweifen, als wäre er der Gastgeber dieser Parallelgesellschaft. »Ich bin ein humanistisch gebildeter und kulturell interessierter Mensch. Um ehrlich zu sein: Die Renaissance habe ich erst kürzlich für mich entdeckt. Zuerst war ich mir nicht ganz im Klaren, ob ich wirklich herkommen sollte – Sie verstehen: der Mief vergangener Jahrhunderte. Aber es gefällt mir hier durchaus.« Der Professor nahm einen Schluck aus seinem Sektglas. »Und Sie? Ist der Skatabend ausgefallen?«

Unger fasste Elmenthal unwirsch am Arm, zog ihn beiseite und begann zu flüstern. »Haben Sie unseren Ermittlungsstand hier überall ausposaunt?«

»Was meinen Sie?«

»Die Mona Lisa!« Das war eher nicht geflüstert.

»Der Mackenbach-Mord? Das stand doch schon gestern in der Zeitung.«

»Da stand, dass das Bild eine Kopie ist. Und von dem Diebstahl aus der Rechtsmedizin stand da überhaupt nichts.«

»Details …«

Unger hatte genug. Jetzt ans Buffet und dann nach Hause ins Bett. Er ließ wortlos von Elmenthal ab, marschierte in die Ecke mit den Stehtischen und stand schließlich vor den unappetitlichen Resten eines erbitterten Kampfes um Nahrung. Monique und Schreiber waren ihm gefolgt.

»Da liegen noch ein paar Weintrauben, Chef«, sagte Schreiber.

Unger war ihm nicht böse, es war kein Spott, so etwas konnte Schreiber nicht.

Eine halbe Stunde später saßen Unger, Schreiber und Monique im La Gioconda, Moniques neuem Stamm-Italiener. Adamski blieb fern, er musste noch arbeiten – seine Art der Arbeit war zu fortgeschrittener Stunde am ergiebigsten – und vermutlich hatte er sich bereits zu Hause satt gegessen.

Unger bestellte ein Pils und blätterte die Speisekarte durch. In einer Fußnote fand er den Hinweis: »enthält Phosphor«. Er blätterte weiter.

»La falsa Gioconda, was ist das?«

»Äh… so was wie falscher Hase«, antwortete Monique. Ihre Muttersprache war Französisch, aber auch Italienisch beherrschte sie perfekt.

Unger entschied sich für eine Pizza Gioconda und bestellte dazu das zweite Pils. Abends wollte er nicht mehr so viele Kohlenhydrate zu sich nehmen und nicht so viel Fett und nicht so viel Bier. Und das alles nicht so spät. Diesen Vorsatz trug er schon seit Jahren mit sich herum, allerdings ohne konsequente Anwendung. Auch heute ließ er eine Ausnahme zu.

Schreiber begnügte sich mit einem Bier, während Monique sich vornahm, eine riesige Pizza Quattro Stagioni zu eliminieren.

Als die Pizzen kamen, machte sich Monique gierig ans Werk – die Quattro Stagioni war wirklich groß und dick belegt. Ungers Pizza nicht: etwas Käse, links und rechts eine Olive, in der Mitte eine Artischocke, unten ein roter Paprikastreifen.

»Pizza Gioconda?«, fragte Schreiber nach.

Unger nickte. »Ein hübsches Lächeln hat sie ja«, sagte er.

Dann blätterte er noch einmal in der Speisekarte nach. Die Pizza Gioconda fand sich unter der Rubrik ›Für die Kleinen‹. Das hatte Unger vorher nicht gesehen. Jetzt musste er sich in sein Schicksal fügen.

»Haben Sie auch nicht so viel vom Buffet abbekommen?«, fragte er, als sich Monique gerade den Rest des Frühlings ihrer Quattro Stagioni in den Mund schob.

»Doch, hat sie.«

»Ich weiß auch nicht, Chef. Manchmal muss abends noch eine Pizza rein, obwohl ich den ganzen Tag esse wie ein Loch.«

»Was wiegst du eigentlich?«, fragte Schreiber.

»51 Kilo.«

Beneidenswert, dachte Unger. Er schaffte fast das Doppelte, bei gleicher Körpergröße. Wollte er so viel wiegen wie Monique, müsste er nahezu die Hälfte seines Gewichts reduzieren. Als er ein wenig darüber sinnierte, beschloss er, dass er das nicht wollte.

»Wenn ich 45 Kilo abnehmen würde, bliebe ich noch immer ich, nicht wahr?«, philosophierte er.

»Ach, Chef, so dick sind Sie doch gar nicht.«

»Im Ernst: Ich würde die Hälfte meines Körpers verlieren und bliebe trotzdem ich. Doch was ist mit der anderen Hälfte? Ist die nicht ich?«

Monique kräuselte die Stirn und steckte ein saftiges Stück Pizza mit einer schwarzen Olive in den Mund. Auch Schreiber kräuselte die Stirn und begann zu grübeln.

»Was macht das Original aus, wenn die Fälschung davon nicht zu unterscheiden ist?«, fragte Unger nach einer ergebnislosen Denkpause.

Monique aß weiter und Schreiber grübelte weiter.

»Wenn ich mir einen Mercedes baue, ich besorge mir die Originalteile von den Zulieferbetrieben und den Rest bastele ich mir selbst zusammen, so gut wie Mercedes es tut, dann ist es trotzdem kein Mercedes, oder?«

»Nein«, antwortete Schreiber.

»Warum nicht?«

»Weil Sie nicht Daimler-Benz sind. Deshalb können Sie keinen Mercedes bauen.«

»Nur deshalb?«

»Genau.«

»Sehen Sie das wirklich so?«

»Das Gesetz sieht es so.«

»Und wenn ich mir einen Weinhang in der Champagne kaufe, könnte ich dort Champagner herstellen. Aber wenn ich mir zehn Kilometer westlich einen Hang kaufe, könnte ich es nicht, korrekt?«

»Korrekt«, antwortete Schreiber. »Wenn Sie trotzdem Champagner draufschreiben, ist es eine Fälschung.«

Monique schob das letzte Stück Pizza in den Mund und legte das Besteck zur Seite. »Ich bin auch eine Fälschung«, sagte sie.

Unger hörte auf zu kauen und schaute sie an. »Was?«

»So wie der Mercedes, der nicht von Daimler-Benz gebaut wurde. Meine Eltern haben mich in Toulon aus einem Kinderheim geholt, mich und meinen Bruder.«

»Sie wurden adoptiert?«

»Ja«, antwortete Monique und griff zur Karte. »Noch ein Eis zum Nachtisch?«

Unger schaute Monique mitleidig an, als hätte sie von einer unheilbaren Krankheit erzählt.

»Nachtisch?«, fragte Monique noch einmal.

»Für mich nicht«, antwortete Schreiber, der auch leicht betroffen auf Monique schaute.

»Für mich auch nicht«, sagte Unger. »Das tut mir leid.«

»Warum? Wenn Sie satt sind?«

»Nein, ich meine die Adoption.«

»Es war okay, es war sogar voll okay. Unsere Eltern, also unsere Adoptiveltern waren glücklich, als wir kamen. Sie konnten keine eigenen Kinder bekommen. Und wir hatten ein Haus mit Pool, direkt an der Côte d'Azur, wo andere Urlaub machen.«

»An der Nordsee machen die Menschen auch Urlaub«, warf Schreiber ein.

»Klar, Marco, hier ist es auch ganz nett.«

»Und haben Sie gewusst, dass Sie adoptiert waren?«, wollte Unger wissen.

»Kurz nach meinem 18. Geburtstag sagten sie es uns. Damit wir die Chance haben, nach unseren ›Wurzeln zu suchen‹. Unsere Mutter war völlig aufgelöst. Sie fürchtete, sie würde uns verlieren, sobald wir es wüssten. Aber trotzdem sagte sie es uns. Für Gilles und mich ist sie noch immer die beste Mutter der Welt.«

In der Nacht konnte Unger nur schwer einschlafen. Er grübelte über die Kategorien von Original und Fälschung und begann, sich darin zu verlieren. Wenn der, der sich einen Mercedes nachbauen wollte, Monteur bei Daimler wäre, sein Fahrzeug wäre von denselben Händen gebaut wie ein echter Mercedes, und doch wäre es keiner. Wenn er nachts heimlich im Daimler-Werk daran arbeitete, wenn sich jedes Atom exakt dort befände, wo es im Original wäre, es könnte kein Original sein. Aber wenn jemand bei seinem alten Mercedes nach und nach verschlissene Teile durch Fremdfabrikate ersetzte, wenn sich zum Schluss kaum noch ein Originalteil am Mercedes befände, der Mercedes bliebe ein Original. Und wenn Leonardo da Vinci sich von seinen Schülern hatte helfen lassen, indem sie einzelne Schattierungen anbrachten oder den Hintergrund malten, das Gemälde war ein Original. Wenn sich das Verhältnis umkehrte, Leonardo die Nebensächlichkeiten und ein Schüler das Gesicht der Mona Lisa gemalt hätte: trotzdem ein Original. Wenn der Meister selbst gar nicht mehr Hand angelegt hätte, sich vielleicht nicht einmal mehr um die Arbeiten gekümmert hätte: Original. Wenn derselbe Schüler ohne Wissen des Meisters nachts noch einmal dasselbe gemalt hätte wie tagsüber: Kopie. Wenn er es mit Wissen und Erlaubnis des Meisters getan hätte: trotzdem Kopie.

Kopie, Original, Beliebigkeit.

Unger wälzte sich auf die andere Seite. Dann dachte er an die echte Mona Lisa und die falsche Irene Grabowski. Und an Monique, die tatsächlich eine falsche Monique wäre, legte man denselben Maßstab an wie bei Kunstwerken und Autos. Zum Schluss kam ihm seine Mutter in den Sinn, die einfach verschwunden war. Immer noch. Er knipste das Licht an und betrachtete sein Handy. Es war halb drei, jetzt konnte er nicht mehr anrufen. Und überhaupt, er konnte sie sowieso nicht anrufen, auch tagsüber nicht. Schlafen konnte er genauso wenig. Und seinen Parkplatz brauchte er um diese Uhrzeit auch nicht mehr zu verteidigen. Wenn er jetzt für eine halbe Stunde mit dem Auto unterwegs wäre, würde ihm niemand den Platz wegschnappen, nicht um diese Uhrzeit.

Eine halbe Stunde später stand er mit dem Auto vor der Haustür im Loogestieg, wo die Mutter wohnte. Die Fenster waren dunkel, was um diese Uhrzeit nicht bedeutete, dass niemand zu Hause war, aber auch nicht das Gegenteil bewies. Klingeln konnte er natürlich nicht. Noch eine halbe Stunde später lag Unger wieder im Bett. Sein Auto stand ein paar Straßen weiter entfernt als eine Stunde zuvor.

# 16

Anfang September 1911. Die heißen Tage waren vorbei. Man konnte sich wieder standesgemäß kleiden, ohne einen Hitzeschlag befürchten zu müssen. Die herrschende Kleiderordnung der guten Gesellschaft nahm wenig Rücksicht auf die Jahreszeiten, sie war für die Übergangszeit gemacht und ließ nur dezente Variationen zu. Im Winter warf man einen dicken Mantel über, wenn man das Haus verließ, im Sommer durfte man auf den Mantel verzichten und kurze Unterhosen und dünne Unterhemden wählen, der Tagesanzug musste jedoch bleiben, so oder so.

Der Herbst näherte sich, und Weber war bester Stimmung. Er räumte sein Hotelzimmer, grüßte aus der Ferne den Eiffelturm und machte sich mit zwei Koffern auf zum Gare du Nord, wo er für den Nord-Express, den bekannten Luxuszug zwischen Paris und St. Petersburg, zwei Karten bis Brüssel löste, die eine auf den Namen Hermann Weber, die andere auf den Namen Otto Rosenberg. Der eine Koffer war mit unverzichtbaren Utensilien bestückt, der andere mit überflüssigen Gegenständen, einem doppelten Boden und einem wertvollen Gemälde. Den einen behielt Weber als Handgepäck bei sich, den anderen gab er als Gepäck des Reisenden Hermann Weber auf. Anschließend betrat er den Zug als Otto Rosenberg.

An der Staatsgrenze nach Belgien beobachtete er den Gepäckwagen mit größter Aufmerksamkeit. Hätte ein Schaffner nach Hermann Weber gefragt, hätte sich ein

Zöllner auch nur andeutungsweise auffällig verhalten, Weber wäre als Rosenberg unerkannt entflohen. Es fragte aber niemand. Nach der Ankunft in Brüssel nahm Weber den Regionalzug nach Gent, dem Ziel seiner fast sechsstündigen Reise.

Gleich nach seiner Ankunft übergab Weber die Mona Lisa einem alten Geschäftspartner, Jean Pinon, dem Mann, der sich rühmte, alles verkaufen zu können, egal, wie heiß die Ware war, und zwar zu Spitzenpreisen.

»Und das ist wirklich die Echte?«, fragte Pinon, als Weber seine Trophäe präsentierte.

»Natürlich! Schau doch hin!«

Pinon musterte das Bild und seine Gesichtszüge wurden weich. »Ja, natürlich. So vollkommen kann keine Kopie sein.«

Weber nickte zustimmend, obwohl er es besser wusste und für einen kurzen Moment nachdenklich wurde. Wenn nun Chaudrons Fälschung vom Original nicht zu unterscheiden war, warum hatte er die beiden Lisas eigentlich ausgetauscht? Egal, jetzt war es eben so.

»40 Prozent vom Erlös«, sagte Pinon mit Pokerblick.

»30. Ich hatte Unkosten.«

»50. Ich muss meine Männer bezahlen.«

Sie einigten sich auf 40.

Vielleicht wäre Weber beim Feilschen hartnäckiger geblieben, wenn seine Gedanken nicht ständig abgeschweift wären. Die falsche Mona Lisa. Hätte er die Bilder nicht getauscht und wäre an der Grenze mit der falschen Mona Lisa entdeckt worden, er hätte nicht beweisen können, dass es die falsche war, er wäre als Dieb der Mona Lisa verhaftet worden. Sogar wenn er mit dem Diebstahl gar nichts zu tun gehabt hätte, hätte man ihn verhaftet und vermutlich so lange eingesperrt, bis irgendwann zufällig die echte auftauchen würde. Egal, es war die echte und er war nicht verhaftet worden. Und sie hatten sich auf 40 Prozent geeinigt.

Die beiden Herren tranken einen Cognac auf das Geschäft und Pinon stellte eine Vollzugsfrist von zwei Wochen in Aussicht. Dann verabschiedete sich Weber.

Die Nachmittage in Cafés zu verbringen und dabei in den Zeitungen über die neuesten Gerüchte und Ermittlungsergebnisse zum Raub der lächelnden Florentinerin zu lesen, war für Weber inzwischen zu einer lieben Gewohnheit geworden.

Jetzt wartete er bereits seit drei Wochen geduldig in den Cafés von Gent, bis ihn die Schlagzeile der neuesten Ausgabe vom Petit Parisien aus der Fassung brachte: Die französische Geheimpolizei sei den Dieben der Mona Lisa auf der Spur. Verdeckte Ermittler hätten in der belgischen Provinzhauptstadt Gent als Kunstliebhaber getarnt das Meisterwerk zum Kauf angeboten bekommen. Noch sei der mutmaßliche Hehler arglos, doch die Falle würde bald zuschnappen.

Das war eine unglaubliche Schlamperei! Weber sprang vom Stuhl auf, vergaß in seiner Erregung zu zahlen und eilte mit vor Wut schäumendem Mund zu Pinon.

»Jetzt reg dich nicht so auf. Das war eine Art Ablenkungsmanöver.«

»Ein was? Ihr bringt die Polizei auf unsere Spur und du nennst das ein Ablenkungsmanöver?« Von Webers Wutschaum lösten sich kleine Tröpfchen, die in Pinons Gesicht landeten.

»Die Polizei kennt weder unsere Gesichter noch

unsere richtigen Namen. Die sind sicher nicht auf unserer Spur«, sagte Pinon und trat einen Schritt zurück. »Auf der ganzen Welt werden gerade unzählige Mona Lisas von Trittbrettfahrern zum Kauf angeboten. Die Polizei kann nicht alle Spuren verfolgen.«

Weber blieb skeptisch.

»Was glaubst du, warum die Polizei der Presse gerade unser Angebot mitteilt, bevor ein Zugriff erfolgt ist?«, fragte Pinon und drehte genüsslich an seinem Bart.

»Warum?«

»Weil sie unser Angebot nicht ernst nehmen und gar keinen Zugriff planen. Die brauchen nur Futter für das öffentliche Interesse. Wir haben einen ähnlichen Fall in Marseille und einen in London, nur dass die Journaille davon noch nichts weiß.«

»Hm …« Weber begann, seinen emotionalen Ausbruch zu bedauern.

»Wenn die Polizei auf einer Spur ist, dann höchstens auf deiner.«

»Auf meiner?«

»Paris hat Berlin um Amtshilfe geben, und du bist doch Deutscher, nicht wahr?«

»Woher weißt du das?«

»Du hast mir mal erzählt, dass du in Köln geboren wurdest …«

»Ich meine das mit der Amtshilfe!«

»Ich bin Profi, mein Lieber.«

»Dann müssen wir die Sache jetzt schnell über die Bühne bringen.« Aus Webers Bedauern wurde Nervosität. Er hatte beschlossen, sich mit dem Erlös in die Neue Welt abzusetzen und dort mit neuer Identität unter die feine Gesellschaft zu mischen, Boston wäre gut oder Baltimore. Aber vorher musste er noch einmal nach Deutschland.

»Morgen. Morgen ist es so weit«, tönte Pinon und legte ein süffisantes Grinsen auf.

»Was?«

»Wir haben einen Käufer. Morgen wird geliefert.«

»Bist du sicher, dass es kein Polizeispitzel ist?«

»Willem Daan Verheyden, ein reicher Stofffabrikant aus Löwen, keine 100 Kilometer von hier. Seit dem Erstkontakt haben wir jeden Brief gelesen, den er schrieb, jedes Telefongespräch mitgehört, das er führte, und jede Person überprüft, mit der er zusammentraf.«

»Und so habt ihr das auch mit den verdeckten Ermittlern gemacht, von denen in der Zeitung steht?«

»Genau. Die Pappnasen sind nach dem ersten Treffen mit unserem Kontaktmann direkt ins Präsidium gefahren. Wir wissen seit einer Woche, dass die Jungs von der Polizei sind.«

Weber war leidlich beruhigt, soweit es Pinon betraf. Er wusste, dass dieser Mann seit Langem im Geschäft war, ohne jemals von einem Gericht verurteilt worden zu sein. Nun wusste er auch, warum. Er selbst versuchte es ähnlich lange, allerdings waren ihm vereinzelte Pannen unterlaufen. Wie auch immer, vonseiten Pinons drohte keine Gefahr, doch das Amtshilfeersuchen an die deutschen Behörden beunruhigte Weber, so sorgfältig er auch vorgegangen war. Er bat Pinon, beim Treffen mit dem Kaufinteressenten am nächsten Tag anwesend sein zu dürfen. Dann könnte der Erlös sofort geteilt werden und Weber würde wenige Tage später als Mister Harper von Hamburg nach New York in See stechen.

Die Residenz des Stofffabrikanten Willem Verheyden war eine große Villa am Stadtrand von Löwen. Das Hausmädchen führte sie in die Bibliothek und kurz darauf betrat der Hausherr den Raum.

»Goedenavond, heren«, begrüßte er sie.

Pinon stellte sich als Piet de Groot und Weber als Monsieur Moreau vor. Dann einigten sich die Herren darauf, Französisch zu sprechen. Weber packte die lächelnde Dame aus und setzte sie auf eine von Verheyden eigens bereitgestellte Staffelei. Einige Sekunden vollkommener Stille und Reglosigkeit vergingen, bis Verheydens Augen glänzten, beinahe tränten. Er war sichtlich erschüttert.

»Hier, schauen Sie«, sagte er schließlich und winkte seine Gäste heran. »Man sagt, die Mona Lisa hätte keine Augenbrauen, aber ich glaube das nicht. Wenn Sie ganz genau hinschauen, können Sie feinste Oberflächenstrukturen erahnen. Ein Hauch von Augenbrauen, die mit den Jahrhunderten verblichen sind.«

Auch Pinon und Weber zeigten Ergriffenheit, eine Art zielführende Ergriffenheit, die Verheydens Kaufentschluss festigen sollte. Dann wechselten die Herren ein paar höfliche, aber belanglose Worte, die dem Interessenten die Gelegenheit gaben, sich zu fangen, und eine geschäftliche Verhandlungsatmosphäre vorbereiteten.

»Welche Garantie habe ich, dass es sich hier um das Original handelt?«, fragte Verheyden unvermittelt. Er hatte sich offenbar besser gefangen, als seinen Gästen lieb war. »Sehen Sie, mein lieber de Groot, ich bin nur Kunstliebhaber, kein Kunstsachverständiger, ich kann die Echtheit nicht beurteilen. Und eine Expertise können Sie nicht vorlegen.«

»Natürlich haben wir keine Expertise, von wem hätten wir so etwas erstellen lassen sollen?«, antwortete Pinon. »Außerdem, wenn wir ein Bild fälschen könnten, dann könnten wir genauso gut eine Expertise fälschen.«

»Also? Welche Garantie habe ich?«, fragte Verheyden erneut.

Auf Webers Zunge lagen die Worte bereit, darauf hinzuweisen, dass es unmöglich wäre, den Malrand, den Riss im Holz und die Maserung zu fälschen. Doch Weber wusste es besser und zögerte einen Augenblick, sodass Pinon das Wort ergriff.

»Die Augenbrauen. Sie haben es selbst gesagt: die Augenbrauen. Kein Künstler der Welt wäre in der Lage, die Mona Lisa so perfekt zu malen, wie Leonardo es getan hat.«

»Und wenn doch eines Tages ein vollkommen identisches Exemplar auftaucht? Welches wäre dann das Original?«

»Das ist völlig ausgeschlossen«, entgegnete Pinon mit beträchtlicher Entrüstung in der Stimme.

»Nun ja«, warf Weber verhalten ein. »Es gibt ein identisches Exemplar. Ich selbst habe es anfertigen lassen.«

Pinons Entrüstung wanderte von der Stimme zu den Augen.

»Es ist vollkommen identisch. Ich habe sie nebeneinandergehalten. Man kann keinen Unterschied sehen.«

Schweigen.

»*Einen* Unterschied gibt es allerdings doch«, fuhr Weber fort. »Die Kopie weist auf der Rückseite eine gemalte Holzmaserung auf, während die Maserung des Originals echt ist. Nur wird niemand von sich aus auf die Idee kommen, an dem Holz zu kratzen.«

»Und Sie würden, verständlicherweise, nicht öffentlich auf diesen Umstand hinweisen wollen, wenn die Kopie eines Tages auftaucht«, mutmaßte Verheyden.

»So ist es«, bestätigte Weber. »Man wird die Kopie vermutlich für das Original halten. Nur wir drei wissen es besser.«

Verheyden betrachtete nachdenklich das Gemälde, drehte es um, inspizierte die Rückseite mit einer Lupe und kratzte mit dem Fingernagel daran.

»Ist gut, meine Herren«, sagte er schließlich. »Ich habe aber eine Bedingung: Wir setzen ein Schriftstück auf, in dem wir die Umstände des Raubes und der Veräußerung an mich detailliert beschreiben, datieren und zu dritt unterzeichnen. Ich stecke dieses Schriftstück in einen Umschlag und klebe ihn an die Rückseite des Gemäldes. Das wäre dann meine Garantie.«

Weber und Pinon schauten sich unentschlossen an. »Was ist der Nutzen?«, fragte Pinon.

»Das Schriftstück wird handschriftlich von Ihnen beiden abgefasst. Ich nehme an, dass die Namen, mit denen Sie sich mir vorgestellt haben, nicht Ihre echten Namen sind. Aber Ihre Handschrift ist echt. Man wird Sie daran identifizieren können. Und ich werde eine solche Identifizierung in die Wege leiten, falls sich eines Tages herausstellt, dass dieses Gemälde eine Fälschung ist.«

Pinon war dagegen, Weber dafür. Sie berieten sich flüsternd.

»Er hinge ja selbst mit drin, wenn er uns bei der Polizei anzeigt«, argumentierte Weber. »Und sein Geld wäre dann weg. Er wird nichts unternehmen, solange er davon überzeugt ist, dass er das Original hat.«

»Und er hat das Original? Das ist sicher?«, fragte Pinon nach.

»Ja, das ist sicher.«

Pinon schaute Weber fest in die Augen, dann nickte er ihm entschlossen zu und flüsterte: »Einverstanden«, anschließend noch einmal laut zu Verheyden: »Einverstanden.«

»Wir müssten aber den Preis nachverhandeln«, entgegnete Verheyden.

»Was heißt das?«, wollte Pinon wissen.

»Abgemacht waren 350.000 Franc. Das galt aber nur für den Fall, dass es keine täuschend echte Kopie gäbe. Die Dinge liegen nun anders. Das werden Sie verstehen, meine Herren.«

Pinon schaute Weber strafend an. Weber schaute auf seine Schuhe.

»Ich werde mit der Möglichkeit leben müssen, dass eines Tages die Kopie auftaucht und für das Original gehalten wird. Und ich werde diesen öffentlichen Irrtum nicht aufklären können.« Verheyden blickte seine Gäste leidend an. »Das schmälert natürlich meine Freude an dem Kunstwerk. Es braucht ja gar nicht so weit zu kommen, allein die Aussicht, dass es geschehen könnte, verdirbt mir zu einem großen Teil die Freude.«

Weber machte ein paar entschlossene Schritte auf das Bild zu, als wollte er es wieder einpacken, hielt jedoch inne und drehte sich um. »Was schlagen Sie vor?«

»250.000.«

»Nein«, sagte Weber und griff nach dem Bild.

»300.000«, schlug Pinon vor.

»Einverstanden«, sagte Verheyden.

Er sagte es so schnell, dass Weber sich fast überrollt

fühlte. Einen Moment überlegte er, aber er hatte keine Zeit und deshalb auch keine Wahl. »Abgemacht.«

Die Herren besiegelten den Handel mit einem kräftigen Handschlag, einem Glas Cognac und einer Zigarre. Die Stimmung löste sich. Verheyden holte einen Koffer aus seinem Tresor, entnahm ihm 50.000 Franc und stellte ihn neben die Staffelei. Dann bat er Weber und Pinon an seinen Schreibtisch und legte ihnen ein Blatt Papier vor.

»Am besten auf Holländisch. Ich helfe Ihnen bei der Formulierung«, sagte er.

Weber schrieb stolz nieder, wie er die Kopie in Auftrag gegeben, Peruggia zum Diebstahl angestiftet und die Bilder ausgetauscht hatte, und Pinon vervollständigte die Geschichte um die Suche nach einem Käufer. Anschließend übergab Verheyden den Koffer. Pinon öffnete ihn, schätzte überschlägig die Geldmenge ein – ein penibles Nachzählen wäre ehrenrührig gewesen – und reichte Verheyden mit einem Lächeln nochmals die Hand. Zum Abschied tranken sie noch ein Glas Cognac. Jetzt war es tatsächlich passiert. Weber war reich.

# 17

Unger verspürte ein ungutes Gefühl, als er am Morgen das Haus verließ. Es war schwer zu bestimmen, ob das Gefühl vom Kopf oder eher vom Bauch ausging. Und wenn vom Bauch, eher allgemein oder vom Magen. Letzteres wäre durchaus verständlich, Unger hatte nicht gefrühstückt, er hatte nichts Essbares im Haus. Aber das ungute Gefühl war bereits da gewesen, als er aufgewacht war, es ging wohl doch vom Kopf aus. Konkrete Befürchtungen konnte Unger nicht benennen, es war eher wie eine Wolke ohne Konturen, wie Morgennebel. Mit Nachdenken hätte er seine Ahnungen vielleicht fassbar machen können, aber nachdenken wollte er nicht, das hatte er in der letzten Nacht genug getan. Er mied den Kiosk, an dem er sich morgens oft eine Zeitung kaufte, und auch die Tankstelle, bei der er morgens einen Kaffee trank und ein belegtes Brötchen aß, wenn sein Kühlschrank leer war. Er mied alles, was ihn in die Nähe eines Zeitungsständers hätte führen können. Sein ungutes Gefühl diktierte es ihm. Doch es half nichts. Unmittelbar nachdem er im Präsidium angekommen war, stürmte Maderer in sein Büro, an Schreiber und Monique vorbei, und kam vor Ungers Schreibtisch zum Stehen. Ein frisches Exemplar der Hamburger Morgenpost brachte er gleich mit.

»Das war wohl nichts!«, rief er aus und schleuderte die Zeitung vor Unger auf den Schreibtisch. »Die Mona Lisa ist verschwunden«, stand in Riesenlettern auf der Titelseite. Unger überflog den Artikel: »… handelt es sich offenbar um das Original … Mordwerkzeug … aus den Räumen der Rechtsmedizin entwendet … Professor Elmenthal bestätigte auf Nachfrage … Polizei äußerte sich bislang nicht …«

Nachdem die verschwundene Lisa bei der Vernissage Tagesgespräch gewesen war, konnte es nicht allzu sehr erstaunen, dass sie heute den Weg in die Tageszeitung gefunden hatte. Ungers Magen hatte es geahnt.

»Pressekonferenz. Halb zwölf. Sie sind dabei. Und bis elf habe ich Ihren schriftlichen Bericht und den Entwurf einer Presseerklärung.« Mit diesen Worten stürmte Maderer wieder hinaus.

»Was können wir denn dafür?«, empörte sich Monique, nachdem die Tür hinter Maderer effektvoll zugeflogen war.

Unger zuckte mit den Schultern. Sie schauten eine Weile die Tür an, als befürchteten sie, dass der Kriminalrat noch einmal zurückkommen würde. Dann ging Monique zur Routinearbeit über.

»Also, das Alibi von Professor Schadler für die Mordnacht ist bestätigt«, sagte sie. »Dann hab ich mit Dr. Müller-Reusling telefoniert, Mackenbachs Anwalt.« Monique setzte sich mit ihrem Notizblock vor Ungers Schreibtisch. »Er bestätigt, Mackenbach habe ihm vor ein paar Wochen ganz aufgeregt erzählt, dass er die echte Mona Lisa besitze. Er habe das Bild vor 25 Jahren bei einem Trödler gekauft und natürlich für eine Kopie gehalten. An der Rückseite habe ein handgeschriebener Brief gesteckt, den er allerdings nicht lesen konnte, weil er auf Holländisch verfasst ist. Er habe das Bild in seine Kunstsammlung gehängt und nicht mehr weiter über den Brief nachgedacht. Erst vor wenigen Wochen habe er ihn ins Deutsche übersetzen lassen. Darin steht, dass es sich bei dem Bild um das Originalgemälde handelt und dass es 1911 aus dem Louvre gestohlen wurde. Mackenbach habe dann die Echtheit überprüfen lassen und anschließend Müller-Reusling angerufen und wollte von ihm wissen, ob er das Bild an den Louvre zurückgeben müsse. Der Anwalt habe ihm bestätigt, dass er der rechtmäßige Eigentümer sei und die Mona Lisa nicht zurückgeben müsse.« Monique holte tief Luft. »Aber noch interessanter ist das: Auch Ulrich Mackenbach wusste davon.«

»Sicher?«

»Müller-Reusling sagte, er habe Ulrich die Rechtslage ausführlich erklärt und ihm ausdrücklich versichert, dass die Sache rechtlich eindeutig sei.«

Hm, dachte Unger und wahrscheinlich sagte er es auch, während er versuchte, die neue Information in sein Puzzle einzuarbeiten. Wenn Ulrich Mackenbach der Täter sein sollte, wie passte der Drohbrief an Professor Ganther dazu? Und die Phosphor-Geschichte? Und warum sollte Ulrich die Mona Lisa aus der Rechtsmedizin stehlen, wenn sie ihm als Mitglied der Erbengemeinschaft sowieso gehörte?

Monique und Unger schauten sich eine Weile schweigend an, dann stand Unger auf und ergriff seine Jacke.

»Sie rufen mal im Louvre an und fragen nach, ob die irgendwas von der Sache wissen«, sagte er beim Hinausgehen. »Könnte ja sein, dass Mackenbach die Rückgabe der Mona Lisa schon angekündigt hat. Aber sprechen Sie das zuerst mit Adamski ab, nicht dass wir uns da in die Quere kommen.« Als Unger an Schreiber vorbeiging, klopfte er ihm auf die Schulter. »Und wir beide fahren mal zu Ulrich Mackenbach und führen ein philosophisches Gespräch über Fälschung und Lüge.«

»Was ist mit dem Bericht für Maderer und der Presseerklärung?«, fragte Schreiber.

Unger stutzte. »Ja. Schreiber, nehmen Sie das in die Hand, zusammen mit Adamski oder einem seiner Jungs. Ich fahr allein zu Mackenbach.«

Das Gebäude war groß und modern, ein Schmuckstück im dichten Gewerbegebiet von Hamburg-Hammerbrook. Auf dem Firmenschild stand »Mackenbach Technologies«, darunter waren zwei konzentrische Kreise abgebildet, die bei einiger Anstrengung der Fantasie die schematische Darstellung einer CD erkennen ließen.

Eine Hinweistafel im Flur hinter der Eingangstür zeigte Unger den Weg zur Geschäftsführung im ersten Stock. Dort wurde er ohne Wartezeit und mit fast unterwürfigen Gesten von einer Frau, die sich als »Management Assistant« vorstellte – also der Chefsekretärin – zu Ulrich Mackenbach vorgelassen.

»Ist das schon Ihre neue Stube?«, fragte Unger, als er das riesige Büro betrat.

Ulrich Mackenbachs Augen kniffen sich zu Schießscharten zusammen. »Wenn Sie meinen, ich würde jetzt in den Raum meines Vaters umziehen: Nein, da zieht der Betriebsrat ein.«

Die beiden Männer standen sich reglos gegenüber, als trügen sie ein Duell aus und warteten, dass der andere als Erster zog. Wie immer drohte das Gespräch zu kippen, heute bereits zu Beginn. Doch sie zogen nicht. Stattdessen bot Mackenbach seinem Besucher eines von zwei über Eck stehenden Sofas an und setzte sich auf das andere.

»Die Mona Lisa ist echt«, sagte Unger, nachdem er sich gesetzt hatte.

»Ja, es steht heute groß in der Zeitung.«

»Wussten Sie es nicht schon vorher?«

Pause.

»Möchten Sie einen Kaffee?«

»Nein danke. Ihr Anwalt Dr. Müller-Thurgau …«

»Müller-Reusling.«

»Genau. Er hat uns mitgeteilt, dass Sie bereits vor Wochen wussten, dass die Mona Lisa echt ist. Warum haben Sie uns das verschwiegen?«

»Sie haben nicht danach gefragt.«

»Natürlich haben wir das! Ich habe Sie nach dem Wert der Sammlung gefragt und Sie sagten sieben oder acht Millionen. Allein die Mona Lisa ist das Zigfache davon wert.«

»Tatsächlich? So viel?«

»Ich habe das Gefühl, Sie schätzen Ihre Situation völlig falsch ein.«

Wieder eine Herausforderung zum Duell. Wieder gab Mackenbach nach.

»Entschuldigen Sie, Herr Kommissar. Die Art, wie Sie mich neulich befragt haben, erweckte in mir nicht gerade das Verlangen, Sie in besonderer Weise zu unterstützen. Das war natürlich falsch, entschuldigen Sie.« Ulrich Mackenbach senkte den Kopf ein wenig, als empfände er tatsächlich Reue. »Also, als Vater herausgefunden hat, dass die Mona Lisa echt ist, hat er es mir natürlich mitgeteilt, und wir berieten uns mit unserem Anwalt. Ich habe mich später nicht weiter darum gekümmert, es war schließlich nicht mein Gemälde, sondern das meines Vaters.«

»Und jetzt ist Ihr Vater tot und Sie sind Erbe.«

Wieder entstand eine Gesprächspause. Wenn Mackenbach nicht bereits die weiße Fahne geschwenkt hätte, hätte man Ungers letzte Äußerung als erneute Herausforderung verstehen können. So war sie nur als ein Auskosten des Sieges zu verstehen.

»War die Mona Lisa eigentlich versichert?«, fragte Unger.

»Davon weiß ich nichts. Vielleicht ist die Sammlung pauschal versichert, vielleicht nur in der ganz normalen Hausratversicherung.«

»Wäre aber doch interessant zu erfahren, jetzt, wo das Bild gestohlen wurde.«

Ulrich schaute den Kommissar an, als wäre er ein quengeliges Kind vor einer Supermarktkasse. »Es dürfte wohl kaum eine Versicherungsgesellschaft geben, die ein Bild wie die Mona Lisa versichert. Und wenn doch, dann mit immensen Sicherheitsauflagen und zu unbezahlbaren Beiträgen.«

»Sie haben sich also doch informiert?«

»Nein, habe ich nicht. Wie gesagt, ich hab mich darum nicht gekümmert.«

»Sie erfahren, dass Ihr Vater das wertvollste Gemälde der Welt besitzt, und interessieren sich nicht dafür? Dann wird Ihr Vater ermordet, Sie erben das Bild und es interessiert Sie noch immer nicht?«

»Wissen Sie, Herr Unger, wenn meinem Vater etwas gehörte, dann gehörte es wirklich nur ihm. Er hat nie jemanden teilhaben lassen, nicht mich, nicht meine Schwester und auch früher unsere Mutter nicht.« Mackenbach räusperte sich. »So war das früher. Und jetzt stürzt so viel auf mich ein, da hatte ich bisher keine Zeit, mich mit dem Gemälde zu beschäftigen.«

»Wo waren Sie in der Nacht von Montag auf Dienstag zwischen 20 Uhr abends und 7 Uhr morgens?«

»Zu Hause.«

»Und Ihre Frau kann das bestätigen?«

»Ja.«

»Wissen Sie, was mir an unserem Gespräch komisch vorkommt? Dass Sie sich nicht danach erkundigt haben, ob wir dem Mörder auf der Spur sind oder ob wir dem Bild auf der Spur sind.«

»Ja, natürlich. Ich bin ein wenig durcheinander. Sind Sie dem Mörder auf der Spur?«

»Ja. Wer wusste sonst noch, dass das Gemälde echt ist? Ihre Schwester?«

»Natürlich haben wir in der Familie darüber geredet.«

»Frau Grabowski auch?«

»Frau Grabowski gehört mit zur Familie.«

»Sonst noch jemand?«

»Nicht dass ich wüsste.«

Unger holte seinen Notizblock aus der Tasche und blätterte darin. Er brauchte den Block nicht; nichts, was für dieses Gespräch wichtig sein konnte, stand drin. Es war nur ein Ritual.

»Woran ist Ihre Mutter damals eigentlich gestorben?«

»Leberversagen.«

»Und wie kam es dazu?«

Ulrich Mackenbach schaute den Kommissar unentschlossen an. Dann stand er auf und ging zum Fenster.

»Sie hatte es nicht gut bei unserem Vater«, sagte er schließlich. »Er hat nicht nur seine Mitarbeiter schlecht behandelt. Auch seine Frau. Sie begann zu trinken, machte eine Entziehungskur, dann schluckte sie irgendwelche Tabletten, zum Schluss alles durcheinander.«

»Suizid?«

»Nein. Aber sie hat es irgendwann nicht mehr ohne Rausch ausgehalten. Und das hat am Ende die Leber nicht mehr ausgehalten. Was hat das mit Ihren Ermittlungen zu tun?«

Es war noch immer nichts Handfestes, nur ein konturloses Gefühl, was die Verbindung zwischen dem Tod von Gudrun Mackenbach und dem von Irene Grabowski herstellte. Unger hätte es kaum erklären können und er wollte es auch nicht.

»Das werden wir noch sehen«, orakelte er und verabschiedete sich.

## 18

Ulrich Mackenbach setzte sich an seinen Schreibtisch, nachdem Unger hinausgegangen war. Natürlich hatte er sich verdächtig gemacht. Völlig unnötigerweise. »Oder bist du der Mörder?«, hatte Silvia ihn vor drei Nächten gefragt, als er sich in der Todesnacht mit dem Kommissar einen Hahnenkampf geleistet hatte. Silvia, seine eigene Frau, hatte ihn in Verdacht. Er hatte darauf nichts erwidert. Es war ihre Art, das Ende der Ehe vorzubereiten oder ihre Verachtung für Ulrichs Erfolgsstreben auszudrücken oder beides. Sie hatte es einmal gemocht, dass er einer angesehenen Hamburger Kaufmannsfamilie angehörte, wahrscheinlich hatte sie ihn deshalb geheiratet. Sie hatte den Status und den Luxus gewollt und er hatte ihr beides bieten können. Doch bald nach der Hochzeit hatte es angefangen. »Ihr seid eine echt kranke Familie«, hatte sie zu ihm gesagt und damit seinen Ehrgeiz, Vaters Griesgrämigkeit und Mutters und Elisabeths Alkoholsucht gemeint. Und dass immer alles vor der Öffentlichkeit verheimlicht werden musste. Aber so war es nun einmal in der guten hanseatischen Gesellschaft. Wer dazugehören wollte, musste die Regeln einhalten. Entweder es gab keine Skandale oder sie wurden vertuscht. Ulrich hatte sich das so nicht ausgesucht, er war hineingeboren worden. Und was erst recht nicht möglich war, war eine Pleite, eine Insolvenz. Solange diese Gefahr drohte, drohte auch die Scheidung.

# 19

Ungers Weg von Mackenbach Technologies zurück ins Präsidium führte durch die Innenstadt. Vormittags. Eine Tageszeit, in der ganz Hamburg durch die Innenstadt fuhr. Die Wohnung der Mutter lag quasi auf dem Weg, zwar nicht auf dem direkten Weg, aber auf einem großzügig bemessenen Umweg. Unger wurde von den Malern, die sich gerade mit der Wohnzimmerdecke beschäftigten, hereingelassen. Die Fenster waren inzwischen ausgetauscht und die neuen Fliesen in Bad und Küche verfugt, jetzt musste der Installateur Waschbecken und Toilette anbringen und die Maler mussten die Wände streichen. Ein Teil der Möbel stand im verschlossenen Schlafzimmer, der andere Teil hinter einer Staubwand in einer Ecke des Esszimmers, wo Unger sie zusammen mit einem Nachbarn vor zehn Tagen verstaut hatte. Die Mutter war nicht da und die Maler sagten, sie hätten sie seit Beginn der Arbeiten nicht wiedergesehen. Es gab keinen Zweifel, hier wohnte zurzeit niemand.

»Ich wollte Sie heute Nachmittag sowieso noch anrufen«, sagte der ältere der beiden Maler.

»Sie wird wohl nicht ans Telefon gehen«, antwortete Unger.

»Wer?«

»Meine Mutter.«

»Ähm … ich wollte nicht Ihre Mutter anrufen, sondern Sie.« Dabei deutete der Maler auf den konsternierten Unger. »Ich hab gestern mit Ihrer Frau Mutter telefoniert, um zu fragen, was wir mit der Esszimmerwand machen sollen, vor der die Möbel stehen. Ihre Mutter sagte, Sie würden sich darum kümmern, und gab mir Ihre Nummer.«

»Sie haben meine Mutter auf ihrem Handy angerufen und sie ging ran?«

»Ja. Wieso nicht?«

Jede Antwort, die Unger gerade einfiel, wäre irgendwie peinlich gewesen. Also antwortete er nicht. Selbst die brennendste aller Fragen, ob die Mutter gesagt habe, wo sie sei, verkniff er sich.

»Spätestens übermorgen wäre die Wand dran. Was sollen wir also jetzt machen?«, fuhr der Maler fort.

»Schieben Sie die Möbel in die andere Zimmerecke.«

»Nun ja, wir sind eigentlich keine Möbelpacker, nicht?«

Unger schaute den Maler eine Weile unentschlossen an, machte dann auf dem Absatz kehrt und rannte mit den Worten »Ich auch nicht!« zur Wohnungstür hinaus. Auf halber Treppe kehrte er um und rief zurück: »Rufen Sie mich an, wenn es so weit ist. Wir machen das zusammen!«

Hätte Unger sich Sorgen um seine Mutter gemacht, wäre er sicher erleichtert gewesen zu hören, dass sie ans Telefon gegangen war. Doch warum hätte er sich Sorgen machen sollen? Er hatte sie nicht tief verletzt mit seinen Worten oder Taten, und sie war eine erwachsene Frau. Also hatte er sich keine Sorgen machen müssen, weshalb er sich auch keine machte, also war er jetzt nicht erleichterter als vorher. Jedenfalls nicht sehr. Sicher saß sie gerade in diesem Moment gemütlich bei einer ihrer Bridge spielenden und Likörchen schlürfenden Tratschtanten – von denen Unger sich vielleicht einmal die Namen und Telefonnummern aufschreiben sollte – und genoss ihren Triumph, ihre Macht über ihn. Und nein: Er würde nicht erneut versuchen, sie anzurufen.

Wieder ein Weg durch die überfüllte Innenstadt, zurück ins Präsidium. Der stockende Verkehr und die viel zu kurzen Ampelphasen gaben Unger die Möglichkeit, seine Gedanken bei der Mutter zu belassen. Nach einer Zeit, die fast ausgereicht hätte, die Strecke zu Fuß zu bewältigen, kam er im Präsidium an.

»Adamski und ich haben den Bericht und die Presseerklärung fertig, liegt auf Ihrem Schreibtisch. Und der Zentralregisterauszug von Professor Dr. Maximilian Schadler ist gekommen: kein Eintrag«, scholl es Unger von Schreiber entgegen, als er zur Tür hereinkam, sodass seine Gedanken zurück zu seinem heiklen Fall gezogen wurden.

»Und ich habe mit dem Louvre telefoniert«, schob Monique mit der Geschwindigkeit eines Maschinengewehrs nach. »Ich habe sogar mit dem Direktor persönlich gesprochen. Er sagt, er habe von der Mackenbach-Lisa erst heute Morgen erfahren, als ihn ständig Presseleute anriefen und um eine Stellungnahme baten. Er sei sich sehr sicher, dass seine Mona Lisa die echte sei, sagt er. Alle paar Jahre würden Zweifel und irgendwelche abstrusen Geschichten an ihn herangetragen, und zum Schluss platzten diese Märchen wie Seifenblasen, sagt er. Aber nervös war er schon. Und von seiner Sekretärin habe ich erfahren, dass der Raum, in dem die Mona Lisa hängt, heute für den Publikumsverkehr geschlossen ist.« Monique holte tief Luft. »Und jetzt kommt das Beste: Das Ergebnis von der KTU ist da. Mackenbachs Lebensmittelvorräte sind ohne Befund. Aber seine Medikamente sind teilweise mit Phosphor versetzt. Und zwar die Packungen, die in seinem Badezimmerschrank hinten lagen. Die hatte er aber offensichtlich nicht in Gebrauch, vermutlich seine Vorräte. Die Packungen derselben Medikamente, von denen er seine tägliche Dosis nahm, waren sauber. Laut Rezeptstempel stammen die mit Phosphor versetzten Packungen von der Graben-Apotheke in Eimsbüttel und die anderen von der Helmholtz-Apotheke in Othmarschen. Ich habe dann bei Elmenthal angerufen. Er sagte, im Produktionsprozess kann man versehentliche Verunreinigungen mit Phosphor ausschließen. Trotzdem will er beim Gesundheitsamt Meldung machen.«

»Jetzt lasst mich erst mal Luft holen, Kinder«, sagte Unger und hob seine Hände, als wollte er sich ergeben. Während Monique raunte: »Wieso will *er* Luft holen? Ich rede doch die ganze Zeit«, steuerte Unger in sein Büro und schloss hinter sich die Tür. Er überflog Bericht und Presseerklärung, zeichnete sie ab, seufzte und versuchte, seine Mutter und ihre Rücksichtslosigkeit endgültig aus seinen Gedanken zu verdrängen.

Phosphor.

Medikamente.

Unger rannte raus zu Monique und Schreiber.

»Also die Medikamente waren tatsächlich mit Phosphor versetzt?«

»Krass, nicht? Die Symptome von Mackenbachs Phosphorvergiftung wurden mit Medikamenten behandelt, die ihn zusätzlich vergifteten. Ich hab übrigens mit seinem Arzt telefoniert. Der hat immer Rezepte für 100 Tage ausgestellt. Das letzte Mal ist Mackenbach vor drei Wochen bei ihm gewesen, als er noch Medikamente für zwei Monate haben musste. Er sagte dem Arzt, er hätte sie verloren.«

»Dann hat er herausbekommen, dass die Pillen vergiftet waren, und die neuen aus einer anderen Apotheke geholt«, kombinierte Unger.

»Das könnte für eine Hausdurchsuchung in der Graben-Apotheke reichen«, sagte Schreiber.

»Was wollen Sie da finden? Weißen Phosphor? Einen Bekennerbrief? Ne, wir gehen lieber mal da hin und sprechen mit den Leuten.«

»Aber eine Exhumierung könnten wir beantragen«, schlug Schreiber vor.

»Sie haben recht gruselige Vorlieben, mein lieber Junge«, entgegnete Unger.

»Das finde ich auch«, sagte Monique.

»Du willst nur nicht, dass es der armen Silke Grabowski an den Kragen geht«, fuhr Schreiber sie an.

»Wir müssen davon ausgehen, dass der Täter von der Echtheit der Mona Lisa wusste. Und Silke Grabowski wusste es nicht.« Moniques Stimme wurde lauter.

»Von der Echtheit wussten Professor Ganther, seine Sekretärin, Dr. Lehman, die Mackenbach-Kinder, Professor Schadler, Dr. Müller-Reusling und Mackenbach selbst. Aber die haben nichts mit Phosphor zu tun. Und Schadler hat für die Mordnacht außerdem ein wasserdichtes Alibi.« Auch Schreiber wurde lauter, obwohl es nicht zu ihm passte. Aber er fühlte sich in seinem Team akzeptiert, da konnte man sich ruhig mal gehen lassen.

Für Unger war der allgemeine Ton zu schrill geworden. »Jetzt beruhigt euch, Kinder. Beide Aufzählungen müssen nicht abschließend sein. Ganther hat vielleicht Phosphor in seinem Labor, und möglicherweise hat irgendein Taxifahrer zufällig ein Gespräch zwischen Müller-Reusling und Mackenbach mit angehört und weiß seither von der Echtheit. Oder es ist irgendein anderer Zufall passiert. Das können wir alles nicht ausschließen.«

»Aber es ergibt keinen Sinn, dass Silke Grabowski die Morde begangen haben soll. Zuerst die eigene Schwester, dann Gudrun Mackenbach und zum Schluss Carl Werner Mackenbach, Schwachsinn.«

»Wenn sich nach einer Exhumierung herausstellt, dass auch Frau Mackenbach und Irene Grabowski mit Phosphor vergiftet wurden, haben wir aber ein starkes Indiz«, entgegnete Schreiber. »Vielleicht ist die Silke eine Psychopathin. Soll's ja geben. Ihre Verwechslungskomödie hat schon deutlich gezeigt, dass sie einen kleinen Defekt im Kopf hat.«

»Wenn jemand eine fremde Identität annimmt, dann liegt eine dissoziative Störung vor. Das hat zunächst einmal gar nichts mit Psychopathie zu tun.«

»Oh, da kennt sich aber jemand aus«, murmelte Schreiber.

»Das habe ich gegoogelt. Und selbst wenn«, entgegnete Monique und ihre Stimme klang fast flehentlich, »diese zierliche Frau würde Mackenbach doch nicht erschlagen. Eine Frau mordet nicht mit brachialer Gewalt, sie mordet leise und elegant. Erst recht, wenn sie schon die Giftschiene angefangen hat.«

»Na ja«, warf Schreiber ein, »von dem Phosphor scheint Mackenbach ja wohl erfahren zu haben. Dann ging es nicht mehr mit Gift, dann musste sie es anders machen.«

»Aber wenn sie es auf das Erbe abgesehen und von dem Testament gewusst hätte, dann hätte sie doch dafür gesorgt, dass sie und nicht Irene eingesetzt worden wäre.«

»Was hätte sie tun sollen, wenn sie sich nicht outen wollte? Sie hätte kaum zu Mackenbach sagen können, dass sie Silke ist und nicht Irene und er solle mal das Testament auf ihren richtigen Namen ändern und sich dabei beeilen, weil sie ihn danach umbringen wolle«, entgegnete Schreiber.

»Aber Mackenbach hatte doch gewusst, dass Silke nicht Irene war!«

»Und er hat das Testament *nicht* zu ihren Gunsten geändert«, konterte Schreiber.

»Aber auch nicht widerrufen!«

»Moment.« Unger hatte sich aus dem Streit seiner beiden Mitarbeiter weitgehend emotionslos herausgehalten. Doch nun musste er nachhaken: »Mackenbach erfuhr spätestens von dem Sozialversicherungsträger, dass seine Haushälterin nicht Irene sein konnte. Wann war das?«

Schreiber blätterte in seinen Unterlagen. »Ein paar Wochen, nachdem Frau Grabowski ihre Stelle antrat.«

»Und von wann datiert das Testament?«

Schreiber blätterte erneut. »Über ein Jahr später.«

»Also wusste Mackenbach bereits bei der Testamentserrichtung die Wahrheit. Und trotzdem hat er Irene als Erbin eingesetzt.«

Die drei Kriminalisten schauten sich stumm an. Keiner konnte sich einen Reim darauf machen.

»Dann war da vielleicht noch was in der Schwebe«, sagte schließlich Monique. Auch wenn sie es nicht aussprach, Silke Grabowski tat ihr leid und deshalb wollte sie nicht, dass diese Frau die Täterin war. Intuition. Ausklammern von Vernunft.

»So oder so. Wir beantragen eine Exhumierung für Gudrun Mackenbach und Irene Grabowski, Schreiber kümmert sich darum. Monique geht mal zur Graben-Apotheke und spricht mit denen, wenn da irgendwas komisch ist, kann man immer noch eine Hausdurchsuchung veranstalten. Und in zwei Stunden will ich Silke Grabowski hier sehen, darum kümmert sich Monique auch. Ich muss jetzt zur Pressekonferenz.«

## 20

Alle waren sie da, die großen Zeitungen und die kleinen, etliche Radiosender, Presseagenturen und sogar fünf Fernsehteams. Wer auch immer aus der Medienwelt einen Korrespondenten in Hamburg hatte oder ihn binnen zwei Stunden hatte schicken können, war vertreten. Unger konnte sich nicht erinnern, den großen Konferenzraum im ersten Stock jemals so voll gesehen zu haben. An der Stirnseite war eine Tischreihe aufgebaut, an der Wand dahinter prangte das Hamburger Stadtwappen. Vor der Tischreihe standen etliche Stuhlreihen, gefüllt mit emsig wuselnden Reportern. Wer keinen Sitzplatz ergattert hatte, musste hinten stehen oder vorn knien. Die Tischreihe war mit zahllosen Mikrofonen gepflastert, einige Reporter hielten Richtmikrofone in der Hand, andere hatten die Diktatfunktion ihrer Handys eingeschaltet.

Es war kurz nach halb zwölf. Generalstaatsanwalt Trauernig, Polizeipräsident Müller, der Pressesprecher der Hamburger Polizei und Maderer hatten sich in einem Nebenraum versammelt und warteten auf Unger. Als er erschien, entschuldigte er sich kurz für seine Verspätung. Öffentlichkeit lag ihm nicht, jedenfalls nicht ein solches Brimborium. Oft konnte er seine Teilnahme an Pressekonferenzen vermeiden und wenn er doch mal erschien, war es meist eine kleine gemütliche Runde mit immer denselben bekannten Gesichtern. Heute war es anders. Aber da musste Unger durch. Der Pressesprecher gab das Signal und die Herren zogen in den Konferenzraum ein.

Erst als Unger den überfüllten Raum betrat und sich an seinen Platz setzte, begann er die Dimension zu erahnen, in der sich die Affäre bewegte. »Die im Louvre ausgestellte Mona Lisa: eine Fälschung«, das war die Nachricht des Jahrhunderts.

Der Pressesprecher begrüßte die Anwesenden, führte ins Thema ein und reichte das Wort an den Generalstaatsanwalt und den Polizeipräsidenten weiter. Diese beiden hatten am wenigsten Ahnung vom aktuellen Stand der Ermittlungen und gaben kurze, allgemein gehaltene Erklärungen ab. Dann war Maderer an der Reihe, der etwas konkreter wurde, schließlich Unger, der seinen Bericht verlas. Noch war alles nach Plan verlaufen. Bei den Worten »Original« und »entwendet« ging ein leises Raunen durch den Raum, mehr nicht. Aber gleich sollte der unkalkulierbare Abschnitt der Pressekonferenz beginnen, die Reporter würden Fragen stellen.

»Sind die Einbrecher der Mackenbach-Villa und der Rechtsmedizin identisch?«, fragte ein Reporter.

Das wusste Unger nicht. »Wir halten das für wahrscheinlich.« Mehr konnte er dazu nicht sagen.

»Was sagt denn der Louvre dazu?«, fragte ein anderer Reporter den Polizeipräsidenten, der die Augenbrauen hob und den Mund geschlossen hielt.

Unger sprang ein. »Der Louvre zweifelt vorläufig daran, dass es sich tatsächlich um das Original handelt. Aber dort sind die Prüfungen noch nicht abgeschlossen. Man hat im Louvre erst seit heute Morgen Kenntnis von dem Vorfall.«

»Also steht noch gar nicht fest, dass es sich wirklich um das Original handelt?«

»Wir gehen davon aus. Das Gemälde ist intensiv untersucht worden und die Ergebnisse lassen keinen anderen Schluss zu.«

Das war eine mutige und souveräne Antwort. Unger legte sich fest, soweit er sich festlegen konnte. So etwas wurde bei der Presse mit Wohlwollen gewürdigt und Wohlwollen hatten die Ermittler in diesem Fall auch nötig.

»Und was sagt das Auswärtige Amt zu der Angelegenheit?«, wollte ein weiterer Reporter von Polizeipräsident Müller wissen. »Und was der Élysée-Palast?«

Müller hob erneut die Augenbrauen und öffnete dieses Mal seinen Mund. »Das Auswärtige Amt und der Élysée-Palast haben sich bislang nicht geäußert«, erklärte er.

Unger war nicht bekannt, ob das Auswärtige Amt und der Élysée-Palast überhaupt gefragt oder auch nur unterrichtet worden waren. Das wäre auch nicht seine Aufgabe gewesen. Er konnte sich entspannt zurücklehnen.

Im Ergebnis war die Pressekonferenz für ihn glimpflich verlaufen. Die Journalisten interessierten sich nur am Rande für den Mord, sogar der Diebstahl des Gemäldes aus der Rechtsmedizin trat in den Hintergrund angesichts der überwältigenden Nachricht: »Die falsche Lisa ist entlarvt!« Die Verblüffung würde sich legen, in wenigen Tagen würden unbequeme Fragen nach Ermittlungspannen vernehmbar werden. Dann würde man ein Ergebnis, zumindest ein angemessenes Zwischenergebnis präsentieren müssen oder sich überlegen, wer der Öffentlichkeit als Bauernopfer zu dienen hatte. Die Wahl würde auf Unger fallen, das wusste er. Ihm blieb nicht mehr viel Zeit.

Trotz des positiven Verlaufs der Pressekonferenz konnte Unger sein ungutes Magengefühl nicht loswerden. Es war Mittagszeit, doch er hatte keinen Hunger, genau genommen, er spürte seinen Hunger nicht und hatte ohnehin keine Zeit, die Kantine zu besuchen. Monique wartete sicher bereits mit Silke Grabowski auf ihn.

# 21

Thijs Verheyden hasste die Deutschen, seit er 16 Jahre alt war, seit Beginn des Ersten Weltkriegs. Bis dahin war es ihm gut gegangen. Er hatte als Sohn des reichen und angesehenen Textilfabrikanten und Kunstsammlers Willem Verheyden eine privilegierte Kindheit genossen, in einer großen Villa am Stadtrand von Löwen gelebt und mit seinem Vater die Liebe zu dem schönsten Gemälde der Welt geteilt – zur Mona Lisa. Sie hing im Salon. Nur er und die Eltern wussten, dass es sich um das Original handelte. Die große Politik war ihm egal gewesen, genauso wie die Deutschen. Doch als er 16 war, marschierten die Deutschen in Löwen ein, brannten die Altstadt nieder und erschossen Zivilisten. Die Textilfabrik des Vaters und die Villa blieben verschont, aber die Altstadt war nicht mehr da. Und seither hasste Thijs Verheyden die Deutschen.

20 Jahre später starb der Vater und Thijs übernahm die Fabrik. Fünf Jahre später kamen die Deutschen wieder, Zweiter Weltkrieg. Thijs wurde zum Heeresbeschaffungsamt nach Berlin zitiert und hatte die Wahl zwischen Beschlagnahme der Fabrik oder Umstellung der Produktion auf Wehrmachtsuniformen. Die Entscheidung fiel ihm so schwer wie nichts zuvor in seinem Leben. Er wählte die Umstellung.

Und jetzt, der Krieg tobte schon fast fünf Jahre, stand Thijs Verheyden vor den Trümmern seiner Existenz. Wenn nicht Marieke, seine Frau, und der kleine Sohn

Luuk neben ihm gestanden hätten, wäre er in Tränen ausgebrochen.

Vorletzte Nacht hatte eine alliierte Phosphorbombe die Villa getroffen. Der Dachstuhl war ausgebrannt, der Rest des Hauses in sich zusammengefallen. In letzter Minute hatte sich Marieke Luuk geschnappt und Thijs hatte beide aus dem brennenden Haus gezerrt. Einen halben Kilometer entfernt befand sich die Fabrik, auch sie brannte in dieser Nacht vollständig aus. Überall in der Stadt waren Häuser zerbombt worden. Löwen war eine belgische Stadt, keine deutsche, trotzdem hatten die Alliierten sie in Schutt und Asche gelegt, wie 30 Jahre zuvor die Deutschen.

Die gesamte Zivilbevölkerung suchte in den Trümmern der Stadt nach Überlebenden, fand jedoch fast nur Leichen. Kurz darauf ordnete die Stadtkommandantur an, dass die weiteren Bergungsarbeiten auf öffentliche Gebäude und kriegswichtige Einrichtungen beschränkt werden sollten. Thijs und Marieke Verheyden versuchten zu ein paar Habseligkeiten aus den Trümmern der Villa zu retten. Marieke war allerdings zu Hilfsdiensten im Lazarett verpflichtet worden, weshalb Thijs meist allein in den Trümmern herumwühlte. Mit der Zeit wurde es beschwerlicher, immer mehr Schutt war zur Seite zu räumen und die Trümmerstücke wurden größer. Ohne Helfer konnte Thijs kaum noch etwas ausrichten. Der Keller, wo er die Mona Lisa seit vier Jahren hinter Kisten und Koffern vor den Nazis versteckte, hatte der Verwüstung vermutlich standgehalten. Nur kam Thijs da nicht heran. Schaufel, Hammer, Spitzhacke und die Oberarmmuskeln eines Anzugträgers würden ihn dort nicht hinunterführen können.

Er wurde beim Wehrkreiskommandeur Major von Thadden vorstellig. Thadden war der einzige Deutsche, den Thijs nicht hasste. Er war kein Nazi, er war ein gebildeter Mann, ein Mann der Kirche, ein Offizier mit Soldatenehre. Er war ein Mann, den Thijs nicht mit »Heil Hitler« grüßen musste, jedenfalls nicht, wenn sie allein waren, und der sich mit Thijs höflich auf Niederländisch zu unterhalten versuchte, wenngleich komplizierte Gespräche besser auf Deutsch geführt wurden.

Thijs bat den Major um ein paar Männer mit schwerem Gerät, nur für ein oder zwei Tage. Doch Thadden konnte niemanden entbehren, nicht einmal aus der Zivilbevölkerung, nicht einmal die Arbeiter der abgebrannten Fabrik. Alle wurden gebraucht, um die Trümmer von den Straßen der Stadt zu räumen oder in den Lazaretten auszuhelfen.

So machte Thijs allein weiter. An den Keller kam er nicht heran, aber er bohrte sich einen Tunnel in Richtung seines ehemaligen Arbeitszimmers, dort würde er den Tresor finden und ihm mit etwas Glück ein paar Wertsachen entnehmen können. Die Trümmerteile lagen instabil aufeinander, ständig knarrte es, Staub rieselte herunter, Holz und Steine vom Mauerwerk fielen zu Boden. Schließlich traf Thijs ein solcher Brocken und zerquetschte seinen rechten Zeigefinger. Im Lazarett nahmen sie ihm den Finger ab, und wenige Tage später wurde er nach Hause entlassen. Schmerzmittel erhielt er nur für kurze Zeit; sie waren knapp geworden. Und obwohl Thijs trotzdem gern weitergemacht hätte, er musste Marieke versprechen, die Ruine ihrer Villa nicht mehr allein zu betreten.

Kurze Zeit später landeten die Alliierten in der Normandie. Jetzt standen erst recht keine Kräfte mehr für den Keller zur Verfügung. Deutsche Truppen zogen vermehrt durch Löwen, zunächst meist in westliche Richtung, später vermehrt in Richtung Osten. Die Front rückte heran.

Erste Gerüchte machten die Runde, wie in den befreiten französischen Gebieten mit Kollaborateuren umgegangen wurde. Vielfach sollten Männer, die bei den Judendeportationen als Dolmetscher tätig gewesen waren, jetzt an Bäumen aufgeknüpft worden sein, manchmal noch bevor alliierte Soldaten die Gegend eingenommen hatten. In einer kleinen Stadt in der Bretagne sollten der Brigadechef der örtlichen Polizei und mehrere seiner Sergeanten gelyncht worden sein, ohne dass ihnen schwerwiegende Kollaboration zur Last gelegt werden konnte. In einem anderen Ort wurde der Bürgermeister aus dem Rathaus gezerrt und auf dem Marktplatz zu Tode geprügelt, weil er sich an der Bekämpfung der Résistance beteiligt haben sollte, was sich später als Irrtum herausgestellt hatte. Fast täglich brachte Marieke solche Nachrichten mit nach Hause. Schwer zu sagen, was davon stimmte und was deutscher – oder vielleicht auch alliierter – Propaganda entsprang. Aber auch wenn es nur Propaganda war, es verfehlte seine Wirkung nicht. Wer mit den Deutschen gut auskam, unterstützte sie jetzt umso energischer, und der Rest lief scharenweise zur Résistance über.

Eines Abends saß die Familie in ihrem kleinen Zimmer beim Essen zusammen, Marieke hatte ein paar Kartoffeln und etwas Schmalz vom Lazarett mit nach Hause nehmen dürfen. Es war Sommer, das Fenster stand offen, und sie hatten den Eindruck, als hörten sie aus weiter Entfernung leises Kanonengrollen. Sie bildeten sich das nur ein, die Front war viel zu weit entfernt, aber sie lauschten und keiner sagte ein Wort, bis Marieke aussprach, was alle drei dachten: »Wir müssen weg.«

Der kleine Luuk rutschte unruhig auf seinem Stuhl herum. Thijs streute wortlos etwas Salz auf eine Kartoffel und biss hinein. Sie hatten in dieser Stadt nichts mehr, was sie nicht auf einen Karren hätten schnallen können, außer ein paar Wertpapieren im Tresor der Villa und außer der Mona Lisa.

»Hast du die Aushänge nicht gesehen?«, fragte Thijs. Überall hingen Bekanntmachungen, nach denen es bei schwerer Strafe verboten war, die Stadt unautorisiert zu verlassen.

»Gestern haben sie in Cherbourg Kollaborateure …«

»Das ist Propaganda. Und außerdem sind wir keine Kollaborateure!«

»Na ja.«

Thijs schaute Marieke an, er konnte kaum glauben, was sie da sagte. Er hatte nie etwas gegen die Résistance unternommen und er hatte sich nicht an der Judenverfolgung beteiligt. Zwar hatte er Juden und französische Zwangsarbeiter in der Fabrik beschäftigt, aber sie waren ihm von den Deutschen zugewiesen worden, und er hatte sie menschlich behandelt, soweit es ging.

»Du hast den Nazis ihre Uniformen geschneidert. Und wir waren in den letzten Jahren immer zu den Geburtstagsempfängen von diesem Major von Thadden eingeladen.«

»Was sollte ich denn machen? Ich hatte keine Wahl«, sagte Thijs und schob seinen Teller weg.

»Du willst hier nur nicht weg, weil du dieses verdammte Gemälde nicht aufgeben willst«, fauchte Marieke. »Was glaubst du, was die Franzosen mit uns machen, wenn du denen erzählst, dass wir die Mona Lisa seit 30 Jahren heimlich hier verstecken?«

»Dass gerade du mir in den Rücken fällst …«

»Ich falle dir nicht in den Rücken, ich sorge mich um uns. Um Luuk.«

Luuk saß die ganze Zeit neben seinen Eltern und tat so, als wäre er nicht da. Er war 14 Jahre alt, zu alt zum Weinen. Aber in den letzten Wochen hatte er oft geweint. Und jetzt weinte er wieder. Thijs sah ihn an, tätschelte seine Wange und dachte, Marieke habe wohl recht. Er konnte nichts mehr retten, außer seiner Familie. Er stand auf, sagte, dass er am nächsten Tag bei Thadden vorsprechen werde, und verließ das Haus. Er schlenderte durch die Straßen und stand dann vor den Resten seiner Villa. Die Hand schmerzte und er verabschiedete sich.

Erst zwei Tage später wurde er zu Major von Thadden vorgelassen. Seit er sich zur Flucht entschlossen hatte, war er von der Richtigkeit der Entscheidung überzeugt, und er trug sein Anliegen voller Entschiedenheit vor.

»Sie sind nicht einmal Deutscher, was wollen Sie in Deutschland?«, fragte Thadden.

»Ich habe für die Wehrmacht gearbeitet.«

»Es ist noch gar nicht gesagt, dass die Tommys überhaupt bis Löwen kommen. Und wenn, dann werden Sie schlimmstenfalls in Kriegsgefangenschaft genommen.«

»Ich sehe das anders, Herr Major.«

»Sie müssen hierbleiben und Ihre Stadt wiederaufbauen.« Pflichterfüllung war Thaddens oberster Grundsatz, und das war nicht wirklich überraschend. Sein Führer verlangte sie von ihm und er verlangte sie von seinen Soldaten.

»Mit Verlaub, ich werde meine Familie beschützen. Und erst danach komme ich zurück und baue meine Stadt wieder auf.«

»Sie sind ein Narr!« Thaddens Stimme vereiste. »Selbst wenn ich wollte, ich kann Ihnen keinen Passierschein ausstellen. Das OKW hat die Flucht nach Deutschland verboten, das wissen Sie doch.«

»Aber wenigstens der Junge. In Deutschland werden Kinder aus zerbombten Städten aufs Land verschickt.«

»In Deutschland werden 16-jährige Jungen als Flakhelfer eingesetzt.«

Thijs Verheyden hätte etwas entgegenhalten können, aber es hätte nichts gebracht. Und er war nicht der Typ dafür. Er war kein Held, nur ein Mann, der versuchte, seine Familie durch den Krieg zu bringen.

Der Anblick der Soldaten, die durch die Stadt zogen, wurde erbärmlicher. Die Front rückte näher. Bei günstigem Wind konnte man manchmal Kanonendonner hören. Jetzt war es keine Einbildung mehr. Die Leute erzählten sich, dass die Deutschen sich demnächst bis zum Rhein zurückziehen würden. Das würde die gefährlichste Zeit werden, die Zeit zwischen dem Abzug der Deutschen und dem Einzug der Briten. Die Verheydens waren sicher nicht die schlimmsten Kollaborateure, die es in Löwen gab. Aber sie waren die bekanntesten, das Verheyden-Textilwerk kannte jeder. Und sie hatten vom Krieg profitiert und von den Deutschen.

Marieke begann, die nötigsten Dinge in einem Koffer und einem Kohlesack zu verstauen.

»Sie wollen das Lazarett verlegen. Morgen sollen die ersten Verletztentransporte anfangen«, sagte Marieke beim Abendbrot.

Thijs grunzte zum Zeichen, dass er verstanden hatte. Worte fielen ihm nicht ein.

»Dann eben ohne Passierschein«, sagte Marieke.

»Sie werden uns aufgreifen. Und wenn sie uns nicht erschießen, werden sie uns zurückschicken«, erwiderte Thijs.

»Auf der Straße schauen die Leute mich anders an als früher«, sagte Marieke. »Das ist keine Einbildung. Die warten nur darauf, dass die Deutschen weg sind.«

Thijs nahm Marieke in den Arm und wollte ihr sagen, dass sie sich zu sehr in die Sache hineinsteigere, aber er brachte den Satz nicht heraus. »Morgen bringen wir Luuk zum Pfarrer. Da wird ihm nichts passieren«, sagte er schließlich. Dann blieben sie stumm. Das Fenster stand offen und sie lauschten den Kanonen.

Eine Stunde später saß Thijs Verheyden wieder vor Major Thadden. Zwei Wehrmachtssoldaten waren vorgefahren und hatten ihn mitgenommen.

»Vor drei Tagen hat Paris kapituliert, die Tommys stoßen auf Brüssel vor«, sagte Thadden. Er sah aus, als hätte er tagelang nicht geschlafen. »Übermorgen wird die 15. Armee Löwen räumen, voraussichtlich Richtung Scheldemündung. Zugleich werden die Stadtkommandantur und das Wehrkreiskommando aus Löwen abberufen. Der Rückzug wird ohne verbrannte Erde stattfinden, jedenfalls soweit ich die Sache noch beeinflussen kann. In drei Tagen wird es hier keinen deutschen Soldaten mehr geben.«

Thadden hatte Thijs Verheyden in militärischen Angelegenheiten noch nie ins Vertrauen gezogen. Dass er es an diesem Tag tat, dürfte den Tatbestand des Hochverrats erfüllen. Thijs konnte sich keinen Reim darauf machen.

Thadden zog ein vergilbtes und mit Stockflecken übersätes Heftchen aus einer Schublade und legte es vor Thijs auf den Schreibtisch. »Dies ist eine kirchenrechtliche Dissertation aus dem Jahr 1507. Sie war in der hiesigen Universitätsbibliothek aufbewahrt worden, überstand den Brand von 1940, wurde aber bei den Bergungsarbeiten zunächst übersehen. Ich habe sie jetzt als kulturell wertvoll eingestuft und dem ERR gemeldet. Der ERR hat verfügt, dass sie umgehend per Boten nach Berlin zu transportieren sei. Ich habe keinen Mann frei, der das übernehmen könnte.«

Thadden machte eine Pause. Offenbar erwartete er, dass Thijs etwas sagen würde, doch Thijs war vor Verwirrung stumm.

»Ich verpflichte Sie hiermit zum Dienst in der Wehrmacht. Heben Sie die rechte Hand.«

Thijs Verheyden hob langsam seine Hand. Er bewegte sich mechanisch wie eine Maschine. Er brauchte Zeit zu verstehen, was gerade vor sich ging.

»Schwören Sie, dass Sie dem Führer Adolf Hitler unbedingten Gehorsam leisten und als tapferer Soldat bereit sein werden, jederzeit für diesen Eid Ihr Leben einzusetzen?«

Die korrekte Eidesformel war deutlich länger und sie enthielt eine religiöse Bekräftigung. Offenbar mochte Thadden Gott und Hitler nicht gemeinsam in einem Satz nennen.

»Also?«, fragte der Major nach, als Thijs einige Sekunden stumm blieb.

»Ich schwöre«, stotterte Thijs.

»Gut. Das da ist Ihre Uniform.«

Thadden zeigte auf eine Heeresuniform, die neben der Tür am Garderobenständer hing. Thijs kannte sich mit deutschen Uniformen aus wie kaum ein zweiter: Die Schulterklappen waren mit silberner Tresse und einem Stern versehen. Thijs war jetzt Feldwebel.

»Hier Ihr Wehrpass, hier der Marschbefehl mit Begleitschreiben. Sie bringen die Dissertation nach Berlin. Ihre Mission ist geheim, Sie müssen mit Spitzeln rechnen. Rekrutieren Sie nach eigenem Ermessen eine erwachsene weibliche Person und ein Kind. Geben Sie bei Kontrollen an, dass Sie den Auftrag haben, dic beiden Personen nach Berlin zu bringen. Nur wenn man Sie nicht passieren lässt, zeigen Sie den Marschbefehl und das Begleitschreiben vor, darin sind die Umstände der Mission erläutert. Sie brechen morgen früh auf.«

Thijs' Gedanken überschlugen sich und seine Hände zitterten, als er die Dokumente entgegennahm. »Danke, Herr Major«, sagte er.

»Gehen Sie jetzt. Und gehen Sie mit Gott.«

Thaddens Stimme bebte vor Ergriffenheit. Für Pathos hatte Thijs nie viel übrig gehabt und an Thadden hatte er zuvor auch nie einen Hang dazu beobachtet. Aber in diesem Moment hielt er es für angemessen. Man brauchte keinen Führerkult, man konnte sich auch an Menschlichkeit berauschen.

»Danke, Herr Major«, wiederholte sich Thijs und ging.

# 22

»Hier?«, fragte Unger, als er Silke Grabowski durch die Glastür im Besprechungsraum sah.

»Die Vernehmungsräume sind grad alle belegt«, antwortete Schreiber, ohne von seinem Monitor aufzublicken.

»Und wo ist Monique?«

»In der Kantine, nehme ich an. Wenn man nicht weiß, wo sie ist, dann sitzt sie meist in der Kantine. Ich habe übrigens noch was zu Willem Verheyden herausgefunden.«

»Wer?«

»Willem Daan Verheyden, der Mann, der nach dem Zettel von der Rückseite der Mona Lisa das Bild 1911 gekauft haben …«

»Ja, gut, gut. Und was ist mit dem?«

»Er war ein belgischer Stofffabrikant in dritter Generation, Fabrik und Wohnung in Löwen, lebte 1867 bis 1935. Nach seinem Tod trat sein Sohn Thijs Verheyden das Erbe an. Er gilt seit 1944 als verschollen.«

»Oh Chef, ’tschuldigung! Schon da?« Monique kam hereingehetzt. »Ich musste schnell was essen, mir war schon ganz übel.«

»Haben Sie nicht gefrühstückt, Monique?«

»Doch. Wieso?«

Unger betrachtete abwechselnd seinen eigenen Bauch und Moniques schlanke Erscheinung und dachte, die Welt war nicht gerecht.

»Ich war übrigens in der Graben-Apotheke. Die können sich die Sache nicht erklären. Der Chef war völlig aufgelöst. Er will versuchen, den Vorgang zu rekonstruieren, braucht aber einen Tag Zeit.«

»Dann wenden wir uns mal der Haushälterin zu. Andiamo!«, sagte Unger und ging in den Besprechungsraum, Monique folgte.

Silke Grabowski saß zusammengekrümmt vor einem Tisch, auf dem ein Mikrofon und eine Tasse Tee standen. Den Tee hatte sie nicht angerührt, sie saß nur reglos da. Ein erbärmlicher Anblick.

»Tja, Frau Grabowski. Die Mona Lisa ist echt, ein starkes Stück, was?«, sagte Unger, nachdem er seinen Gast begrüßt und sich gesetzt hatte.

»Die Mona Lisa?« Die Haushälterin schaute nur kurz auf und ließ ihren Blick wieder langsam auf den Tisch sinken.

»Ja, die Mona Lisa, das Bild, mit dem Herr Mackenbach erschlagen wurde.«

»Wussten Sie das nicht?«, fragte Monique.

»Ich? Nein.«

»Auch nicht, nachdem das Bild gestohlen wurde? Das stand ja heute in jeder Zeitung.«

»Nein, ich habe in den letzten Tagen keine Zeitung gelesen.«

»Auch kein Radio gehört, kein Fernsehen?«

Silke Grabowski schüttelte langsam den Kopf.

»Aber Sie hatten das Gemälde doch bei Mackenbach in der Kunstsammlung hängen gesehen«, hakte Unger nach.

»Ich hab es regelmäßig abgestaubt. Wie die anderen Bilder auch.«

»Was wissen Sie denn über das Bild?«

»Irene fand es so schön.«

»Irene?«

»Sie sagte, die Frau war schwanger.«

»Wer?«

»Die Mona Lisa, die Frau auf dem Bild. Irene sagte, man könne sehen, das die Frau schwanger war.«

Unger hatte sich nie Gedanken darüber gemacht. Und er hatte dergleichen noch nie gehört – eine schwangere Mona Lisa.

»Moment mal, da war doch was.« Monique blätterte in ihrer Akte. »Ja, hier: 1991 Abtreibung, Erzeuger unbekannt.« Monique schaute aus den Akten auf. »Irene Grabowski war schwanger, als sie bei den Mackenbachs kündigte, und kurz darauf ließ sie eine Abtreibung vornehmen.«

Monique und Unger schauten sich bedeutungsvoll an. Silke blickte auf ihre Teetasse.

»War Mackenbach der Vater?«, fragte Unger leise.

Eine Weile verging, in der nichts geschah, außer dass sich für einen kurzen Augenblick um Silkes Mund wieder das merkwürdige Lächeln zeigte, das Unger bereits mehrmals an ihr beobachtet hatte. »War Mackenbach der Vater?«, fragte er noch einmal.

»Sie war glücklich. Sie wollte das Kind haben.«

»Aber Mackenbach war verheiratet und hatte selbst zwei Kinder«, warf Unger ein.

Silke schaute zu Unger auf, das Lächeln war verschwunden. »Ja.«

»Ihre Schwester und Mackenbach hatten eine Affäre, sie wurde schwanger, Mackenbach verlangte die Abtreibung und warf sie aus dem Haus. War es so?«

»Sie hatte ihn geliebt und sie glaubte, er würde sie auch lieben. Sie entdeckten das Bild bei einem Trödler. Irene wollte es unbedingt haben und Carl Werner kaufte es ihr.

Es sollte sie immer an ihre Liebe erinnern.« Silke kramte ein Taschentuch aus ihrer Handtasche und schniefte hinein. »Bald darauf wurde Irene schwanger. Für kurze Zeit war sie glücklich.«

»Wie die Mona Lisa«, sagte Monique.

»Als sie Mackenbach erzählte, dass sie schwanger war, flippte er aus. Er kaufte ihr ein Apartment, gab ihr etwas Geld und verlangte, dass sie das Kind abtreiben ließ. Und sie sollte sich nie wieder blicken lassen, damit seine Frau nichts merkt.«

»Und das tat sie dann auch«, warf Unger ein.

»Ja. Carl Werner war der Mann ihres Lebens, aber er hat sie verstoßen. Und sie wollte unbedingt ein Kind, aber sie hat ihr Kind getötet. Darüber ist sie nie hinweggekommen. Sie begann zu trinken, wurde arbeitslos, versoff das Geld und das Apartment und landete schließlich auf der Straße. Wir hatten uns aus den Augen verloren. Ich suchte sie und fand sie viele Jahre später in einem Obdachlosenasyl. Sie war schwer krank. Ich nahm sie zu mir, pflegte sie ein Jahr, dann starb sie. In meinen Armen.«

»Und dann gaben Sie sich bei den Mackenbachs als Irene aus?«

»Ja.«

»Weil Sie einen Job suchten?«

Silke nickte.

»Das ist Bullshit!«, schrie Unger und schlug mit der flachen Hand auf den Tisch. »In Ihren Augen war Carl Werner Mackenbach schuld an dem Schicksal Ihrer Schwester, nicht wahr? Und dann bewerben Sie sich dort einfach so als Haushälterin? Als wäre nichts gewesen?«

»Es war damals nicht leicht, eine Anstellung zu finden.«

»Ich sage Ihnen mal, was ich glaube: Sie wollten Irene rächen! Für das, was Mackenbach ihr angetan hat, wollten Sie sie rächen.«

Silke antwortete nicht. Unger wartete eine Weile, bis sich die Atmosphäre abgekühlt hatte. Er hatte sich nicht wirklich aufgeregt, er hatte nur so getan. Taktik.

»Wann starb Ihre Schwester?«, fragte er schließlich.

»2009.«

»Und wann haben Sie sich als Irene ausgegeben und bei den Mackenbachs als Haushälterin beworben?«

»Etwa ein Jahr später.«

»2010 also. Und wann wurde Frau Mackenbach krank?«

»2011.«

»Also haben Sie gelogen, als Sie sagten, dass sie erst als Haushälterin in die Dienste der Mackenbachs traten, als Gudrun Mackenbach bereits krank war.«

»Aber sie wurde kurz danach krank.«

»Und Sie haben auch gelogen, als Sie sagten, Sie brauchten nur einen Job. Und Sie haben auch gelogen, als Sie sagten, dass Sie nicht Mackenbachs Geliebte waren! Sie lügen und lügen und lügen!« Unger schlug erneut mit der Hand auf den Tisch. »So, jetzt Klartext: Sie bewarben sich bei Carl Werner Mackenbach, gaben sich als Irene aus und stellten eine Erneuerung der Affäre in Aussicht. Mackenbach fiel darauf hinein und stellte Sie ein. Sie vergifteten zunächst seine Frau und dann ihn. Zuerst träufelten Sie Phosphor ins Essen. Als Mackenbach davon krank wurde, versetzten Sie seine Medikamente mit Phosphor. Irgendwann kam er Ihnen auf die Schliche und nahm die Medikamente nicht mehr ein. Also erschlugen Sie ihn.«

Silke Grabowski begann zu heulen. Sie jaulte, und manche ihrer Laute hörten sich an wie ein Nein.

»Frau Grabowski, wir haben herausgefunden, dass die Leberdystrophie, an der Gudrun Mackenbach gestorben ist, durch eine chronische Phosphorvergiftung verursacht wurde«, log Unger. »Ein paar Milligramm jeden Tag und die Leute siechen qualvoll dahin. Sie haben damals bei dem Phosphorunfall etwas davon eingesteckt, nicht? Als Sie uns erzählten, dass der Phosphor vollständig verbrannt war, das war auch gelogen. Sie haben ein Stück davon übrig behalten. Und jetzt haben Sie es den Mackenbachs in ihre Pillen geträufelt, stimmt's?«

»Nein, hab ich nicht.« Silkes Jaulen ging allmählich in mühsam artikulierte Laute über. »Ich hatte gehofft, dass sich die Gelegenheit ergibt, Mackenbach mit dem Phosphor Verbrennungen zuzufügen, das stimmt. Ich dachte, ich könnte vielleicht ein Stück Phosphor in seine Hosentasche stecken oder so. Aber ich hab es nicht fertiggebracht. Und dann erfuhr er, dass ich nicht Irene war. Die Krankenkasse schrieb ihm, mein Vorname sei Silke und nicht Irene. Er stellte mich zur Rede und nahm mir den Phosphor weg.«

»Aber rausgeschmissen hat er Sie nicht?«

»Ich habe mich entschuldigt.«

»Ach so war das: Sie sagten, Entschuldigung, ich wollte mich an dir rächen, aber ich sehe ein, dass es falsch war, also Entschuldigung. Und er nahm Ihre Entschuldigung an. Ist es das, was Sie uns glauben machen wollen?«

»Ich habe es doch nie gemacht, ich hatte den Phosphor bereitgestellt, aber ich hab es doch nie gemacht. Und ich hab es ihm schließlich freiwillig gestanden. Und wir haben uns geliebt.«

»Aha! Also doch: Sie hatten eine Affäre.«

»Mit seiner Frau lief schon lange nichts mehr, und ständig war sie betrunken. Ich half ihm, damit fertigzuwerden.«

»Und diese Affäre haben Sie beide fortgesetzt, obwohl Sie ihn hassten und obwohl er das wusste?«

»Ich wollte eigentlich nicht, aber wir waren uns schon etwas nähergekommen. Er hatte es wirklich nicht leicht gehabt mit seiner Frau. Und das schlimme Ende von Irene, das hatte er ja auch nicht gewollt.«

»Aber den Phosphor hat Mackenbach mit seinen Medikamenten zu sich genommen. Und auf diese Medikamente hatten Sie Zugriff! Nur Sie!«

»Aber ich hatte keinen Phosphor mehr. Er hatte es mir doch weggenommen.«

»Und wie ist Gudrun Mackenbach gestorben?«

»Ich weiß es nicht. Sie wurde krank und dann ist sie gestorben. Ich habe sie nicht umgebracht.«

»Also dann hat vielleicht Mackenbach seine Frau mit dem Phosphor umgebracht, damit er sich ungestört dem Liebesspiel mit Ihnen hingeben konnte, oder was?«

»Ich weiß es nicht.«

»Von allen Lügen, die Sie uns hier aufgetischt haben, ist diese hier mit Abstand am unglaubwürdigsten. Finden Sie nicht auch?« Unger stand abrupt auf, als könne er vor lauter Entrüstung nicht mehr sitzen. Er gab Monique ein Zeichen und beide gingen hinaus zu Schreiber in den Nebenraum.

»Sie lügt und lügt und lügt«, sagte Unger und schüttelte mit dem Kopf.

»Aber dass Gudrun Mackenbach an einer Phosphorvergiftung gestorben ist, war auch ziemlich weit aus dem Fenster gelehnt, nicht, Chef?«

»Na ja, vielleicht sollten wir das so nicht ins Protokoll schreiben.« Unger wandte sich zu Schreiber um. »Was macht eigentlich die Exhumierung?«

»Ist bei Frau Mackenbach im Gange. Bei Irene Grabowski geht es nicht, Feuerbestattung.«

Bei dem Wort »Feuerbestattung« machte Monique ein Gesicht, als habe sie etwas vergessen, und Unger schaute sie an, als habe sie etwas vergessen.

»Professor Elmenthal sagt, da wird man zum Phosphorgehalt keine verlässlichen Aussagen mehr treffen können«, setzte Schreiber seine Ausführungen fort. »Aber ich habe die behandelnden Ärzte ausfindig gemacht. Sie schicken die damaligen Behandlungsunterlagen rüber und Professor Elmenthal schaut sie sich an. Mehr können wir nicht tun.«

Unger setzte sich auf einen Besucherstuhl, reckte sich und gähnte dabei. Die Vernehmung war anstrengend gewesen. »Dann bin ich mal auf das Ergebnis gespannt. Jedenfalls sind wir auf der richtigen Spur.«

»Ne, Chef, glaub ich nicht.« Monique setzte sich an ihren Schreibtisch, zog zwei Joghurtbecher aus ihrem Rucksack und streckte einen davon in die Luft. »Möchte jemand?«

»Wir können dir doch nichts wegessen«, antwortete Schreiber. »Sonst fällst du uns noch vom Stängel.«

Monique hielt den Joghurt Unger hin. Unger schaute den Joghurt an und danach Schreiber.

»Nö«, sagte er, »nö, nö.«

»Diese Frau kann keinen Mord begehen, das ist doch eindeutig«, meinte Monique und begann, den ersten

Joghurt, einen Sahnejoghurt mit Kirschen, zu verspeisen.

»Jeder kann einen Mord begehen«, sagte Unger.

»Schon, aber jeder braucht dazu seinen ganz individuellen Auslöser«, erwiderte Monique.

Unger schaute zu, wie Monique einen Löffel Joghurt in den Mund schob. »Silke Grabowski liebte ihre Schwester«, erklärte er dann. »Sie fühlte sich für sie verantwortlich. Und dann musste sie zusehen, wie sie vor die Hunde ging, und konnte nichts dagegen tun. Das ist ihr individueller Auslöser: den zu richten, den sie für schuldig hält.«

»Hatten wir sie nicht in Verdacht, auch ihre Schwester umgebracht zu haben?«, fragte Schreiber nach und grinste.

»Wir sollten erst einmal den aktuellen Fall lösen, bevor wir Altfälle ausgraben«, erwiderte Unger.

»Nach Ihrer Theorie muss sie aber zuerst Gudrun Mackenbach getötet haben. Warum?« Der erste Joghurt war leer, jetzt kam der zweite dran, Pfirsich-Maracuja. »Und außerdem war Mackenbachs Schuld über 20 Jahre alt.«

»Sie hat doch selbst zugegeben, dass sie ihre Schwester rächen wollte«, sagte Unger.

»Sie wollte Mackenbach Verletzungen zuführen, das ist was anderes als Mord. Und sie sagt, nicht einmal das habe sie geschafft.« Und schon war der zweite Joghurt leer. »Genau das glaube ich ihr auch. Sie hat dieselbe Persönlichkeit wie ihre Schwester: Sie kann Konflikte nicht lösen, sie zerbricht eher daran.«

»Dann erklären Sie mir doch mal, wie es sein kann, dass Silke mit dem Mann, den sie hasst und an dem sie sich eigentlich rächen wollte, eine Liebesbeziehung eingeht. Das ist doch krank«, hielt Unger dagegen.

»Wenn sie die gleiche Persönlichkeitsstruktur hat wie ihre Schwester, dann hat sie sich vielleicht auch in denselben Mann verliebt wie ihre Schwester«, warf Schreiber ein. »Reich und mächtig, das kann schon attraktiv sein für eine schwache und schutzbedürftige Frau.«

»Oh, Schreiber, was reden Sie denn da? Seit wann sind Sie für Gefühle zuständig?« Fast hätte Unger noch »Sie Autist« hinzugefügt.

»Ja, vielleicht hat sie sich verliebt.« Monique griff wieder in ihren Rucksack und holte einen Apfel heraus. »Aber vielleicht ist sie auch wirklich krank. Vielleicht ist sie nicht nur oberflächlich in die Rolle ihrer Schwester geschlüpft. Vielleicht wollte sie Irenes Schicksal im Nachhinein korrigieren.«

»Oh, Sie Hobby-Psychologin!« Unger schüttelte den Kopf. »Bevor die Fantasie vollends mit euch durchgeht, halten wir mal Folgendes fest: Silke Grabowski hatte ein Motiv und sie hatte die Gelegenheit.«

»Und wie passt die Mona Lisa in Ihre Theorie, Chef?«, fragte Monique und biss in den Apfel.

Ungers Blick fiel auf Schreiber, der ein Butterbrot aus seiner Aktentasche holte. Er versuchte, nicht darauf zu achten. Es blieb beim Versuch.

»Silke sagte doch, Mackenbach hätte Irene die Mona Lisa geschenkt, nicht? Also gehörte die Mona Lisa gar nicht Mackenbach, sondern Irene. Nach ihrem Tod hat die Schwester das Bild geerbt. Und jetzt wollte sie ihr Eigentum einfordern. Mackenbach gab es nicht heraus, es kam zum Streit und peng.«

»Aber sie wusste nicht, dass die Mona Lisa echt ist«, entgegnete Monique.

»Sie behauptet, es nicht gewusst zu haben. Vielleicht hat Mackenbach es ihr erzählt, nachdem er es erfahren hatte.«

»Also, das ist rechtlich so wohl nicht ganz korrekt.« Schreiber blickte an die Decke, als löste er gerade eine Denksportaufgabe. »Man kann Eigentum an gestohlenen Sachen nur erwerben, wenn man sie zehn Jahre gutgläubig im Eigenbesitz hat. Wenn die Geschichte von Frau Grabowski stimmt und Mackenbach ihrer Schwester das Bild geschenkt, aber trotzdem in seiner Kunstsammlung behalten hat, hatte er keinen Eigenbesitz, sondern Fremdbesitz. Und die Schwester hatte überhaupt keinen Besitz. Dann hat also gar keine Ersitzung stattgefunden und das Bild gehört noch immer dem französischen Staat.« Schreiber biss in sein Brot, es war Schwarzbrot mit Salami und Gurkenscheiben. Dann schaute er erneut zur Decke. »Andererseits weiß man nicht, wer das Gemälde vorher so alles besessen hatte. Es könnte sein, dass vielleicht der Trödler schon Eigentum erworben …«

»Aber das weiß doch diese Frau alles nicht. Sie hat nicht Jura studiert und einen Anwalt wird sie auch nicht gefragt haben«, erwiderte Unger.

»Dann wird sie wahrscheinlich gar nicht wissen, dass es so etwas wie Ersitzung überhaupt gibt.« Monique legte die abgenagten Reste ihres Apfels auf den Schreibtisch. »Also, 'tschuldigung, Chef, aber das passt einfach nicht. Nach Ihrer Theorie müsste die Frau nicht nur im Affekt zugeschlagen haben, sie müsste die Tat auch noch als Einbruch getarnt haben, außerdem müsste sie vorher einen Drohbrief an Professor Ganther geschickt und später die Mona Lisa aus der Rechtsmedizin gestohlen haben. Das kann dieses Häufchen Elend nicht.«

Unger betrachtete den Apfelrest auf Moniques Schreibtisch. Es könnte noch ein wenig Essbares dran sein.

»Reste. Wenn die Geschichte von Silke Grabowski stimmt, dürften sich in ihrer Wohnung keine Reste von dem Phosphor mehr befinden. Hausdurchsuchung«, sagte Unger und schaute auf. »Das übernehmen Sie, Schreiber. Vielleicht liegt ja auch die Mona Lisa bei ihr rum. Und wir beide«, Unger drehte sich zu Monique, »wir beide haken noch mal nach, was diese Frau von der Mona Lisa wusste.«

Silke Grabowski saß nach wie vor in derselben Position, die sie innehatte, als Unger und Monique den Raum vor einer halben Stunde verlassen hatten. Den Tee vor ihr hatte sie nicht angerührt. Es schien, als habe sie sich die ganze Zeit nicht bewegt.

Unger setzte sich ihr gegenüber und versuchte schonend und einfühlsam zu sein. Er wollte ihr keinen Grund für eine neue Heulattacke liefern.

»Haben Sie eine Idee, wo Ihre Schwester und Mackenbach die Mona Lisa gekauft haben?«

»Bei einem Trödler. Das sagte ich doch schon.«

»Mehr wissen Sie nicht?«

»Nein.«

»Und dass es in Wahrheit das Original ist, haben Sie erst heute erfahren?«

»Ja.«

»Als neulich Ulrich Mackenbach und seine Schwester bei Ihnen waren, haben die nichts davon erzählt?«

Silke Grabowski blickte in ihren Tee. Wieder erschien kurz das eigentümliche Lächeln und verschwand.

»Also?«

»Ich weiß nicht. Ja, vielleicht.«

»Sie wissen es nicht? Sie wissen nicht, ob Ihnen vor zwei Tagen jemand erzählt hat, dass das Bild, das Sie jahrelang abgestaubt haben, die echte Mona Lisa ist?« Schonung und Einfühlsamkeit waren dahin. »Halten Sie mich für blöd?«

Silke Grabowski reagierte nicht.

»Haben Sie schon mal etwas vom Artefakt-Institut gehört? Professor Ganther?«

Die Haushälterin schüttelte langsam den Kopf.

»Wo waren Sie vorgestern Nacht zwischen 20 Uhr abends und 7 Uhr morgens?«

»Zu Hause.«

»Zeugen?«

»Nein.«

Unger schüttelte mit dem Kopf. Es hatte keinen Sinn, die Frau weiter zu befragen.

»Wir belehren Sie gleich als Beschuldigte und Sie geben Ihre Aussage zu Protokoll«, sagte Monique. »In der Zwischenzeit wollen wir uns gern in Ihrer Wohnung umsehen. Sind Sie damit einverstanden?«

Silke Grabowski zuckte mit den Schultern.

»Wenn Sie nicht einverstanden sind, beantragen wir einen Durchsuchungsbeschluss.«

»Ja, okay, durchsuchen Sie die Wohnung.«

Silke Grabowski händigte Unger ihren Wohnungsschlüssel aus. Er ließ die beiden Frauen allein, um das Protokoll anzufertigen, und übergab Schreiber den Schlüssel.

Endlich hatte Unger Zeit, sich dem Automaten im Korridor und den darin befindlichen Schokoriegeln zu widmen. Nach kurzer Zeit, als er noch kaum gesättigt war, verspürte er ein ungutes Gefühl, das dem vom Vormittag ähnelte, jedoch ein wenig in Richtung Übelkeit tendierte. Er ließ vom Automaten ab und schlenderte mit einer Tasse Kaffee zu Schreibers Schreibtisch. Im Computer schlug er bei Wikipedia unter »Löwen« nach. *… 1944 von alliierten Bombern zerstört … später von britischen Bodentruppen eingenommen.* Das passte mit Silke Grabowskis Geschichte zusammen. Natürlich bedeutete es noch lange nicht, dass sie die Wahrheit gesagt hatte, gar nicht, es widerlegte ihre Geschichte nur nicht. Das war alles.

Unger griff zum Telefonhörer und rief Ulrich Mackenbach an.

»Hatten Sie Frau Grabowski bei Ihrem Besuch vorgestern eigentlich erzählt, dass die Mona Lisa echt ist?«

»Nein, das hab ich nicht.«

»Ist das in Ihren Augen so unbedeutend?«

»Mein Vater war gerade gestorben, Herr Kommissar. Damit verglichen war die Echtheit eines Bildes unbedeutend.«

»War der Grund Ihres Besuches nicht, dass Sie Frau Grabowski der Erbschleicherei bezichtigten?«

Nach einem Moment der Ruhe brüllte Ulrich Mackenbach umso entrüsteter ins Telefon: »Und das stimmt auch! Ich war empört wegen des unmoralischen und widerlichen Verhaltens dieser Haushälterin. Und ich bin es noch immer.«

Unger bedankte sich für das freundliche Gespräch und legte auf.

Silke Grabowski hatte quasi eingeräumt, von Ulrich Mackenbach erfahren zu haben, dass die Mona Lisa echt war. Ulrich hingegen stritt es ab. Silke hatte sich belastet, Ulrich hatte sie wieder entlastet. Doch das bedeutete nicht viel, nur gerade, dass Silke Grabowski vielleicht wieder nicht die Wahrheit gesagt hatte. Oder dass Ulrich Mackenbach nicht die Wahrheit sagte. Bei beiden war das nichts Besonderes. Beide gaben immer das zu, was die Ermittlungen bereits auf andere Weise ergeben hatten. Neu war lediglich, dass Silke etwas zugab, was auf andere Weise widerlegt wurde. Das konnte etwas bedeuten, musste es aber nicht. Menschen logen am Tag 200 Mal, hieß es. Das sei zwar nur eine Fantasiezahl, hatte Unger vor vielen Jahren auf der Polizeiakademie gelernt, Nebenfach Aussagepsychologie, aber sie illustriere die Erkenntnis, dass im Alltag ständig gelogen werde, völlig selbstverständlich, ohne Scham und ohne Unrechtsbewusstsein. »Warum sollte es bei einer Aussage vor der Polizei anders sein?«, hatte der Dozent damals gefragt und daraus gefolgert, dass die Zeugenaussage vor Gericht das häufigste, aber auch unzuverlässigste Beweismittel sei. Lüge und Wahrheit. Waren das am Ende nur Spielarten von Echtheit und Fälschung?

Je länger Unger darüber nachdachte, desto mehr verschwammen die Konturen der Begriffe vor seinen Augen. Er riss sich los. Auf die Fakten kam es an. Auf den Phosphor. Wer die Reste des Phosphors hatte, war der Täter. Unger warf einen Blick durch die Glastür in den Besprechungsraum. Monique war mit der Beschuldigten und dem Protokoll beschäftigt. Er gab ihr ein Zeichen, dass er verschwinden wolle, und machte sich auf zur Wohnung von Silke Grabowski.

»Wir haben erst gerade angefangen«, sagte Schreiber, als Unger in der Wohnung ankam.

Er hatte Kurt Kabel von der KTU mit drei seiner Kollegen und einige Beamte vom benachbarten Revier zusammengesucht. Eine Frau vom Ordnungsamt war als Zeugin dabei.

»Und wie schaut's aus?«, fragte Unger.

»Bislang nichts«, antwortete Kurt Kabel. »Reiner weißer Phosphor muss kühl oder unter Wasser gelagert werden. Wir suchen also nach einem Marmeladenglas oder Ähnlichem. Im Kühl- oder Gefrierschrank sind auch andere Behältnisse möglich, es sieht dann aus wie Fetakäse. In verarbeiteter Form könnte der Phosphor in weißem Pulver vorkommen, Mehl zum Beispiel. Möglich ist auch die Versetzung mit Gewürzen. Wir haben einen Schnelltest mitgebracht. Natürlich halten wir auch nach Medikamenten Ausschau.«

»Na dann«, sagte Unger und zockelte durch die Wohnung. »Bislang also nichts.«

In der Küche betrachtete er sich ein verlockendes Stück Gouda, das er im Kühlschrank gefunden hatte.

»Wenn man es kosten würde, könnte man Phosphor herausschmecken?«, fragte er einen Mann von der KTU, der gerade eine klare Flüssigkeit auf eine Probe Puderzucker träufelte.

»In Käse? Kommt darauf an. Weißer Phosphor riecht nach Knoblauch. Wenn Sie es am Käse nicht riechen, werden Sie es wahrscheinlich auch nicht schmecken.«

Unger dachte an eine große, dick belegte Pizza und verzichtete auf die Geschmacksprobe des Käses.

Der Haushalt war übersichtlich, und die Beamten kamen schnell voran. In Marmeladengläsern fanden sie

Marmelade, in der Mehlpackung Mehl, das Waschpulver war nur Waschpulver und der Käse Käse. Kein Phosphor, keine Mona Lisa. Aber eine Besonderheit fanden sie.

»Fosamax«, sagte Kurt Kabel und hielt Unger eine Medikamentenpackung vor. »Aus dem reich gefüllten Medikamentenschrank, ein Mittel gegen Osteoporose. Dasselbe Medikament haben wir auch bei Mackenbach gefunden.«

»Und? Ist da Phosphor drin?«, fragte Unger.

»Das müssen wir im Labor prüfen. Medikamente kann man mit einem Schnelltest nicht analysieren. Das Ergebnis bekommst du morgen Mittag.«

Nach zwei Stunden war die Durchsuchung beendet und Unger telefonierte mit Monique.

»Ich bin mit Frau Grabowski fertig. Was soll ich mit ihr machen?«, fragte sie.

»Sie hat sich in Widersprüche verstrickt, nicht? Und sie hat ein Medikament zu Hause, das vielleicht Mackenbach gehörte, vielleicht auch nicht. Mehr haben wir gegen sie nicht in der Hand.«

»Also nach Hause schicken?«

»Vorerst ja. Wenn die Exhumierung von Gudrun Mackenbach oder die Untersuchung des Medikaments etwas Auffälliges ergibt, können wir noch mal über einen Haftbefehl nachdenken. Sagen Sie der Frau erst mal nichts von unserem Fund. Ich mach jetzt Mittag.«

»Mittag?« Es war fünf Uhr durch, für Monique nicht die Zeit für ein Mittagessen, sondern für das erste Abendbrot.

»Nein, Feierabend, ich mach Feierabend.«

Unger verabschiedete sich für diesen Tag von seinem nervenaufreibenden Fall. Er holte von der Tankstelle zwei Flaschen Bier, ließ sich eine Pizza nach Hause kommen und schaltete sein Handy ab. Bis zum nächsten Morgen würde er nicht mehr erreichbar sein. Für niemanden.

## 23

»Mama?«

»Es ist regelrecht frivol, wie du dieses Wort aussprichst«, entgegnete die Mutter und schob Unger in seine Wohnung. »Es heißt Mama, nicht *Mamma.* Nur ein M, nicht zwei.«

Unger schloss die Wohnungstür hinter seiner Mutter, die gerade ihren Mantel auszog. Es war früher Morgen, zwischen Aufstehen und Ins-Büro-Gehen, eher nicht die Zeit für einen Besuch.

»Was …? Was …?«, stotterte Unger.

»Der Koffer steht noch unten. Würdest du ihn bitte hochholen?«

Unger eilte hinunter und schnappte sich den Koffer. Als er ihn hereingeholt hatte, konnte er wieder ganze Sätze bilden.

»Was sollte das?«

»Mir ist klar geworden, dass ich es dir nicht antun

durfte, so zu gehen. Du musst dir schreckliche Vorwürfe gemacht haben.«

»Du hättest anrufen können, bevor du herkommst.«

»Habe ich auch, Junge. Dein Handy ist offenbar defekt.«

»Ich hab auch Festnetz.«

»Ach ja, ich vergaß. So etwas hast du ja noch. Aber nun bin ich ja hier. Freust du dich?«

»Mutter, darum geht es nicht. Du musst ans Handy gehen, wenn ich dich anrufe.«

»Und du nicht, wenn ich dich anrufe?«

»Aber ich verschwinde nicht einfach und tauche plötzlich unangekündigt wieder auf. Das kannst du so nicht machen.«

»Na ja«, erwiderte die Mutter und schaute sich um.

Im Flur warteten zwei volle Müllbeutel auf ihre Verabschiedung, der Küchentisch war in den letzten Tagen zwar wenig benutzt, aber gar nicht gewischt worden, und durch die offene Wohnzimmertür konnte man auf dem Couchtisch zwei leere Bierflaschen und einen Pizzakarton entdecken. Die Schlafzimmertür war geschlossen, sonst hätte die Mutter Berge von Wäsche, die sich zwei Tage zuvor bei der Suche nach einer Krawatte aufgetürmt hatten, und das Bügelbrett erblickt. Auch die Badezimmertür stand zu und verbarg schamhaft gewechselte Unterwäsche, nasse Handtücher und ein dreckiges Waschbecken.

»Du hast recht, das war falsch. Ich sehe es ein«, sagte sie.

»Ich habe nicht den Eindruck, dass du wirklich einsiehst, wie falsch es war.«

»Jetzt stell dich doch nicht so an, Junge.«

»Ich stelle mich nicht an!« Unger zwang sich zur Besonnenheit. »Mutter, du bist hier wortlos ausgezogen, okay. Wenn du jetzt wieder einziehen möchtest, bis deine Wohnung fertig ist, dann musst du mich fragen. Ich würde Ja sagen. Aber du musst mich vorher fragen.«

»Also schön: Kann ich hier noch ein paar Tage übernachten?«

»Das war nicht echt, Mutter. Das hab ich genau an deinem Tonfall gehört. Es war für dich keine Frage, sondern eine überflüssige Prozedur.«

»Ich kann nicht anders fragen.«

»Doch, du kannst. Früher hast du anders gefragt. Du bist nicht echt.«

»Ich bin nicht echt? Hat dich dein Mona-Lisa-Fall so mitgenommen?«

»Nicht authentisch. Ich meine: Du bist nicht authentisch. Dieses ständige Beleidigt-Sein, die andauernden unterschwelligen Vorwürfe. Das bist nicht du. Das ist wie ein kleines Kind, das die Luft anhält, wenn es seinen Willen nicht kriegt. Aber darauf falle ich nicht herein.«

»Bitte, dann kann ich ja wieder gehen.«

»Siehst du? Siehst du? Das ist genau das, was ich meine.«

Die Mutter schaute ihren Sohn entsetzt an. »Aber Junge, ich bin doch deine Mutter.« Das Gesicht verzerrte sich und drohte in Tränen auszubrechen.

»Und deshalb darfst du hier übernachten, wenn du mich darum bittest. Das erlaube ich alleinstehenden älteren Damen normalerweise nicht.« Unger führte seine Mutter in die Küche und setzte sie auf einen Stuhl. »Aber erpress mich nicht! Und wenn du jetzt anfängst zu heulen, dann weiß ich genau, dass das nur ein Erpressungsversuch ist.«

Das Gesicht der Mutter entzerrte sich schlagartig.

»Ich muss jetzt zur Arbeit. Du kannst hier bleiben und heute Abend sprechen wir noch mal über die Sache.«

»Soll ich dir schnell ein paar Brote fürs Büro machen?«

»Ich hab leider nichts da.«

»Margarine wird doch noch im Kühlschrank stehen. Der Rest ist hier.« Die Mutter hob ihre Tasche an und packte ein Laib Brot und eine Salami aus.

»Na, denn mach.« Lag es am Hunger, dass Unger klein beigab, oder war es ein heimlicher Erfolg der mütterlichen Erpressungsmethoden? So tief war Unger also gesunken.

Eine Stunde später saß die SOKO 08/15 – oder SOKO Mona Lisa, wie sie intern hieß – bei der morgendlichen Lagebesprechung. Unger hatte die MoPo aufgeschlagen und las: *Keine Spur von der Mona Lisa. Polizei tappt im Dunkeln.* Zwar stand die Echtheit des Gemäldes im Vordergrund der Berichterstattung, aber die Würze gab vor allem, dass das Bild aus der Obhut der Polizei entwendet worden war.

»So ein Scheiß! Wir tappen nicht im Dunkeln«, raunte Unger.

»Aber in der Dämmerung schon, Chef«, erwiderte Monique.

»Gibt es eigentlich was Neues bei der Suche nach der verschwundenen Lisa?«, fragte Unger beiläufig in die Runde.

»Nö«, antwortete Pfeiffer, der Patachon aus Adamskis Truppe. Mehr sagte er nicht.

»Finden Sie, es geht uns nichts an?« Ungers Ton wurde scharf. Seine Laune hatte sich bei der Zeitungslektüre so sehr verschlechtert, dass er flapsige Antworten nicht duldete. Auch Adamski schaute missbilligend auf seinen Mitarbeiter. Patachon richtete seinen kleinen, dicken Körper auf und nahm Haltung an.

»Seit die Sache durch die Zeitungen ging, rufen ständig irgendwelche Leute an und behaupten, die Mona Lisa gesehen zu haben«, sagte er. »Einer meinte, unser Exemplar sei auch nicht das Original; das hänge nämlich seit Jahren bei ihm im Wohnzimmer. Wir haben eine Streife hingeschickt, die angegebene Adresse war falsch.«

»Etwa in dieser Preisklasse bewegen sich fast alle Hinweise, die im Moment eingehen«, ergänzte Teufel, der Pat, der vorsorglich seine schlaksige Haltung geordnet hatte. »Die derzeit einzige konkrete Spur führt nach Berlin. Da müssen wir nachher mal hinfahren.«

Adamski presste seinen Daumen in den leeren Pfeifenkopf, als wollte er den Tabak festdrücken.

»Wie auch immer«, sagte er, »sobald das Bild irgendwo auftaucht, werden wir sicher einen Hinweis bekommen. Die Gefahr besteht allerdings darin, dass dieser Hinweis in der Flut von Falschmeldungen untergeht. Teufel, Pfeiffer und einer der Neuen fahren nachher nach Berlin; der andere Neue hat sich heute krankgemeldet. Wir bräuchten eine Vertretung fürs Telefon.«

Unger sah ein, dass der Personalnotstand bei Adamski dringender war als sein eigener. »Wollen Sie dort ein wenig aushelfen?«, fragte er Schreiber, der diese Frage offenbar hatte kommen sehen und lustlos nickte.

Sie machten sich wieder an die Arbeit. Schreiber ging

mit Adamski und seiner Truppe mit, während Unger und Monique das Aussageprotokoll von Silke Grabowski hervorholten.

Ungers Handy klingelte.

»Na, Herr Kommissar, bereit für eine Überraschung am frühen Morgen?« Elmenthal war's.

»Bereit, wenn Sie es sind.«

»Dann fangen wir mal an: Erstens, ich hab die Behandlungsunterlagen von Freddy Kruegers Schwester gerade bekommen.«

»Von wem?«

»Kennen Sie nicht? Freddy Krueger, der Mann mit den Brandnarben? Ich hätte gedacht, das wäre Ihr Niveau. Für mich ist das eher nichts, die Maske ist völlig unrealistisch, aber …«

»Und?«

»Und jetzt muss ich die Unterlagen durcharbeiten.«

»Aha.«

»Zweitens, die exhumierte Leiche von Gudrun Mackenbach ist hier angekommen.«

»Und?«

»Und jetzt muss ich sie untersuchen.«

»Noch was?«

»Drittens, der DNA-Abgleich von dem Erpresserbrief ist fertig.«

»Jetzt hören Sie endlich auf, sich alles aus der Nase ziehen zu lassen. Sagen Sie einfach das Ergebnis.«

»Auf dem Umschlag findet sich die DNA von Professor Ganther und Dr. Lehman.«

»Und von niemand anderem?«

»Nein.«

»Tolle Überraschung. Tschüss denn.« Unger legte auf.

Kurz darauf klingelte das Handy erneut, auf dem Display blinkte »Elmenthal«.

»Gehen Sie ran, Monique. Ich würde nur Sachen sagen, die mir später leidtäten.«

Monique nahm den Anruf entgegen, sagte ein paar Mal »Aha«, »Sicher?« und »So, so«, einmal sogar »Na, das ist ja ein Ding«, dann legte sie auf.

»Was wollte er noch?«, fragte Unger, der sich inzwischen wieder in das Aussageprotokoll vertieft hatte.

»Er sagte, die DNA von Dr. Lehman befand sich an der Gummierung der Briefmarke.«

Unger blickte erstaunt auf.

»Außerdem hat Elmenthal das Ergebnis mit den am Tatort sichergestellten Spuren verglichen. Lehmans DNA haftete auch an einem verwischten Fingerabdruck an der Hauseingangstür der Mackenbach-Villa.«

Es dauerte ein paar Sekunden, bis Unger die neuen Informationen verarbeitet hatte. »Kommen Sie, Monique. Das muss Lehman uns mal erklären«, sagte er schließlich, zog seine Jacke über und rannte hinaus. Monique hinterher.

# 24

Eigentlich hatte Schreiber Wichtigeres zu tun. Die Daten zu Mackenbachs Vermögenslage hatte er seit Längerem zusammengetragen und geordnet, inzwischen hatte er auch sämtliche verfügbaren Erkenntnisse zu den einzelnen Stücken aus Mackenbachs Kunstsammlung beisammen. Es galt, den Bericht dafür zu verfassen. Alles übersichtlich auflisten, den Asservaten und Belegen zuordnen, zusammenfassen und ins Reine schreiben. Das war seine Aufgabe und die war wichtig. Stattdessen musste er beim Telefondienst aushelfen, mit Menschen sprechen, womöglich noch zu irgendeinem Spinner fahren und dessen Pseudo-Lisa begutachten.

Pat, Patachon und der Neue verabschiedeten sich nach Berlin und Schreiber blieb mit Adamski allein. Ein Anrufer berichtete, er habe eine alte Holztafel im Müllcontainer entdeckt und vermute, es könne die Mona Lisa sein. Schreiber schickte einen Streifenwagen hin, die Besatzung fand ein paar morsche Bretter. Ein anderer Anrufer fragte nach, ob eine Belohnung für sachdienliche Hinweise ausgeschrieben wäre. Ein dritter glaubte beweisen zu können, dass die Mona Lisa ohnehin nie existiert habe, sondern nur eine Marketingmaßnahme des Louvre sei. Zu Anfang machte Schreiber sich Notizen und bedankte sich freundlich für die Hinweise. Später bedankte er sich nur noch, zum Schluss auch das nicht mehr. Kopfschmerzen stellten sich ein.

Urplötzlich stürmte Adamski aus dem Nebenraum herein. »Heiße Spur, ganz heiße Spur!«, rief er und hatte vor Aufregung seine Pfeife vergessen. Er drehte um und erschien gleich darauf mit ihr und seiner dunklen Lederjacke. »Los, kommen Sie! Und nehmen Sie Ihre Dienstpistole mit.«

»Meine Dienstpistole?« So etwas hatte man Schreiber vor Jahren mal ausgehändigt. Sie musste in der Nachttischschublade liegen. Oder im Wohnzimmerschrank. Zweimal jährlich trat Schreiber zur obligatorischen Schießübung an, danach verschwand die Pistole für sechs Monate wieder im Nachttisch oder im Schrank. Oder in der Flurkommode.

Die beiden Kriminalisten statteten den leeren Räumen von Ungers Team einen kurzen Besuch ab und hasteten anschließend hinunter ins Auto.

»Wo sind die?«, fragte Adamski schnaufend, als er den Motor anließ und losbrauste.

»Weiß ich nicht. Kann ich jetzt bitte erfahren, was los ist?«

»Gleich. Geben Sie erst mal Albersdorf ins Navi ein.«

Schreiber gab Albersdorf ein. »Okay. Also?«

»Dort wohnt ein Kunstrestaurator, Edgar Mugele. Früher hatte er sich nebenberuflich als Fälscher betätigt. Seither kennen wir uns. Manchmal fertigt er für uns Auftragsarbeiten an.«

»Sie geben Kunstfälschungen in Auftrag?«

»Spezialaufträge. Egal. Jedenfalls, Mugele rief mich an und erzählte, dass ihm die Restaurierung eines wertvollen historischen Ölgemäldes angeboten worden sei ein wildgewordener. Es sei auf Holz gemalt und in zwei Teile zerbrochen. Genaueres habe der Anrufer nicht sagen wollen. Verschwiegenheit wurde verlangt. Mugele ging zum Schein darauf ein. Der Auftraggeber will um zwölf bei ihm vorbeikommen.« Adamski blinzelte auf den Monitor vom Navigationsgerät. »Was sagt das Navi, wann wir da sind?«

»Viertel vor zwölf.«

Seit der Zeit in der Polizeiakademie hatte Schreiber keinen Schwerverbrecher mehr überwältigen müssen. Und auf der Akademie waren die Schwerverbrecher nicht wirklich gefährlich gewesen, es hatte sich um Ausbilder und andere Kursteilnehmer gehandelt. »Das ist die Kunst-Mafia. Das sind gefährliche Verbrecher, die können wir doch nicht alleine stellen! Da muss das MEK hin.«

»Schleswig-Holstein, da wäre dann wohl Eutin zuständig. Wenn Sie jetzt über Handy einen Amtshilfeantrag stellen und die sofort losfahren, wären sie etwa um ein Uhr da.«

»Dann zumindest die Ortspolizei.«

»Damit ein wild gewordener Dorfsheriff mit Blaulicht anrückt und alle vertreibt?«

»Dann ruf ich jetzt Unger an«, sagte Schreiber, es hörte sich ein wenig an wie: Das sag ich meiner Mami. »Damit er Bescheid weiß, was wir machen«, fügte er schnell hinzu, holte sein Handy aus der Tasche und wählte.

»Jetzt nicht, ich ruf zurück«, brüllte es Schreiber aus dem Handy entgegen, bevor er etwas sagen konnte. Dann war das Gespräch beendet.

# 25

Deutlich forscher als das erste Mal stürmte Unger mit Monique im Schlepptau durch die Eingangstür des Artefakt-Instituts auf den Pförtner zu.

»Zu Dr. Lehman«, herrschte er ihn an und zeigte seinen Dienstausweis vor.

Lieber wäre es ihm gewesen, wenn er ohne Anmeldung direkt in Lehmans Büro hätte stürmen können, doch er wusste nicht, wo es sich befand. Beim letzten Mal hatte er nur das Wartezimmer und einen Besprechungsraum gesehen.

»Haben Sie einen Termin?«, fragte der Pförtner. Man sah ihm an, dass er um Blasiertheit bemüht war.

»Nein, aber es ist dringend.«

»Ich fürchte, dass Dr. Lehman …«

»Wenn es jetzt nicht ganz plötzlich geht, haben wir gleich einen Durchsuchungsbeschluss statt eines Termins!«

»Und einen Haftbefehl«, ergänzte Monique.

Der Pförtner nahm seinen Telefonhörer auf und kündigte »zwei Leute von der Gestapo« an.

»Das wird Ihnen noch leidtun!«, fauchte Unger den Pförtner in erhöhter Lautstärke an.

Ein Wachmann, der an der Eingangstür postiert war, bewegte sich zum Empfangstresen.

»Sie sagen uns jetzt, wo sich Lehmans Büro befindet.«

»Obergeschoss, Zimmer 107«, antwortete der Pförtner und gab dem Wachmann ein Zeichen, dass alles in Ordnung sei.

»Na also.« Unger steckte seinen Dienstausweis wieder ein und ging auf das Treppenhaus zu.

»Dort ist er aber nicht. Er ist im Labor.« Der Pförtner triumphierte. »Sie werden gleich abgeholt. Einen Augenblick Geduld.«

Kurz darauf erschien eine Blondine in einem schwarzen, unverschämt kurzen Kleid, die die Beamten die Treppe hinauf in das Obergeschoss führte. Ekelhaft, dachte Monique. Das konnte Unger ihrem Blick ansehen. Ekelhaft, wollte auch er denken, dachte jedoch: schöne Beine. Die Blondine führte die beiden in das Zimmer 107 und bot ihnen Platz an.

»Danke«, sagte Unger und setzte sich. Es war nicht ein »Vielen Dank«, sondern eher ein »Danke, Sie können jetzt gehen«. Dennoch blieb die Blondine an der Tür stehen.

»Wollen Sie aufpassen, dass wir hier nichts klauen?«, fragte Monique.

Bevor die Blondine antworten konnte, betrat Lehman den Raum. Unger und Monique erhoben sich und die Blondine ging hinaus.

»Ich hab schon von Ihrer Bruchlandung gehört«, sagte Lehman. »Wir haben gute Leute, auch an der Pforte, die überwindet man nicht so leicht.«

»Wir haben Ihre DNA an dem Drohbrief und an der Haustür der Mackenbach-Villa gefunden«, erwiderte Unger in der Gewissheit, dass dieser Vorhalt einen Eindruck wie ein Bombenkrater hinterlassen würde.

»An der Haustür? Ja, tatsächlich. Ich hatte Mackenbach einmal aufgesucht«, sagte Lehman, es klang ziemlich abgebrüht.

»Wann war das und was wollten Sie von ihm?«, fragte Unger und warf seinen Kopf in den Nacken.

»Kurz nachdem wir die Mona Lisa untersucht hatten. Ich wollte noch einmal mit ihm über die mögliche Rückgabe an den Louvre sprechen.«

»Dann kann Professor Ganther das bestätigen?«

»Ich bin auf eigene Faust hingefahren.«

»Und die DNA am Brief, unter der Marke? Wie erklären Sie das?« Ungers Kopf kippte noch ein Stück weiter in den Nacken.

»Nehmen Sie wieder Platz«, sagte Lehman, setzte sich an seinen Schreibtisch und bat übers Telefon, Professor Ganther möge in sein Büro kommen, die Polizei sei da, er wisse schon, weshalb.

»Ich habe damit gerechnet, dass Sie das herausfinden. Es war wirklich dumm von mir.«

Das war offenbar ein Geständnis.

»Inzwischen hab ich es meinem Chef gebeichtet. Er hat mir verziehen. Ich nehme an, Sie wollen mit ihm sprechen.«

Oder doch kein Geständnis?

»Vielleicht erzählen Sie uns erst einmal, was es mit dem Drohbrief auf sich hat«, sagte Unger, als sein Handy klingelte. »Schreiber mobil« blinkte auf. Unger hatte keine Wahl, er musste den Anruf annehmen. Wenn Schreiber anrief, ließ er es immer bis zum Ende durchklingeln, und danach würde er es noch einmal versuchen.

»Jetzt nicht, ich ruf zurück!«, bellte Unger ins Handy und drückte den Anrufer wieder weg.

Es klopfte an der Tür und Professor Ganther kam herein. »Behalten Sie Platz, meine Dame, mein Herr.« Ganther reichte den Kriminalisten die Hand. »Ich muss gleich wieder rüber.«

»Vielleicht erfahren wir jetzt mal, was los ist?«, fragte

Unger in derselben ungestümen Weise, mit der er vorher Schreiber abgewimmelt hatte.

»Dr. Lehman hat mir gestern Abend gebeichtet, dass er der Urheber des Briefes ist.«

»Und was sollte das?«, fragte Unger und wandte sich Lehman zu, der sich selbstbewusst, gar nicht verschämt, vielleicht ein wenig nervös mit seinem Stuhl drehte.

»Ich fand, wir durften Mackenbach nicht gegen seinen Willen dazu zwingen, das Gemälde zurückzugeben. Aber ich konnte Professor Ganther nicht überzeugen.«

»Und da haben Sie eben zu anderen Mitteln gegriffen«, ergänzte Monique.

»Es war ein Fehler, es tut mir leid.«

»Wieso war Ihnen das denn so wichtig?«, fragte Unger.

»Wenn sich herumspricht, dass die kleinen Geheimnisse unserer Kunden bei uns nicht mehr sicher sind, dann können wir schließen.«

Lehman schaute zu Ganther auf, der noch immer vor den Anwesenden stand, als müsse er dringend aufs Klo.

»Ja, das hatte ich nicht recht bedacht. Im Grunde bin ich Dr. Lehman dankbar, dass er das Schlimmste verhindert hat. Jedenfalls haben wir uns gestern ausgesprochen. Für mich ist die Sache erledigt.« Nach anfänglichem Zögern wurde Ganthers Stimme fest und entschlossen. »Ich erstatte auch keine Anzeige.«

»Also schön«, sagte Unger und schaute Lehman fest in die Augen. »Das ist eine Möglichkeit. Die andere lautet: Vielleicht haben Sie sich mit dem Brief Zeit verschaffen wollen, die Mona Lisa in aller Ruhe zu stehlen?«

»Natürlich, Herr Kommissar. So wird's gewesen sein.« Lehman schaute auf seine Uhr. »Hören Sie, ich habe um zwölf Uhr einen wichtigen Termin. Kann ich jetzt gehen, oder bin ich verhaftet?«

»Ich empfehle Ihnen dringend, den Termin zu verschieben.«

»Dann bin ich also verhaftet?«

Unger zögerte. Die DNA an Brief und Haustür war erklärt. »Nein, das nicht …«, antwortete er.

»Auf Wiedersehen, Herr Unger.« Lehman erhob sich von seinem Stuhl und reichte Unger und Monique die Hand, klopfte seinem Chef auf die Schulter und machte sich auf seinen Weg.

»Kommen Sie morgen um neun ins Präsidium, um Ihre Aussage protokollieren zu lassen«, rief Unger ihm hinterher, nicht weil ihm das Protokoll so wichtig gewesen wäre, sondern um das letzte Wort zu haben.

»Tja, wenn Sie mich nicht mehr brauchen … ich hätte nebenan noch Gäste«, stammelte Ganther.

Unger bat auch ihn, am nächsten Tag das Präsidium aufzusuchen, anschließend verabschiedeten sich die Beamten.

Abgeblitzt. Bruchlandung. Unger hatte einmal einen Golfkurs belegt. Nur kurz. Denn er hatte das Gefühl nicht ausstehen können, das sich ihm aufdrängte, wenn der Ball lediglich ein paar Meter hüpfte, nachdem er mit aller Kraft auf ihn eingedroschen hatte. Das gleiche Gefühl drängte sich jetzt wieder auf.

Ohne Begleitung einer Blondine stiegen die Ermittler die Treppe hinab ins Foyer und steuerten auf die Eingangstür zu.

»Wie eine Festung«, flüsterte Unger Monique zu, als der Wachmann ihnen freundlich die Tür aufhielt.

»Immerhin haben die hier teure Kunstgegenstände zur Untersuchung.«

»Da könnte Elmenthal sich mal eine Scheibe von abschneiden.«

Vor dem Gebäude sahen sie Lehman in sein Auto einsteigen.

»Natürlich ein Porsche«, empörte sich Monique. »Der hat doch Dreck am Stecken!«

»Vielleicht. Aber er konnte seine DNA an der Briefmarke erklären. Wir haben nichts gegen ihn in der Hand.«

Sie stiegen ins Auto und fuhren los, Monique am Steuer.

»Der Kerl lügt«, empörte sich Monique.

»Weibliche Intuition?«, fragte Unger.

»Wenn er wirklich Tage vor dem Mord bei Mackenbach war, warum hat er uns nicht schon vorher davon erzählt?«

»Haben wir ihn denn danach gefragt?«

»Na klar!«

»Ne, haben wir nicht«, erwiderte Unger. »Ich finde das auch durchaus nachvollziehbar: Mackenbach will die Mona Lisa nicht zurückgeben, Ganther will ihn anzeigen und Lehman will die Anzeige verhindern. Bevor er einen Drohbrief schreibt, versucht er ein letztes Mal, Mackenbach umzustimmen. Denkbar ist das.«

»Aber die Sache mit dem Drohbrief, das war doch schlechtes Theater«, empörte sich Monique noch ein wenig mehr als zuvor.

»Was ich nicht verstehe, Monique, was ich nicht verstehe, ist: Wenn Ganther, wie er sagt, nicht bedacht hat, dass die Geheimniswahrung so wichtig für das Institut ist, warum hat Lehman ihn nicht einfach darauf hingewiesen, statt einen Drohbrief zu schreiben?«

»Lehman hatte ein ganz anderes Motiv?«

»Wenn Sie ein ausgebuffter Kerl sind und Ihr Chef ist ein weltfremder Wissenschaftler, dann können Sie doch immer alles so hindrehen, wie es Ihnen gefällt, oder nicht?«

»Stimmt, Chef, bei uns ist das ja ähnlich.«

Sie fuhren die Landstraße Richtung Norden, einige hundert Meter vor sich konnten sie Lehmans schwarzen Porsche erkennen. Als sie sich dem Abzweiger zur A 25 näherten, bog der Porsche links ab.

»Er will nach Hamburg«, sagte Monique und schaute abenteuerlustig zu Unger hinüber. »Sollen wir?«

»Gib Gummi, Mädchen«, antwortete Unger. Nach Hamburg wollten sie schließlich auch, und es konnte nicht schaden, einmal nachzuschauen, wo Lehman genau hinfuhr. Immer schön Abstand halten, aber trotzdem nicht die Spur verlieren, das brachte Farbe in den Alltag. Und zu schauen, ob der Passat Diesel mit seinen unglaublich umweltfreundlichen Abgaswerten gegen einen Porsche auf der Autobahn bestehen konnte, war obendrein ein hübscher Nervenkitzel.

## 26

Ulrich Mackenbach legte den Hörer weg. Er hatte mit der Bank telefoniert. Erfolglos. Nicht einmal jetzt bewegten sie sich, der Kreditrahmen wurde nicht erhöht. Dabei war es nur eine Frage der Zeit, kurzer Zeit, bis Geld im Überfluss da sein würde. Dann würde er für alle Ewigkeit keinen Kredit mehr brauchen. Und trotzdem bewegten sie sich nicht. Die Umstände seien zu dubios, der Vorstand habe sich noch keine abschließende Meinung gebildet, man wolle auf weitere Ermittlungsergebnisse der Polizei warten, hieß es. Ulrich wusste genau, was das bedeutete. Sie hatten ihn in Verdacht, der Mörder zu sein, und eine noble Hamburger Privatbank würde einem Mörder keinen Kredit gewähren. Menschen in die Verzweiflung treiben, in einen Selbstmord vielleicht, das konnten sie, aber bei »dubiosen Umständen« hielten sie sich zurück. In zehn Tagen mussten die Gehälter für April ausgezahlt werden. Noch nie stand es so ernst um das Unternehmen.

Ulrich stand auf und ging ins Vorzimmer.

»Sybil, ich bin jetzt mal für zwei Stunden weg«, sagte er. »Holen Sie mir heute Nachmittag Lehmkuhl her. Sagen wir um 16 Uhr. Und Burghard soll auch dabei sein.«

»Betriebsrat und CFO um 16 Uhr. Wird gemacht«, antwortete Sybil, die Management Assistant.

Selbst wenn es sich tatsächlich um die echte Mona Lisa handeln sollte, stehe noch gar nicht fest, dass das Gemälde überhaupt jemals wieder auftauchen werde, hatte dieser Erbsenzähler von der Bank gesagt. Ulrich wusste nicht, über welche Äußerung er sich am meisten ärgern sollte. Das war wie eine Motorpanne auf der Zielgeraden, dachte er sich, als er seinen neuen BMW X6 bestieg. Der musste auch noch bezahlt werden.

Der Verkehr war dicht, die Rotphasen an den Ampeln lang und die Strecke führte mitten durch die Stadt. Das Handy klingelte.

»Weißt du, wo Elisabeth ist?«, fragte Manfred, Elisabeths Mann. Seine Stimme hatte den immer gleichen weinerlichen Ton, den Elisabeth so oft an ihm beklagte.

»Ich? Du bist ihr Mann, ich nur ihr Bruder«, antwortete Ulrich.

»Sie ist verschwunden. Ich hab schon alle ihre Freundinnen angerufen. Nirgendwo hat sie sich gemeldet. Sie ist verschwunden.«

»Seit wann?«

»Als ich gestern Abend nach Hause kam, war sie weg. Kein Brief, keine Nachricht, einfach weg. Und ans Handy geht sie nicht.«

»Habt ihr euch gestritten?«

»Nein, es war alles wie sonst.«

Das könnte irgendwann reichen, um auszuziehen, dachte sich Ulrich. »Dann bekommst du vielleicht bald Post vom Scheidungsanwalt.«

»Du bist ein Arschloch!«

Noch wahrscheinlicher als der Scheidungsanwalt wäre wohl die Ausnüchterungszelle bei der Polizei, überlegte sich Ulrich, wollte jedoch nicht auch noch einen Streit provozieren. »Entschuldige. Hast du schon eine Vermisstenanzeige aufgegeben?«

»Noch nicht. Soll ich das jetzt tun?«

»Ja, tu das mal. Und halte mich auf dem Laufenden.«

Jetzt machte auch Elisabeth noch Ärger. Ulrich hatte das alles so nicht gewollt.

## 27

Sie hatten Lehman aus den Augen verloren. Auf der Autobahn war es noch gut gegangen. Dichter Verkehr und Geschwindigkeitsbegrenzungen hatten für eine geruhsame Verfolgungsfahrt gesorgt. Doch das Brücken-Mikado über die vielen Seitenarme der Elbe, das man überwinden musste, wenn man von Südost nach Hamburg hineinfuhr, hatte Lehman verschluckt. Gerade hatten sie die Billhorner Brücke überfahren, da drängelten sich von rechts zwei Pkw und ein Laster vor die Verfolger und der Porsche war weg gewesen. Gleich würde nach links der Abzweiger auf die Amsinckstraße in Richtung Innenstadt kommen, den müsste Lehman genommen haben, wenn er ins Zentrum wollte.

»Links!«, rief Unger aus.

Doch ein paar hundert Meter entfernt begann auf der rechten Seite die Süderstraße, wo Mackenbach Technologies lag. Wenn man dort hinwollte, musste man geradeaus fahren. Konnte es Zufall sein, dass Lehman gerade hier entlangfuhr?

»Geradeaus«, rief Unger.

»Nö, Chef, jetzt ist aber mal gut. Wir sind auf dem Linksabbieger und da bleiben wir auch.«

Sie bogen links ab. Monique drückte aufs Gas und nach einem Kilometer hatten sie den schwarzen Porsche vor einer roten Ampel eingeholt.

»Was hätte Lehman auch mit Mackenbach junior zu tun haben sollen?«, fragte Unger. »Jetzt aber Konzentration, Monique.«

Bald erreichten sie die Altstadt, die Neustadt, St. Pauli, Altona. An einer der vielen Kreuzungen interpretierten sie die Ampelfarbe etwas anders als in der Straßenverkehrsordnung. Ansonsten verlief die Fahrt wieder halbwegs entspannt. Aber eines tat sie nicht, sie endete nicht im Zentrum.

»Gleich sind wir in Stellingen, Chef. Vielleicht will er zu der Haushälterin.«

»Schau'n mer mal. Jetzt gibt's weniger Ampeln, da können wir wieder größeren Abstand halten.« Unger dachte an die Butterbrote, die die Mutter ihm am Morgen zubereitet und die er vor lauter Aufregung im Büro vergessen hatte.

»Chef?«

»Ja?«

»Wieso hat Ganther Lehman den Brief einfach so verziehen?«

»Vielleicht will er keinen Skandal und da hat er eben den Deckel drauf gemacht. Aus diesem Grund hat er uns auch nicht informiert. Sie hofften, dass wir Lehmans DNA nicht finden. Wenn sie nicht unter der Briefmarke gewesen wäre, hätten wir uns auch nichts dabei gedacht.«

Es war Mittagszeit und sie kamen an einem McDonald's vorbei. Unger hätte gern angehalten, aber die Fahrt führte auf die A 7 aus der Stadt hinaus.

## 28

Kurz vor zwölf. Schreiber und Adamski trafen in Albersdorf ein, einem kleinen Ort irgendwo zwischen Itzehoe und Heide, von dem Schreiber noch nie etwas gehört hatte, in dem er noch nie gewesen war und in dem er jetzt am liebsten nicht wäre. Er schaute hinüber zu Adamski, der einigermaßen entspannt wirkte, er musste sich gut im Griff haben. Sie beide gehörten nicht hierher, der Schöngeist und der Soziophobiker, allein im Kampf gegen die schwerbewaffnete Kunstmafia. Schreiber verordnete sich dringende Ruhe.

Ihr Ziel lag in einer kleinen Straße am Ortsrand. Rechts führte ein Kiesweg ab, nach 30 Metern erschien ein altes, kleines Häuschen, die ehemalige Dorfschmiede vielleicht oder das Nebengelass eines Bauernhofes. Der Himmel stand tief und die Gegend war in Graustufen gezeichnet.

Hier auf dem Land hatte sich der Frühling noch nicht an die Arbeit gemacht, er bediente zuerst die großen Städte. Ein weiterer Grund, nicht hierher zu fahren.

Adamski lenkte den Wagen um das Häuschen und hielt auf der Rückseite. Die Beamten stiegen aus und gingen um das Gebäude herum zum Vordereingang, es war kühl und windig. Schreiber wäre lieber im Auto geblieben.

»Hier, nehmen Sie. Für alle Fälle.« Adamski hatte seine Pfeife am Kopf gefasst und richtete das Mundstück auf Schreiber.

Mach du dich nur lustig, dachte Schreiber und grinste cool.

Ein alter Mann in einem grauen, farbbekleckssten Kittel wartete bereits vor der Haustür auf sie. »Moin, moin, die Herren«, rief er ihnen zu, als sie näher kamen.

»Na, du falscher Fuffziger!«, antwortete Adamski. »Das ist mein Kollege Schreiber.«

Sie gaben sich die Hand. Schreiber und der falsche Fuffziger wechselten ein Extra-Moin und stellten sich mit ihren Namen vor.

»Marco Schreiber.«

»Edgar Mugele.«

Im Innern des Häuschens angelangt inspizierte Schreiber die räumliche Situation. Fast das gesamte Erdgeschoss bestand aus einem einzigen Raum, das Künstleratelier oder die Fälscherwerkstatt, je nachdem. Vorn die Eingangstür, hinten eine Terrassentür, einige kleine Fenster. Links eine kleine Küche und ein Bad. Daneben führte eine schmale Treppe ins Dachgeschoss. Dort, unter den Dachschrägen, hatte Mugele sich eine kleine Wohnung eingebaut. Deckenstrahler schufen taggleiches Licht.

»Können Sie die Lampen dimmen?«, fragte Schreiber.

»Klar«, antwortete Mugele und schaltete die Strahler ab, »Feierabendmodus. Wenn ich arbeite, brauche ich gutes Licht.«

Das sparsame Tageslicht reichte für ihre Zwecke.

Adamski ließ sich von Mugele die Details des verdächtigen Anrufs schildern.

»Der Mann sagte seinen Namen nicht. Das kenne ich noch von früher, aus meinen nicht ganz so legalen Zeiten. Aber heute ist das selten geworden.«

»Du kannst dich auf das beschränken, was der Mann sagte. Was er nicht sagte, brauchst du jetzt nicht alles erzählen.« Offenbar wurde auch Adamski langsam nervös.

»Also: Er sagte, dass ich ihm als besonders verschwiegen geschildert wurde. Ob das stimmt, wollte er wissen, und ich sagte Ja. Dann meinte er, dass er ein wertvolles altes Gemälde hat, das auf Holz gemalt ist. Und das sei in der Mitte durchgebrochen. Ob ich das richten kann. Ich sagte, dass ich mir das erst mal angucken muss. Dann sagte er, dass er um zwölf vorbeikommt.«

»Das ist alles?«, fragte Schreiber.

»Das ist alles.«

»Hat er gesagt, ob er allein kommt?«

»Nein.«

»Und um welches Gemälde es sich handelt, sagte er auch nicht?«

»Wollt ihr jetzt doch wissen, was er alles nicht sagte?«

Schreiber schaute Mugele verdutzt an. Zu einer Antwort kam er nicht mehr, ein Fahrzeug fuhr vor.

# 29

Das Navi führte Ulrich Mackenbach von der Autobahn runter, und von nun an wäre er ohne dieses Gerät völlig verloren gewesen. Er kannte die Gegend nordwestlich von Hamburg kaum. Für ihn war sie ärmlich, ländlich, trostlos und man begegnete nur ärmlichen und ländlichen Einheimischen, aber keinem Fremden. Niemand würde freiwillig hierher reisen, allenfalls durchreisen, wenn man in die westlich gelegenen Badeorte wollte, und das auch nur im Sommer. Aber jetzt war kein Sommer. Was das sollte, dass er ausgerechnet hierher fahren musste, er wusste es nicht. Die Straßenschilder wiesen ihn auf völlig unbekannte Dörfer hin, und der dichte Wolkenhimmel erlaubte nicht einmal eine Orientierung nach der Sonne. Die Straße wurde immer enger und das Fähnchen im Navi rückte näher. Dann hatte Ulrich sein Ziel erreicht.

# 30

Schreiber und Adamski stellten sich links und rechts neben die Eingangstür, den Rücken eng an die Wand gedrückt. Adamski hatte seine Pistole gezogen und hielt sie mit beiden Händen vor sein Gesicht, den Lauf nach oben, den rechten Zeigefinger am Abzug.

Mugele öffnete die Tür und flüsterte: »Ein einzelner Mann, sonst niemand.«

Damals auf der Polizeiakademie hatte Schreiber gelernt, dass man in solchen Situationen möglichst Sichtkontakt mit den Kollegen behalten sollte. Im Grunde eine Selbstverständlichkeit, hatte er damals gedacht. Jetzt kam ihm die offene Tür dazwischen.

»Was macht er?«, flüsterte Adamski.

»Er geht zum Kofferraum und holt etwas raus, ein Paket, nein, einen Koffer. Er kommt.«

Schreiber konnte Schritte hören. Der Boden vor dem Haus bestand aus grobem Kies, die Schritte waren ein Knirschen. Schreiber kam sich vor wie in einem amerikanischen Krimi, nur dass dort die FBI-Agenten in solchen Situationen immer ihre Dienstwaffen in den Händen hielten. Schreiber hingegen war recht wehrlos. Nicht dass er Freude am Herumballern gehabt hätte, womöglich würde er es gar nicht fertigbringen, außerhalb eines Schießstandes mit scharfer Munition zu feuern, erst recht nicht auf jemand Dreidimensionales. Er war eben kein FBI-Agent. Aber ein wenig beruhigt hätte ihn so eine Pistole schon. Ohne irgendetwas zwischen den Fingern wusste er nicht einmal, wohin mit seinen Händen. Er verschränkte sie vor der Brust.

»Wie nahe ist er?«, flüsterte Adamski.

»Zehn Meter.«

»Wie groß ist der Koffer?«

»Die Mona Lisa würde wohl reinpassen.«

»Guten Tag«, rief der Besucher mit einer irgendwann schon einmal gehörten Stimme. »Herr Mugele?«

»Ja. Moin, moin.«

»Bewaffnet?«, flüsterte Adamski.

»Ich glaube nicht.«

»Mit wem reden Sie denn?«

Das Knirschen verstummte. Der Mann war stehen geblieben.

»Ich? Mit niemandem.«

»Sie haben doch etwas gesagt.«

»Hier ist niemand.«

Eine kurze Weile war es still. Dann ein lang gezogenes Knirschen.

»Ich melde mich morgen noch mal«, rief der Mann und schnelles Knirschen verriet eilige Schritte.

Adamski und Schreiber sprangen fast gleichzeitig hervor und stürmten hinaus, Schreiber als Erster, Adamski hatte zunächst um Mugele und die Tür herum laufen müssen.

»Stehen bleiben! Polizei!«, schrie Schreiber.

Der Mann lief zu seinem Auto, Schreiber hinterher.

»Bleiben Sie stehen«, hörte er Adamski hinter sich rufen.

Dann vernahm Schreiber einen Schuss. Ein Warnschuss, hoffentlich ein Warnschuss, dachte er mit der Gewissheit, sich in direkter Linie zwischen seinem

Kollegen und dem Flüchtenden zu befinden. Der war inzwischen an seinem Auto angekommen. Noch konnte Schreiber versehentlich stolpern oder einen Wadenkrampf erleiden, keine heroische Tat, aber eine, die seine Überlebenschancen möglicherweise entscheidend steigern würde. Wenn der Mann von der Mafia war, hatte er vermutlich eine Waffe bei sich. Noch hatte er sie nicht gezogen, noch setzte der Mann auf Flucht. Doch das Ziel, ihm hinterherzurennen, bestand darin, die Flucht zu vereiteln. Dann würde der Mafioso auf seine Waffe angewiesen sein. Der Abstand hatte sich verringert, Schreiber sprintete mit aller Kraft. Der Mann ließ den Koffer fallen und sprang ins Auto. Der Motor startete. Schreiber erreichte die Tür und riss sie auf. Das Auto rollte an, ein kurzer Tritt aufs Gaspedal und der Mann würde entwischen. Schreiber packte ihn am Kragen. Seine Hände hatten noch nie so fest zugepackt wie in diesem Moment, außer beim Öffnen eines Gurkenglases vielleicht. Schreiber spürte einen Schlag gegen den Kopf. Oder war es ein Projektil, das gerade in seinen Schädel eindrang? Er hatte schon mehrmals von solchen Fällen gehört, in denen die Kugel, die den Leib zerfetzte, sich anfühlte wie ein dumpfer Schlag. Schreiber zerrte den Mann vom Fahrersitz und die Kontrahenten wälzten sich im Kies. Der Kopf fühlte sich unversehrt an, offenbar war es doch nur ein Faustschlag gewesen. Inzwischen war Adamski heran.

»Es ist vorbei, geben Sie auf«, rief Adamski.

Der Mann gab auf, und die Beamten sahen sein Gesicht.

# 31

»Wo will der denn bloß hin?«, fragte Unger. Seit sie die Autobahn verlassen hatten, war der Verkehr immer dünner geworden und die Gefahr, entdeckt zu werden, rapide gestiegen.

»Wenn er man nicht schon lange gemerkt hat, dass wir hinter ihm her sind. Und jetzt führt er uns ein wenig spazieren«, entgegnete Monique.

»Dann wissen wir jedenfalls, dass er was zu verbergen hat.«

Sie fuhren durch mehrere kleine Dörfer, die im Wesentlichen alle gleich aussahen: ein paar Häuschen mit akkurat gepflegten Vorgärten, umsäumt von Ligusterhecken, dann eine Einmündung oder eine Kreuzung, lose darum ein Platz mit Kirche, eine Gaststätte und eine Versicherungsagentur, zum Schluss wieder Vorgärten und Ligusterhecken, selten eine Kurve. Am Horizont bog Lehman in einen schmalen Weg ein, sie folgten ihm, bis sich der Weg in eine Auffahrt wandelte und an einem ehemaligen Bauernhof mit Scheune und Wohnhäuschen zu enden schien. Lehmans Porsche war nicht zu entdecken. Monique steuerte den Passat um die Scheune herum und machte eine Vollbremsung. Um die Ecke parkte der Porsche, der Passat kam 20 Zentimeter davor zum Stehen. Vor dem Porsche stand ein X6 und daneben Lehman und Ulrich Mackenbach.

Unger und Monique stiegen aus, kaum weniger verwundert als die beiden Herren.

»Ach, man kennt sich?«, fragte Unger.

Die offensichtlich zutreffende Antwort dürfte Ja gewesen sein, aber keiner der Herren sagte etwas, vermutlich weil sie befürchteten, damit die nächste Frage zu provozieren.

»Treffen Sie sich hier zum Wochenendausflug?«

Keine Antwort.

»Haben Sie einen Hörsturz und suchen hier etwas Ruhe?«

»Dieser Hof gehört mir«, antwortete Lehman endlich. »Ich habe Ihn kürzlich gekauft.«

»Wollen Sie aufs Land ziehen?«

»Nein, ich möchte hier eine Galerie eröffnen.«

»Eine Galerie? Mitten auf dem Land?«

»Die Kunst geht immer wieder neue Wege.«

»Na, es wird bestimmt nicht ganz billig werden, hier alles angemessen herzurichten.«

Lehman nickte.

»Und Sie?« Unger wandte sich Ulrich Mackenbach zu. »Wollen Sie hier die Mona Lisa ausstellen?«

»Dr. Lehman hat mich um finanzielle Unterstützung gebeten.«

Mit dieser Auskunft konnte Unger nicht viel anfangen. »Finanzielle Unterstützung?«, fragte er nach.

Ulrich Mackenbach nickte nur. Zu einer näheren Erläuterung fühlte er sich nicht herausgefordert.

»So dicke haben Sie es im Moment doch gar nicht, oder?«

Ungers Provokation wirkte nicht. Ulrich Mackenbach kniff die Lippen zu einem dünnen Strich zusammen und schaute über ihn hinweg. Eine weitere Nachfrage würde auch nichts bringen.

»Dann dürfen wir uns hier bestimmt mal ein wenig umsehen«, sagte Unger.

Lehman zuckte mit den Schultern. »Tun Sie, was Sie nicht lassen können.«

Unger blickte sich um. Das Wohnhaus war nicht sonderlich groß, die Scheune umso mehr. Unger trat zum Haus und sah durchs Küchenfenster. Das Gebäude war leer geräumt, ein paar Müllsäcke standen herum. Monique widmete sich der Scheune, das Tor war verriegelt.

»Was ist da drin?«, fragte sie.

»Nur Gerümpel.«

Für Unger war klar, dass er sich hier nicht mit Durchsuchungen aufhalten konnte, während Lehman und Mackenbach danebenstanden. Eine gründliche Spurensuche wie an einem Tatort wäre zunächst nicht erforderlich, man konnte seine Aufmerksamkeit auf Gegenstände beschränken, die flach und mindestens halb so groß waren wie die Mona Lisa. Die richtige Aufgabe für die Ortspolizei.

»Dann fragen wir mal im nächsten Revier nach, ob die Jungs kurz vorbeikommen können«, sagte er zu Monique.

Monique zog ihr Handy aus der Jacke, tippte ein wenig darauf herum, sprach hinein und beendete das Gespräch mit: »Ne, danke, dann machen wir das später.«

Unger schaute sie fragend an.

»Die nächste besetzte Dienststelle liegt vier Orte entfernt in Albersdorf«, erklärte sie. »Die dortigen Kollegen sind aber gerade in einem Einsatz. Schreiber und Adamski sind auch gerade bei einem Einsatz. Und … scheinbar ist es derselbe Einsatz.«

In Unger tauchte ein Gefühl auf, das man aus Träumen kannte, wenn man morgens zur Arbeit ging und plötzlich feststellte, dass man vergessen hatte, sich anzuziehen. Und Unger hatte Schreiber vollkommen vergessen. Er hätte ihn zurückrufen sollen. Die verwirrende Nachricht von Monique deutete an, dass es wichtig gewesen sein musste. Hastig griff Unger zu seinem Handy und wählte Schreibers Nummer. Es tutete, noch mal. Und noch mal. Schreiber und Adamski waren im Einsatz mit der Dorfpolizei, das konnte keine einfache Zeugenbefragung sein. Und jetzt ging er nicht ans Telefon. Noch einmal tutete es, dann klickte es.

»Oh, Chef, endlich!«

»Was ist los bei euch?«

»Wir haben die Mona Lisa. Und Professor Schadler.«

## 32

Von einem polizeilichen Ermittlungsverfahren sollte man erwarten können, dass es mit der Zeit immer ein klein wenig mehr Licht in die Sache brächte. Oft war es so. Manchmal war es so, dass sich das Licht nur zögerlich einstellte, manchmal vielleicht gar nicht. Aber dass es immer dunkler wurde, je länger man ermittelte, dass jeder neue Ermittlungsschritt mehr Verwirrung stiftete, das war außergewöhnlich.

Eine neue Pressemitteilung hatte es seit der Pressekonferenz vom Vortag nicht gegeben. Immerhin konnte man jetzt verlauten, dass die Mona Lisa gefunden wurde und der mutmaßliche Dieb »der renommierte Kunstprofessor S.« sei. Man konnte der Presse die Umstände der Festnahme im Detail schildern und sie mit Spekulationen darüber beschäftigen, wer sich hinter »S.« verbergen könnte. Die morgigen Zeitungsartikel würden mit der Polizei sehr viel freundlicher umspringen als die heutigen. Und doch war es, als hätte jemand das Licht ausgeknipst.

Unger und Monique kamen mit ihren beiden Verdächtigen kurz nach Adamski und Schreiber mit deren Delinquenten im Präsidium an. Monique und Schreiber bereiteten die Vernehmungen vor, während Unger und Adamski wegen des Inhalts einer neuen Pressemeldung mit Kriminalrat Maderer Rücksprache hielten.

»Immerhin etwas«, sagte Maderer und seine Finger trommelten auf den Schreibtisch. »Für heute reicht es. Aber wir müssen Erklärungen nachliefern. Sie ahnen nicht, welche Kreise die Sache zieht. Das Bundeskanzleramt hat mit höchster Dringlichkeitsstufe einen Bericht angefordert. Das Bundeskanzleramt! Es heißt, dass Merkel und Hollande über die Sache telefoniert haben. Verstehen Sie?« Maderer machte ein Gesicht, als wäre ein Ufo gelandet. »Euro-Krise, Flüchtlingswelle, IS-Terror, aber sie telefonieren über die Mona Lisa.«

Unger und Adamski waren beeindruckt, weniger von dem öffentlichen Aufsehen ihres Falles, mehr davon, wie sehr dies Maderer mitnahm.

»Und das Schlimmste sind die Medien. Ich kann mich nicht erinnern, dass wir jemals von denen so belagert wurden. Nicht nur von der Presse, sondern von allen Medien, und zwar international.« Maderer trommelte weiter. »Die sind wie Löwen im Wildgehege: Wenn wir ihnen nicht jeden Tag etwas zu fressen vorwerfen, fressen die uns. Bis morgen sind sie erst mal satt. Aber dann muss es eine neue Mahlzeit geben.« Maderer hörte auf zu trommeln. »Wir haben nicht zufällig einen Hinweis auf organisierte Kriminalität?«

»Kein Hinweis«, antwortete Adamski in einem Ton, als wollte er einen Schwerkranken trösten. »Und auch eher unwahrscheinlich.«

»Sobald einer der Verdächtigen auch nur einmal das Wort *Mafia* sagt, klappen wir sofort die Akten zu und geben die Sache ab ans BKA«, ordnete Maderer an. Er wollte Adamskis Trost nicht. Er schien sich eher an die Hoffnung zu klammern, das Ermittlungsverfahren loswerden zu können. Wie ein Schwerkranker, der darauf hoffte, einer Fehldiagnose auferlegen zu sein. So hatte Unger seinen Chef noch nicht erlebt.

Die Vernehmungen waren inzwischen vorbereitet, drei Vernehmungen zur gleichen Zeit in unterschiedlichen Räumen. Adamski wollte sich Schadler vornehmen, Schreiber würde Lehman ausquetschen und Unger wählte sich Ulrich Mackenbach aus. Monique sollte bei Bedarf als Springer aushelfen. Alle waren über In-Ear-Hörer und Mikrofon miteinander vernetzt. In einem Nebenraum saß Monique und konnte über Funk alle Vernehmungen mithören und gegebenenfalls koordinieren. Die Beamten saßen bei Monique, prüften ihre Ausrüstung und stimmten ein letztes Mal ihre Vernehmungsstrategien ab. Obwohl keiner eine konkrete Vorstellung hatte, wie die Ereignisse zusammenhingen, machte sich die Zuversicht breit, das jetzt herauszufinden. In gleichem Maß wuchs die Spannung. Die Kriminalisten nickten sich gegenseitig zu, das war der Startschuss, und sie gingen in die einzelnen Vernehmungsräume. Auch Maderer hielt es nicht mehr in seinem Büro, er setzte sich zu Monique und hörte mit: ein multilaterales Verhör über Bande. Sie waren bestens gerüstet. Der Showdown – und sie hofften, es würde einer werden – konnte beginnen.

Unger betrat seinen Vernehmungsraum und setzte sich zu Ulrich Mackenbach. Zwischen ihnen ein Tisch, darauf ein Mikrofon und ein Tonbandgerät. Wichtige Tonaufzeichnungen fanden bei ihm wegen Fälschungssicherheit noch immer im analogen Verfahren statt. Mehrfach war er von versierten Kollegen bereits darauf hingewiesen worden, dass analoge Aufnahmen genauso gefälscht werden konnten wie digitale. Trotzdem machte er es so.

»Wir zeichnen das Gespräch jetzt auf«, sagte er und drückte auf den roten Knopf des Tonbandgeräts.

»Beschuldigtenvernehmung Ulrich Mackenbach. Es ist 14.34 Uhr, anwesend Kriminalhauptkommissar Matthias Unger«, sagte er und wandte sich dann wieder an Mackenbach. »Ihnen wird vorgeworfen, an der Tötung Ihres Vaters Carl Werner Mackenbach und der Entwendung der Mona Lisa aus der Obhut der Polizei beteiligt zu sein. Sie brauchen auf Fragen nicht zu antworten und können sich jederzeit einen Anwalt nehmen. Haben Sie das verstanden?«

Ungers Ton passte zu der Förmlichkeit seiner Worte. Im Allgemeinen gab er nicht viel auf Förmlichkeit, aber manchmal, so wie jetzt, setzte er sie bewusst ein, um widerspenstigen Beschuldigten zu signalisieren, dass es ernst werden würde.

»Woher kennen Sie Dr. Lehman?«

Keine Antwort.

»Warum haben Sie sich mit ihm getroffen? Wollten Sie zusammen die Mona Lisa stehlen?«

Mackenbach schaute Unger verächtlich an, als wollte er ihm signalisieren, dass sich dessen Fragen unterhalb des Niveaus bewegten, das eine Antwort erforderlich machte. Ungers Signal war offensichtlich nicht angekommen.

»Was hat Professor Schadler damit zu tun?«

Keine Antwort.

»Wollen Sie nicht doch Ihren Anwalt anrufen und mit ihm die Frage erörtern, in welchem Verhältnis die Begriffe ›Aussageverweigerung‹, ›Verdunkelungsgefahr‹ und ›Untersuchungshaft‹ zueinander stehen?«

Keine Antwort.

»Also gut: Ihr Vater wollte die Mona Lisa entschädigungslos an den Louvre zurückgeben. Sie wollten sie zur Rettung der Firma einsetzen. Er ließ sich aber nicht überzeugen. Sie sahen keinen anderen Ausweg, als ihm das Gemälde wegzunehmen. Es kam zum Streit, dabei erschlugen Sie ihn im Affekt.«

»Nachdem ich ihn schon Wochen vorher mit Phosphor vergiftet habe, richtig?«

Mackenbachs Einwand war nicht von der Hand zu weisen. So einfach konnte die Geschichte nicht sein, das wusste auch Unger. Er kannte solche Situationen zur Genüge, wenn sich ein Beschuldigter entschlossen hatte, nichts zu sagen. Viele rechneten nicht damit, dass die Polizei sich irgendetwas zusammenreimen würde, was vielleicht noch belastender war als die Wahrheit. Oft begannen sie dann doch zu reden, um die Sache wieder zurechtzurücken. Und dieses Mal hatte Unger Glück.

»Es stimmt, wir hatten eine Auseinandersetzung um die Mona Lisa«, sagte Ulrich Mackenbach nach einigem Zögern. »Eines Tages rief mich Lehman an. Ich kannte ihn vorher nicht. Er erzählte, dass sein Chef meinen Vater bedrängt, die Mona Lisa an den Louvre zurückzugeben. Er bot mir an, dass er seinen Chef zurückhalten würde. Dafür wollte er Geld für seine Galerie. Ich willigte ein.«

»Hat Lehman erzählt, auf welche Weise er seinen Chef zurückhalten wollte?«

»Darüber haben wir nicht gesprochen.«

»Wie ging es weiter?«

»Zusammen mit meiner Schwester wollte ich Vater überreden, das Bild zur Rettung des Unternehmens einzusetzen. Aber er wollte nicht.«

»Was wollte er denn mit dem Bild anfangen?«

»Einmal sagte er, er wolle es behalten. Ein anderes Mal, er wolle es dem französischen Staat kostenlos zurückgeben. Nur für die Firma wollte er es nicht einsetzen.«

»Wieso nicht?«

»Keine Ahnung. Weil er stur war. Oder weil er mir zeigen wollte, dass meine Umstrukturierungen nichts gebracht haben. Lieber wollte er alles den Bach runtergehen lassen. Dabei waren wir schon fast über den Berg.« Mackenbach atmete schwer und sah durch Unger hindurch in die Ferne. »Wir schlugen ihm vor, dass er wenigstens ein paar Millionen als Entschädigung vom Louvre verlangen sollte, nur so viel, dass wir mit der

Firma über die Runden kommen. Oder dass er das Bild zumindest als Sicherheit für einen neuen Kredit gibt. Aber er blieb stur.«

»Und dann sahen Sie keinen Ausweg mehr und erschlugen ihn.«

»Nein!«

»Wer denn?«

»Das weiß ich nicht.«

»Waren Sie zur Tatzeit im Hause Ihres Vaters?«

»Nein! Ich war bei der Handelskammer.«

Unger lehnte sich zurück. Ein Moment der Stille trat ein.

»Wenn Sie es nicht selbst gewesen sind«, sagte er schließlich in väterlichem Ton, »wenn Sie vielleicht einen Profi-Einbrecher beauftragt haben, die Mona Lisa zu stehlen, und nicht damit rechneten, dass der Einbrecher Ihren Vater erschlagen würde, dann kämen Sie vielleicht mit Einbruchdiebstahl in mittelbarer Täterschaft davon.«

»Ich habe damit aber nichts zu tun.«

Unger betrachtete sein Gegenüber genau. Er versuchte, in seinem Gesicht zu lesen. Eine Geste, einen Blick zu entdecken, etwas, das ihm verraten könnte, ob Mackenbach log. Zugleich wusste Unger, dass das nur Kaffeesatzleserei war.

»Was hat Professor Schadler mit der Sache zu tun?«

»Weiß ich nicht. Ich kenne den Mann nicht.«

»Sie sind vorläufig festgenommen.«

Seit Ungers Anmerkung mit »Verdunklungsgefahr« und »Untersuchungshaft« hatte Ulrich Mackenbach offenbar damit gerechnet, nicht mehr so schnell nach Hause zu kommen. Jedenfalls wirkte er nicht sonderlich überrascht.

»Hören Sie, meine Schwester ist letzte Nacht nicht zu ihrem Mann nach Hause gekommen. Kann ich kurz dort anrufen? Ich mache mir Sorgen.«

»Rufen Sie lieber Ihre Frau an. Um Ihre Schwester kümmern wir uns.« Unger schaute auf die Uhr, fast drei, und spürte ein Knurren im Magen. Essen würde er jetzt nicht können, aber das Knurren war da. »Vernehmung unterbrochen um 14.56 Uhr«, sagte er, drückte auf den Stopp-Knopf des Tonbandgerätes und ging hinaus.

Nebenan empfing ihn Monique, halb gelangweilt, halb resigniert. Sie und Maderer hatten die Vernehmung und die der anderen Verdächtigen mitgehört.

»Wie schaut es bei den anderen aus?«, fragte Unger.

»Kein Durchbruch«, antwortete Monique. »Was hat das mit der Schwester zu bedeuten?«

»Keine Ahnung. Vielleicht rufen Sie mal den Ehemann von dieser Frau Dingens …«

»Elisabeth Kraanen«

»… von dieser Frau Kraanen an und fragen nach.«

»Okay«, antwortete Monique und machte ein paar Notizen in ihrem Schreibblock. »Übrigens, die Untersuchungsergebnisse sind da: Gudrun Mackenbach starb an Leberversagen infolge chronischer Phosphorvergiftung.«

Monique machte einen Haken im Notizblock und schaute erwartungsvoll zu Unger auf. Unger blickte Monique an, Maderer sah abwechselnd beide an, doch niemand kommentierte die Nachricht.

»Dann hat Professor Elmenthal die Behandlungsunterlagen von Irene Grabowski endlich ausgewertet: Sie starb an Leberzirrhose infolge von Alkoholmissbrauch, kein Anzeichen für erhöhte Phosphorwerte.«

Noch ein Haken. »Schließlich: In der Packung Fosamax, dem Medikament von Silke Grabowski, wurde kein Phosphor gefunden.« Letzter Haken.

Wieder schauten sich die drei nur an.

»Rufen Sie mal die anderen beiden her«, sagte Unger. Monique drückte auf einen Knopf und rief »Lage« ins Mikrofon.

Kurz nacheinander trafen Adamski und Schreiber ein, schweigsam, resigniert, ein wenig müde. Den erhofften Showdown hatten sie nicht erlebt. Unger erzählte von Mackenbachs Vernehmung und schaute dann Schreiber auffordernd an.

»Lehman sagt, er habe das Verhalten seines Chefs als falsch angesehen und es für seine moralische Pflicht gehalten, Mackenbach senior zu warnen. Als das nichts half, habe er Mackenbach junior gewarnt«, sagte Schreiber und seufzte ein wenig. »Dann habe Ulrich ihn beauftragt, den Drohbrief an seinen Chef zu schreiben, und ihm dafür eine finanzielle Unterstützung für sein Galerie-Projekt angeboten.«

»Hatten die beiden sich denn gekannt?«, wollte Unger wissen.

»Nein, sagt er. Er sei über die Firmen-Website von Mackenbach Technologies auf Ulrich Mackenbach gestoßen.«

»Und woher wusste Mackenbach von dem Galerie-Projekt, wenn sie einander nicht kannten?«

»Das hab ich Lehman auch gefragt. Er sagt, Ulrich Mackenbach habe ihn gefragt, wie er sich für den Brief revanchieren könne.«

»Und welcher Art sollte die finanzielle Unterstützung sein?«

»Sollte der Drohbrief erfolgreich sein: eine Investition von zwei Millionen gegen fünf Prozent Gewinnbeteiligung.«

»Zwei Millionen gegen fünf Prozent? So viel wirft doch so ein Projekt niemals ab, dass Mackenbach seine Investition je wieder zurückbekommt«, warf Monique ein. »Das hört sich eher nach einer besonderen Art an, die Beute aufzuteilen.«

»Und was haben die beiden da auf dem Bauernhof gemacht?«, fragte Unger weiter.

»Lehman sagt, er habe Ulrich Mackenbach die Details des Projekts erläutern wollen.« Schreiber zog stoisch die Augenbrauen hoch. »Lehman ist ein arrogantes Arschloch. Er war wohl kaum so selbstlos unterwegs, wie er es jetzt darstellt. Wahrscheinlich hatte er Ulrich Mackenbach den Deal vorgeschlagen und nicht umgekehrt. Aber selbst wenn man ihm das nachweisen könnte, mehr als ein Erpressungsversuch gegen jemanden, der keinen Strafantrag stellen will, käme dabei nicht heraus.«

»Zumal Ulrich Mackenbach Lehmans Aussage im Großen und Ganzen bestätigt hat«, ergänzte Adamski.

»Ich glaube, dass der Mann mehr Dreck am Stecken hat. Immerhin hatte er Kenntnis von dem Bild, er brauchte Geld, seine Erklärungen bezüglich des Drohbriefes sind ziemlich haarsträubend und er hat kriminelle Energie. Und zwei Millionen: oh, là, là«, erwiderte Monique und kritzelte mit dem Kuli auf ihrem Notizzettel herum.

»Du versuchst, diese Haushälterin zu entlasten, stimmt's?« Schreiber grinste Monique an, die böse zurückschaute.

»Lehmans Alibi?«, fragte Unger.

»Er sagt, er sei zur Tatzeit allein im Institut gewesen. Die Aufzeichnungen von der Videoüberwachung würden das bestätigen können«, antwortete Schreiber.

»Er hatte genug Zeit, das zu manipulieren«, warf Monique ein.

»Okay, wir überprüfen das. Vorerst bleibt Lehman im Fokus«, entschied Unger und wandte sich Adamski zu. »Und Schadler?«

»Schadler hat gestanden, die Mona Lisa aus der Rechtsmedizin gestohlen zu haben«, berichtete Adamski. »Er sagte, dass er das Bild für sich selbst haben wollte. Er habe dafür bezahlt. Ein Kunstbesessener, ein verrückter Kerl eben.«

»Wie, *bezahlt*?«, fragte Maderer nach.

»Der Schadensersatz an Mackenbach, zu dem er verurteilt worden war, er hält das für ungerecht. Er hatte ja von Ganther erfahren, dass die Mona Lisa echt war. Der Gedanke, dass ausgerechnet Mackenbach durch Zufall die echte Mona Lisa im Besitz hatte, war für ihn von Anfang an schwer zu ertragen. Als er dann in der Zeitung las, dass das Bild in der Rechtsmedizin lag und scheinbar niemand wusste, dass es sich um das Original handelte, meinte er, das sei ein Wink des Schicksals. Weil er sowieso zu der Vernissage nach Hamburg wollte, fuhr er einfach einen Tag früher los, brach in die Rechtsmedizin ein und holte sich das Objekt seiner Begierde.«

»Aber am nächsten Morgen habe ich mit ihm telefoniert«, warf Unger ein. »Da war er in München.«

»Richtig. Er war gerade in seinem Hotel in Hamburg angekommen, als seine Sekretärin anrief und ihm mitteilte, dass er am nächsten Morgen einen Telefontermin hat. Also fuhr er noch in der Nacht wieder mit dem Zug zurück nach München. Die Mona Lisa ließ er im Hotelzimmer. Nach dem Telefongespräch nahm er den Flieger nach Hamburg, den er ursprünglich sowieso nehmen wollte. Den Mord hat er aber nicht begangen, sagt er.«

»Also Schadler ist nur ein verrückter Kunstnarr, der seine Chance kommen sah? Ein Trittbrettfahrer? Und der Einbruch in die Rechtsmedizin hat mit dem Mord gar nichts zu tun?«, fragte Maderer.

»So sieht es aus«, antwortete Adamski.

»Na gut«, ergriff Unger das Wort. »Bei Schadler prüfen wir mal die Flugdaten nach. Und von wann bis wann er sein Hotelzimmer gebucht hat. Ein Alibi für die Mordnacht hat er doch, nicht?«

»Alibi ist dicht«, bestätigte Monique. »Fakultätssitzung, danach zu Hause, haben mehrere Professoren und die Ehefrau bestätigt.«

»Haftbefehl?« Unger schaute zu Adamski.

»Einbruchdiebstahl, mehr ist das wohl nicht.« Adamski machte eine abwägende Handbewegung. »Einerseits ist der Wert des Diebesgutes enorm, andererseits ist Schadler geständig. Soll der Staatsanwalt entscheiden. Bis morgen bleibt er erst mal hier.«

»Kann mir jetzt bitte mal irgendjemand erklären, wie das alles zusammenhängt?«, fuhr es unvermittelt aus Maderer heraus.

Er sprang von seinem Stuhl auf, dann setzte er sich wieder hin. Der Erfolgsdruck machte ihm zu schaffen. Das Team schaute sich ratlos an. Wie das alles zusammenhing, wollten alle gern wissen, doch keiner konnte es sagen.

»Zunächst mal ist Fakt, dass Gudrun Mackenbach mit Phosphor vergiftet worden war und dass Carl Werner Mackenbach mit Phosphor vergiftet werden sollte. Stattdessen wurde er erschlagen, mutmaßlich von einem Einbrecher, der die Mona Lisa entwenden wollte«, fasste Unger die bisherigen Erkenntnisse zusammen. »Das sind drei Tatbestände, die so aussehen, als gehörten sie zusammen.«

»Erstens: Silke Grabowski«, übernahm Adamski das Wort. »Sie wollte zunächst ihre Schwester rächen. Verliebte sich aber in Mackenbach, so wie sie sagte, und brachte dann seine Frau um, sie war ihre Konkurrentin.«

»Genauso gut ist möglich, dass Mackenbach seine Frau umbrachte. Sie störte ihn in seinem Liebestaumel mit Silke«, sagte Monique und handelte sich damit erneut ein Grinsen von Schreiber ein. »Und nach Silkes Aussage hatte Mackenbach ihr den Phosphor weggenommen, bevor es zu der Vergiftung seiner Frau kam.«

»Das würde ich auch aussagen«, warf Schreiber ein. »Jemanden belasten, der sich nicht mehr verteidigen kann.«

»Aber Silke Grabowski wusste nicht, dass die Mona Lisa echt war. Das wussten – von allen übrig gebliebenen Verdächtigen – nur die Mackenbach-Geschwister und Lehman.«

»Lehman ist kein richtiger Verdächtiger«, erwiderte Schreiber.

»Was?« Monique empörte sich. »Er wollte zwei Millionen kassieren!«

»Ulrich Mackenbach hat ihn entlastet, und alles Übrige ist reine Spekulation.« Schreiber streckte den Zeigefinger empor.

»Für dich steht offenbar fest, dass Silke Grabowski

die Mörderin ist«, empörte sich Monique weiter. »Wieso diskutieren wir hier noch?«

»Steht für mich nicht fest. Aber du bist nicht objektiv!«

Zwischen Monique und Schreiber entwickelte sich ein Streitgespräch mit unverrückbaren Fronten. Dass Monique stabile Ansichten hatte, war nichts Ungewöhnliches. Schreiber hingegen hatte seine Meinung bislang nie sehr nachdrücklich vertreten. Sein gefährlicher Einsatz hatte ihm Selbstvertrauen geschenkt.

»Vielleicht stecken die Geschwister unter einer Decke. Elisabeth hasste den Vater und Ulrich wollte das Bild«, sagte Monique.

»Und warum haben sie das Bild dann nicht mitgenommen?«, erwiderte Schreiber. »Wer das Bild klauen wollte, wollte offensichtlich keinen Mord begehen. Und falls jemand den Mord begehen wollte, war ihm das Bild egal. Sonst hätte er es mitgenommen.«

»Außer Ulrich, er brauchte es nicht mitzunehmen, er war Erbe«, konterte Monique. »Er brauchte nur dafür zu sorgen, dass der Vater starb.«

»Aber wie passt der Phosphor dazu?«, fragte Schreiber. »Ich glaub jedenfalls nicht, dass die Geschwister das gemeinsam gemacht haben.«

»Ulrich scheidet trotzdem nicht aus«, sagte Monique. »Sein Alibi ist nicht lupenrein. Viele Gäste haben bestätigt, dass er bei der Handelskammer war, doch keiner konnte exakte Uhrzeiten nennen.«

Unger hatte die Streithähne eine Zeit lang gewähren lassen und schritt nun ein. »Ihr dreht euch im Kreis, Kinder. Ihr habt zwei Hälften des Puzzles gelegt. Die Verbindungssteine heißen Phosphor und Mona Lisa, aber wir können sie nirgendwo richtig anlegen.«

»Ulrich Mackenbach hatte keinen Phosphor und Silke Grabowski wusste nicht, dass die Mona Lisa echt ist«, resümierte Maderer, der sich inzwischen wieder erholt hatte.

Eine Wohnungsdurchsuchung bei Ulrich Mackenbach könnte sinnvoll sein, dachte Unger. Vielleicht würden sich bei ihm Phosphorreste finden. Erst jetzt sah er, dass auf Moniques Notizblock eine Fotokopie der Mona Lisa lag. Monique hatte sich keine Notizen gemacht, sondern die Fingernägel der geheimnisvoll lächelnden Dame blau angemalt. Unger betrachtete die schweigsame Lisa. Du weißt es doch, dachte er, los, sag endlich, wer der Mörder ist.

Die Dame lächelte weiter und blieb stumm. Auch das Ermittlungsteam verfiel in nachdenkliche Schweigsamkeit.

»Oder doch?«, entfuhr es Monique. »Vielleicht wusste sie doch, dass die Mona Lisa echt ist.« Monique schaute auf, während die anderen sie gespannt anblickten. Sie zögerte einen Moment, ihr dürfte es nicht recht gewesen sein, ihren Schützling zu belasten, aber jetzt hatte sie spontan damit angefangen, jetzt musste sie weitermachen. Sie blätterte in ihrem Notizblock und wurde fündig.

»Hier: Luuk!«

»Lucky Luke?«, fragte Maderer nach, und Unger erinnerte sich, vor Kurzen dieselbe Nachfrage gestellt zu haben.

»Luuk mit Doppel-U. Silke Grabowskis Vater hieß Luuk, das ist ein holländischer Name.«

»Und Löwen liegt im flämischen Teil von Belgien, da spricht man Holländisch«, ergänzte Schreiber.

»Löwen?«, fragte Maderer.

»Dort lebte dieser Stofffabrikant, dieser Willem Verheyden, der die Mona Lisa seinerzeit von dem Dieb gekauft hatte«, erklärte Monique.

Durch das Team ging ein Schimmer der Erkenntnis, und die beiden Streithähne schienen sich wieder zu vertragen.

»Ihr versucht, etwas über den Vater herauszubekommen«, ordnete Unger an. »Und ich besuche unser Fräulein Grabowski.«

## 33

Irene Grabowski war von privilegierter Herkunft, und das gehörte auch zu ihr. Sie strebte nach einem komfortablen Leben. Anders als Silke, ihre Schwester, die in Demut und Genügsamkeit mit dem zufrieden war, was sie hatte. Menschen waren verschieden, auch Zwillingsschwestern. In der DDR hatte Irene als Facharbeiterin für Getränkeabfüllung gearbeitet. Das war nicht ihr Ding, wie überhaupt der ganze real existierende Sozialismus nicht ihr Ding war. Gleich nach dem Mauerfall machte sie sich auf den Weg, den Westen zu erobern, ohne Plan, Hauptsache, Westen. Sie war gerade 30 und es war höchste Zeit für sie, ihr Leben zu beginnen.

An ihrer ersten Anstellung blieb sie hängen, als Kindermädchen bei den Mackenbachs. Nicht wirklich das, was sie sich vorgestellt hatte, aber zwei nette Kinder und ein stattlicher Hausherr mit Geld und Ansehen, der sie manchmal so ansah, als erhoffte er ein wenig Ablenkung von seiner Ehekrise. Irene beschloss, ihm die Ablenkung zu gewähren. Es war nicht Berechnung, es war Liebe zum Luxus, später Liebe zu Carl Werner. Sie begann, ihn »Herr Karlsson« zu nennen, und er fand es niedlich. Ihre heimlichen Begegnungen waren gefährlich, sie trafen sich an Irenes freien Tagen in Hotels. Mehrmals liefen sie dabei fast Leuten über den Weg, die Carl Werner kannte. Manchmal verbrachten sie zu Hause eine heiße Nacht, wenn Gudrun nicht da war. Einmal erwischte die kleine Elisabeth sie dabei. Sie war aber sicher noch zu klein, um zu verstehen, was vor sich ging. Vorsichtshalber begannen sie, ihre Liebesnächte auf die Wochenenden und in andere Städte zu verlagern. Zu Gudrun sagte Carl Werner, dass er jetzt vermehrt internationale Verbindungen für die Firma knüpfen und deshalb viel reisen müsse.

Bald waren Irene die Wochenenden und die Heimlichkeit, das Illegitime, nicht mehr genug. Es musste reell werden, offiziell. Sie beschloss, Carl Werner zur Scheidung zu bewegen. Seine Ehe mit Gudrun hatte sich als großer Irrtum entpuppt, das war offensichtlich. Nicht dass Irene keine Gewissensbisse hatte, Gudrun tat ihr leid, so von Frau zu Frau, aber jeder musste sehen, wo er blieb. Und am Ende des Tages waren sie alle unglücklich in dieser Ehe: Carl Werner, Gudrun und sie selbst. Gudrun hatte schwere Depressionen, sie brauchte eine umfassende Psychotherapie und eine Alkoholentwöhnung und anschließend einen Neustart, jedenfalls nach Irenes Vorstellung. Sie selbst würde Carl Werner das geben, was er von einer Frau erwartete. Sogar seine Kinder würde sie annehmen. Bisher hatten sie darüber noch nicht ausdrücklich gesprochen, und wahrscheinlich brauchte Carl Werner noch einen letzten Anstoß. Aber spätestens wenn sie schwanger sein würde, käme der Stein ins Rollen. Sie setzte die Pille ab, ohne es ihm zu sagen.

Jetzt lag Irene in einer Suite im Ritz. In London. Nach wie vor konnte sie es kaum glauben. Vor zwei Wochen waren sie in Paris gewesen, letztes Wochenende in Venedig und nun in London. Früher hatte sie nie ins Ausland fahren können. Nach Polen zwar, aber das war nicht vergleichbar, das war ein sozialistisches Bruderland, das war erbärmlich.

Gleich nach der Ankunft hatten sie sich die Kleider vom Leib gerissen und sich geliebt. Irene lag im Luxusbett und spürte ihren Körper, und sie spürte Carl Werner. Und fast war ihr, als spürte sie Empfängnis.

»Na, Herr Karlsson, noch einen Ritt?«, säuselte sie.

Carl Werner winkte ab. Er war 49, er brauchte die Pausen.

Am Abend gingen sie ins Les Misérables. Danach schlenderten sie durchs Westend und stärkten sich in einer Sushibar für die anstrengende Nacht.

Am nächsten Vormittag besuchten sie Sotheby's. Carl Werner zog einen gedeckten Anzug an und Irene musste sich in ein altmodisches Kostüm zwängen. Bei der Ankunft wurden sie mit Handschlag begrüßt – Carl Werner war hier bekannt. Er stellte Irene als seine Sekretärin vor. Ihnen war klar, dass sie für seine Geliebte gehalten wurde, aber es störte sie nicht. Irene empfand es sogar als den ersten Schritt zu ihrer gesellschaftlichen Anerkennung. Eine ganze Reihe älterer Herren waren mit ihren 20 Jahre jüngeren Sekretärinnen da. Irene bemerkte dunkle Sonnenbrillen, die nicht wegen des hellen Lichts getragen wurden, und Bärte, von denen einige wahrscheinlich nicht echt waren. Man interessierte sich nicht füreinander, schaute aneinander vorbei, hielt Abstand, flüsterte. Die Gäste hatten ihre Geheimnisse und achteten die Geheimnisse der anderen.

Um 11 Uhr sollte eine Auktion beginnen, bei der Carl Werner eine Bronzefigur von Ossip Zadkine ersteigern wollte. Vorher hatte er die im Katalog angegebene Eigentümerkette studiert.

»Die Provenienz«, sagte er, »die Provenienz ist wichtig.«

»Warum?«, fragte Irene.

»Nur wenn sich die Geschichte eines Kunstwerks lückenlos bis zum Künstler zurückverfolgen lässt, ist die Echtheit gewährleistet.«

Beinahe hatte Irene den Eindruck, als hätte Carl Werner noch »mein Dummerchen« angefügt. Anschließend gingen sie in einen Nebenraum, in dem die Versteigerungsstücke dieses Tages auf ihren Auftritt warteten, und schauten sich die Figur im Original an. Es war eine unproportionierte, nackte Frau in einer skurrilen Körperhaltung.

»Zadkine war ein Meister des Kubismus, später tendierte er eher zum Primitivismus«, schwärmte Carl Werner.

»Ja, das glaube ich«, antwortete Irene. Sie hatte es mehr mit den alten Meistern.

Als Carl Werner ihr erzählte, dass die berühmteste Bronzeplastik von Zadkine in Rotterdam stand und an die Zerstörung der Stadt durch die deutsche Luftwaffe erinnern sollte, begann Irene Achtung für den Künstler zu empfinden. In der Auktion erhielt Carl Werner den Zuschlag bei 265.000 Pfund.

»Ich nehme mir jedes Mal etwas mit, wenn ich in London bin«, sagte Carl Werner, als sie die Formalitäten erledigt hatten. »Das ist für mich etwa so wie für dich Schuhe kaufen.«

Anschließend gingen sie für Irene Schuhe kaufen.

Am Nachmittag schlenderten sie über den Portobello Road Market mit seinen pittoresken Boutiquen und Antik-Läden. Sie schauten hier und dort, verschnauften in einem Coffeeshop, gingen weiter und dann sah Irene die Mona Lisa. In einem kleinen Laden, eher Trödler als Antiquitätenhändler, zwischen einer signierten Schallplatte von den Yardbirds und einem blinden viktorianischen Spiegel hing die Mona Lisa an der Wand.

»Schau mal«, sagte Irene.

Carl Werner grunzte gelangweilt und drehte sich wieder weg. Sie hatten das Original zwei Wochen zuvor im Louvre gesehen. Da konnte eine Kopie bei irgendeinem Trödler in London für ihn nur wenig interessant sein.

»Schau doch mal! Sie ist schwanger«, schob Irene nach.

Carl Werner grunzte erneut, dieses Mal war es eher ein erstauntes Grunzen.

»Man kann sehen, dass sie schwanger ist. Und dass sie glücklich ist. Siehst du es nicht?«

Irene versuchte ungeschickt, nach dem Bild zu greifen.

Der Ladenbesitzer eilte vom anderen Ende des Raumes zu ihr herüber, sagte etwas auf Englisch, was sie nicht verstand, nahm das Gemälde vom Haken und präsentierte es ihr.

»Die Leute sagen immer, ihr Lächeln hätte etwas Erotisches an sich«, schwärmte Irene. »Aber das stimmt nicht, es ist das Lächeln einer werdenden Mutter.«

»Du meinst, den erotischen Abschnitt ihres Lebens hat sie jetzt hinter sich?«

»Mach dich nur lustig.«

Irene spürte die Schwangerschaft der Frau auf dem Bild. Die Mona Lisa musste schwanger gewesen sein, nur das erklärte ihr geheimnisvolles Lächeln. Irene erinnerte sich an den Opa, der die Mona Lisa geliebt hatte. Sie spürte ihre eigene Schwangerschaft, auf seltsame Weise mit der Mona Lisa verbunden. Sie war sich sicher, dass auch sie schwanger war.

Irene griff nach dem Bild. Auf der Rückseite ertastete sie einen Briefumschlag. Der Opa hatte so einen Umschlag beschrieben. Er hatte behauptet, dass ihm die echte Mona Lisa einmal gehört habe und dass an ihrer Rückseite ein Umschlag mit einem Brief gesteckt habe und dass in dem Brief beschrieben sei, wie die Familie in den Besitz der echten Mona Lisa gekommen sei. Irene und Silke hatten die Geschichte nicht geglaubt. Doch jetzt hatte Irene genau so einen Umschlag ertastet und in dem Umschlag steckte ein Brief. Irene nahm ihn heraus, eine Handschrift, Niederländisch. Das beherrschte sie, der Vater hatte ihr Niederländisch beigebracht. Irene las. In dem Brief stand genau das, was der Opa erzählt hatte. Irene konnte es kaum glauben. Sie las noch einmal. Dann noch einmal. Sie konnte es nicht fassen. Die Geschichte war wahr. Und Irene hatte die echte Mona Lisa in der Hand. Die echte Mona Lisa! Carl Werner schaute Irene über die Schulter und versuchte, den Brief zu entziffern, doch er beherrschte kein Niederländisch.

»Was steht da?«, fragte er.

Irene war in dem Brief versunken und in dem Bild. Und in der Vergangenheit. Carl Werners Worte eroberten ihr Bewusstsein nur mit Verzögerung.

»Kann ich nicht entziffern«, log sie und steckte den Briefbogen wieder in den Umschlag. »Frag ihn doch mal, wo das Bild herkommt.« Irenes Englisch war schlecht, sie war in der DDR aufgewachsen.

»Die Provenienz, was?«, fragte Carl Werner. Dann führte er den Auftrag aus und übersetzte die Antwort. »Er sagt, ein junger Mann hat es ihm vor ein paar Monaten verkauft. Den Namen von dem Mann kennt er nicht.«

Irene wollte das Bild haben. Carl Werner fand es überflüssig. Irene bettelte wie ein kleines Mädchen.

»Sie ist so schön und sie wird uns immer an unser Wochenende in London erinnern«, sagte sie und dachte: und an unser Kind und an meinen Opa.

Carl Werner gab nach und zahlte 50 Pfund.

Sechs Wochen später erzählte sie ihm, dass sie schwanger war. Er freute sich nicht.

# 34

Nach dem Klingeln passierte zunächst nichts. Unger klingelte ein weiteres Mal. Dann noch einmal. Schließlich vernahm er ein Rascheln, schlürfende Schritte. Die Tür öffnete sich zaghaft und eine zerzauste Silke Grabowski stand im Rahmen.

»Kommen Sie rein, die Waschmaschine steht in der Küche«, sagte sie und schaute kaum auf.

Unger blieb verdutzt vor der Tür stehen.

»Ich bin Matthias Unger. Von der Polizei. Sie kennen mich doch.« Unger schaute die Haushälterin unentschlossen an. »Soll ich Ihnen noch mal meinen Ausweis zeigen?«

»Ach, Entschuldigung. Ich hatte den Wartungsmann erwartet.«

Silke ließ den Hauptkommissar in der offenen Tür stehen und schlich langsam und mit schweren Schritten ins Wohnzimmer. Unger schloss die Tür und folgte ihr. Sie saßen sich eine Weile schweigsam gegenüber, Silke auf dem Sofa, eng in eine Ecke gequetscht, als müssten noch drei Personen neben ihr Platz finden, Unger auf dem Sessel. Die Wohnung war penibel aufgeräumt. Zitronenduft von Putzmitteln lag in der Luft. Auf dem Sofatisch stand ein Glas, halb mit Wasser gefüllt, und die Fernbedienung des Fernsehers war pedantisch gerade auf einem Beistelltisch platziert. Sonst lag nichts herum, kein Buch, keine Zeitschrift, kein Strickzeug, nichts, was den Eindruck hätte erwecken können, dass hier aktuell jemand lebte. Wäre es keine Wohnung, es hätte ein Hotelzimmer sein können, das auf die Ankunft der nächsten Gäste wartete.

»Ihr Vater hieß Luuk«, sagte Unger leise.

Silke Grabowski schaute vom Sofatisch auf, ein kurzer Blick in Ungers Augen, dann wieder der Sofatisch.

»Ja«, sagte sie, noch leiser als Unger.

»Ein holländischer Name.«

»Ja.«

»Sie wussten von Anfang an, dass die Mona Lisa in Mackenbachs Keller das Originalgemälde von Leonardo da Vinci war.«

Eine zunächst kaum merkliche Kopfbewegung verstärkte sich allmählich zu einem Nicken. Silkes Augen waren rot und geschwollen. In den Händen hielt sie ein zusammengeknülltes Papiertaschentuch.

»Erzählen Sie.«

»Ich hatte es nie glauben können. Es war wieder so eine der Geschichten, die unser Opa uns erzählte. Und wir dachten, es wäre tatsächlich nur eine Geschichte. Die meisten hat er sich ausgedacht. Aber manche stimmten. Er erzählte von früher. Dass er reich war und eine Stofffabrik hatte, in Flandern, und dass ihm die Mona Lisa gehörte. Er zeigte uns ein Foto und sagte, es sei das berühmteste Gemälde der Welt. Dann kamen der Krieg und die Nazis.« Die Stimme der Haushälterin wurde fester und erreichte fast Zimmerlautstärke. Ihre Körperhaltung entkrampfte sich, eine der anderen Personen auf dem Sofa war offenbar aufgestanden.

»Am Ende des Krieges musste die Familie nach Deutschland fliehen und die Mona Lisa zurücklassen. Sie kamen in ein Lager bei Leipzig.«

»Der Opa war Willem Verheyden und sein Sohn war Luuk?«

»Willem Verheyden war unser Uropa. Unser Opa war Thijs, Luuk unser Vater. Später lernten sich unsere Eltern kennen und heirateten. Vater nahm den Familiennamen unserer Mutter an, Verheyden hieß man in der DDR nicht so gern, wenn man es vermeiden konnte.«

»Also, der Opa erzählte von der Mona Lisa, aber Sie und Ihre Schwester Irene glaubten ihm nicht.«

»Nein, natürlich nicht. Er sagte, er wäre der alte König gewesen, wir die Prinzessinnen und die Mona Lisa die Fliege in dem Bernstein. Für uns war es ein Märchen.«

»Das Märchen von dem König und der Fliege, das er Ihnen erzählt hatte?«

»Ja, nur dass wir den Bernstein mit der Fliege noch nicht gefunden hatten.«

»Aber irgendwann fanden Sie den Bernstein doch.«

»Als Kinder fanden wir nur den Phosphor, den wir für Bernstein hielten. Aber dann fand Irene die Mona Lisa.«

»Bei dem Trödler. Und sie wusste, dass es das Original war?«

Silke putzte ihre Nase und schaute auf. »Ja, sie waren gemeinsam nach London gefahren, und da hat sie das Bild bei einem Trödler gesehen und erkannt, dass es das Original ist. Aber sie sagte es Mackenbach nicht. Sie überredete ihn, das Bild zu kaufen, und versuchte später, es ihm wieder abzuluchsen, aber er wollte es partout behalten, obwohl er es für eine Kopie hielt. Als er Irene dann verstoßen hatte, sagte ich zu ihr, sie solle zumindest das Bild verlangen. Aber sie wollte nicht.«

»In London? Der Trödler war in London?« Unger fuhr es durch den Kopf: Lehman stammte aus London.

»Ja.«

Silke Grabowski stand vom Sofa auf und ging aus dem Zimmer. Es herrschte Ruhe, dann ein Poltern. Aus der Küche. Unger sprang auf. Die Frau benahm sich nicht normal, er hätte sie nicht allein rausgehen lassen dürfen. Unger stürmte aus dem Zimmer durch den Flur, stolperte über eine Teppichkante und fing sich vor der Küchentür.

»Die Waschmaschine ist kaputt«, sagte Silke leise, hob eine Plastikschüssel auf, die ihr aus der Hand gefallen war, und stellte sie in die Spüle. Sie ließ heißes Wasser ein, gab etwas Waschpulver hinzu und tauchte drei Wäschestücke in die Lauge. Dann schlich sie zurück ins Wohnzimmer und setzte sich wieder auf das Sofa.

»Als ich mich später, nach Irenes Tod, für sie ausgab und bei den Mackenbachs arbeitete, wollte ich die Mona Lisa natürlich sehen. Ich konnte mein Interesse nicht verbergen, ich sprach immer wieder davon. Irgendwann schöpfte Carl Werner Verdacht und bohrte nach, also erzählte ich ihm die Geschichte. Ich übersetzte den Brief ins Deutsche und zeigte ihm die Unterschrift von Willem Verheyden. Er kannte den Namen – Irene hatte ihm von unserem Opa erzählt. Er ließ den Brief noch einmal von einem Dolmetscher übersetzen und die Echtheit des Bildes prüfen.«

Silke griff nach dem Wasserglas auf dem Sofatisch und trank es in einem Zug leer.

»Aber ich habe ihn nicht umgebracht! Er war mir dankbar für meine Ehrlichkeit. Er glaubte mir, dass ich es ehrlich mit ihm meinte. Und er wollte in seinem Testament Irenes Namen gegen meinen tauschen.«

»Also wussten Sie doch von dem Testament.« Lüge Nummer x, dachte Unger.

»Ja, aber ich habe es nie von Carl Werner verlangt. Er hatte es geschrieben, als er bereits wusste, dass ich nicht Irene bin. Ich denke, es sollte ein Druckmittel sein. Aber mich hat das nie interessiert.«

»Inwiefern ein Druckmittel?«

»Ich sollte bei ihm bleiben. Er fürchtete, dass ich ihn verlassen würde. Ich sollte für ihn seine Irene sein.«

Das Gespräch, das Unger bei der Vernissage mit Adamski geführt hatte, schoss ihm durch seine Gedanken. Einem Kunstsammler sei es egal, ob seine Trophäe echt ist, solange sie als Fälschung nicht enttarnt worden sei, hatte Adamski gesagt.

»Hatte Mackenbach Sie Irene genannt?«

»Wenn andere dabei waren. Und manchmal auch, wenn wir alleine waren.«

»Zu einer Testamentsänderung ist es aber nicht mehr gekommen?«

»Wir hatten einen Termin beim Notar, für die kommende Woche.«

»Und Mackenbachs Kinder haben davon nichts gewusst?«

»Doch, im Streit hat Carl Werner es Ulrich erzählt.«

»Was genau?«

»Dass er Irene als Erbin eingesetzt hat. Er zeigte ihm eine Kopie vom Testament und da stand Irene drin. Dann kam Ulrich zu mir und beschimpfte mich.«

»Das war vor Mackenbachs Tod?«

»Ja, vor zehn Tagen etwa.«

»Er beschimpfte Sie, weil er noch dachte, dass Sie Irene wären.«

»Ja, er flippte völlig aus. Hier, sehen Sie.« Silke zeigte auf eine Delle in der Platte vom Sofatisch. »Die hat er reingehauen.«

»Er sagte aber, dass er von dem Testament erst nach dem Tod seines Vaters erfahren habe und dass er Ihre Adresse nicht gekannt habe.«

»Aber das ist falsch, er kennt meine Wohnung!«

Silke überlegte kurz, stand dann auf und schlich aus dem Wohnzimmer. Dieses Mal folgte Unger ihr auf dem Fuß. Im Flur drückte sie ein paar Mal auf den Anrufbeantworter und Ulrich Mackenbachs Stimme erklang: »Irene? Irene, ich weiß, dass du da bist. Ich muss mit dir reden. Ich komme gleich vorbei.«

»Also: Carl Werner Mackenbach zeigt Ulrich Mackenbach das Testament, in dem Irene steht. Ulrich denkt noch immer, dass Sie Irene sind, und beschwert sich bei Ihnen. Hat Carl Werner denn Ulrich nichts von der beabsichtigten Testamentsänderung erzählt?«

»Offenbar nicht.«

»Und seit die Mackenbach-Geschwister wissen, dass Sie nicht Irene sind, haben sie Sie in Ruhe gelassen?«, fragte Unger.

»Ja – nein. Vorgestern bot Elisabeth mir 500.000 Euro an.«

»Wofür?«

»Ich weiß nicht, ich habe das nicht verstanden. Ich soll mich verpissen, hat sie gesagt. Aber ich hab doch gar nichts gemacht.«

Ungers Handy klingelte, die Mutter war's. Wahrscheinlich hätte er den Anruf weggedrückt, wenn nicht erst ein paar Stunden zuvor das Wegdrücken eines Anrufs zu einem bedeutsamen Informationsdefizit geführt hätte.

Wahrscheinlich hätte er einen Anruf der Mutter in dieser Situation wegdrücken sollen. Aber er nahm ihn an.

»Du musst mal kurz vorbeikommen, Junge.«

»Wohin?«, flüsterte Unger und ging mit dem Handy ans Ende des Flurs, während sich Silke Grabowski dezent ins Wohnzimmer zurückzog.

»Na, in meine Wohnung. Du weißt doch, wo ich wohne. Stell dich nicht so dumm.«

»Ich hab jetzt keine Zeit, Mama!«

»Aber du hast Herrn Stoltenberg versprochen, dass du herkommst und …«

»Wer ist Herr Stoltenberg?«

Unger huschte zur Wohnzimmertür, um nach dem Rechten zu schauen. Silke Grabowski saß auf dem Sofa und betrachtete reglos den Tisch vor ihr.

»Der Maler, Junge. Du wolltest mit ihm die Wand im Esszimmer freiräumen.«

Es könnte sein, dass Unger etwas Ähnliches gesagt hatte. In Rage. In einem unbedachten Moment.

»Aber nicht jetzt!« Unger versuchte, ruhig und vor allem leise zu bleiben, mit mäßigem Erfolg.

»Herr Stoltenberg sagt, dass er vorher nicht weitermachen kann und dass er erst mal ein anderes Objekt fertig machen würde, wenn er hier nicht weiterkommt. Ich würde dann noch eine Woche bei dir oder in ein Hotel …«

»Okay. Ich komme in zwei Stunden.«

»Herr Stoltenberg sagt, dass er um 16 Uhr Feierabend hat.«

»Dann morgen früh.«

»Herr Stoltenberg sagt, dass sein Lehrling morgen in der Berufsschule ist und ihr zu zweit den schweren Schrank nicht …«

»Ich bringe jemanden mit. Morgen früh bringe ich jemanden mit. Morgen früh, 7 Uhr. Tschüss.«

Unger ging zwei-, dreimal im Flur auf und ab und atmete tief durch. Als er sich halbwegs beruhigt hatte, betrat er das Wohnzimmer. Silke saß wieder auf dem Sofa.

»Wir haben eine Packung Fosamax bei Ihnen gefunden«, sagte er.

»Ja, ich habe Osteoporose.«

»Dasselbe Medikament nahm auch Mackenbach ein.«

»Ja, er hatte auch Osteoporose.«

»Er hatte eine Phosphorvergiftung, die Osteoporose auslöste. Das Fosamax war mit Phosphor versetzt.«

Silke schaute entsetzt zu Unger auf, der vor ihr stand und dabei bedrohlich gewirkt haben musste. »Aber ich habe ihn nicht vergiftet«, sagte sie.

Unger überlegte. Er setzte sich in den Sessel und beobachtete die Haushälterin, ihre Verlorenheit, ihre Unsicherheit. Sie begann, ihm leidzutun. »Ist es nicht merkwürdig, dass Sie beide Osteoporose haben, die Symptome einer Phosphorvergiftung?«

»Was wollen Sie damit sagen?«

»Woher stammen die Medikamente?«

»Ulrich hat sie meist mitgebracht.«

Ulrich?

»Ulrich?«

»Die beiden sahen sich ja jeden Tag in der Firma.«

»Hat Ulrich auch Ihre Medikamente mitgebracht?«

»Ja, das war kein besonderer Aufwand, es waren ja die gleichen Medikamente. Manchmal hat Elisabeth sie auch vorbeigebracht. Das war unterschiedlich. Zum Schluss hab ich sie besorgt.«

»Was heißt das: zum Schluss?«

»Vor ein paar Wochen sagte Carl Werner, die Apotheke hätte angerufen und mitgeteilt, dass sie die letzten Medikamente versehentlich aus einer abgelaufenen Charge ausgegeben hätten. Carl Werner sagte, bei seinem Arzt läge schon ein neues Rezept für ihn bereit und ich sollte mir von meinem Arzt auch eines ausstellen lassen. Und dann sollte ich gleich aus der Apotheke hier um die Ecke, der Helmholtz-Apotheke, neue Medikamente besorgen. Meine alten sollte ich ihm geben, er würde sie an die andere Apotheke zurückschicken.«

»Sie machen es mir nicht leicht, Frau Grabowski: Sie haben gesagt, Sie seien Irene Grabowski, aber Sie sind Silke Grabowski. Sie haben gesagt, dass Sie das Testament nicht kannten, aber Sie kannten es. Sie haben gesagt, dass Sie von der Echtheit des Bildes nichts wussten, aber Sie wussten davon. Und, natürlich, Sie sagen, dass Sie Mackenbach nicht getötet haben. Was würden Sie an meiner Stelle jetzt denken?«

Silke Grabowski antwortete nicht. Sie blickte nur auf den Tisch.

Unger ließ sich von ihr den Namen des Notars geben, der die Testamentsänderung beglaubigen sollte. Dann nahm er sie vorläufig fest und brachte sie aufs Präsidium, nicht so sehr wegen des verdichteten Tatverdachts, das auch, aber mehr noch wegen ihres Zustands, in dem sie nach seiner Vorstellung nicht ohne Aufsicht bleiben sollte.

# 35

Gerade wollte Unger sich über seine Butterbrote hermachen. Seit dem Frühstück hatte er nichts gegessen. Auf dem Weg ins Präsidium war er an einem McDonald's vorbeigekommen, aber dort anzuhalten, wäre ihm mit Silke Grabowski im Auto falsch vorgekommen. Im Präsidium hatte er zunächst Monique und Schreiber beauftragt, den Notar wegen Mackenbachs Absicht zur Testamentsänderung und die Graben-Apotheke wegen des Medikamentenrückrufs anzurufen und alles über Lehmans Familienverhältnisse herauszubekommen. Dann hatte er Silke Grabowski bei den Kollegen abgeliefert und angeordnet, dass ein Arzt nach ihr schauen sollte. Schließlich war er in sein Büro gestürmt, hatte die Tür hinter sich geschlossen und die Brote ausgepackt. Monique und Schreiber würden mindestens eine halbe Stunde beschäftigt sein, eine halbe Stunde, in der er endlich etwas essen konnte. Und gerade, als er die Brotdose geöffnet hatte, stürmte Monique mit ihrem Notizblock herein und redete auf ihn ein.

»Also, Elisabeth Kraanen ist tatsächlich verschwunden, ich hab gerade mit ihrem Mann telefoniert.«

Unger legte die Brotdose unauffällig zurück. Wenn er jetzt eine Stulle herausholte, bestünde die Gefahr, dass Monique sie ihm wegessen würde.

»Hat er denn Vermisstenanzeige erstattet?«

»Ja.«

»Und warum erfahren wir davon nichts?«

»Die Anzeige ist erst zwei Stunden her.«

»Na gut. Sonst noch was?«

»Ja, ich hab noch mal in der Graben-Apotheke angerufen. Die haben keine Medikamente von Mackenbach zurückgerufen. Der Chef sagt, es könne gar nicht vorkommen, dass Medikamente aus einer abgelaufenen Charge verkauft werden, das Warenwirtschaftssystem würde sofort Alarm schlagen, wenn so eine Packung an der Kasse gescannt wird.« Moniques Blick fiel in bedrohlicher Weise auf die Brotdose. »Die haben uns ja einen Bericht angekündigt. Der ist jetzt fertig. Der Chef will ihn gleich per E-Mail schicken.«

»Gut, dann warten wir das erst einmal ab. Kommen Sie damit gleich wieder rein, sobald der Bericht da ist.«

»Ja, Chef«, antwortete Monique, verließ jedoch den Raum nicht. Ihr Blick hatte sich inzwischen von der Brotdose entfernt, aber das konnte auch ein Trick sein.

»Noch was?«

»Ja, Chef. Das Beste zum Schluss: Ich hab mit dem Notar telefoniert, wegen der Testamentsänderung. Er bestätigte, dass für kommenden Dienstag ein Termin mit Mackenbach vereinbart worden war. Aus Irene sollte Silke gemacht werden.« Monique legte eine Pause ein. »Und die Mackenbach-Kinder sollten auf den Pflichtteil gesetzt werden.«

Es war gut möglich, dass Monique die Brotdose wieder ins Visier genommen hatte. Unger konnte es nicht sagen, er achtete nicht mehr darauf. Ihm echote Moniques letzter Satz durch den Kopf. ›Auf den Pflichtteil gesetzt.‹ Pflichtteil. Plötzlich war alles anders.

»Kein Tatmotiv für Silke Grabowski mehr«, sagte Monique. »Sie kannte zwar die Echtheit des Bildes, aber um da ranzukommen, hätte sie Mackenbach erst nach der Testamentsänderung umbringen dürfen.«

»Aber ein handfestes Motiv für Ulrich«, rief Unger aus. »Lassen Sie ihn sofort herbringen.«

»Er spricht gerade mit seinem Anwalt.«

»Dann kommt der Knochen eben zum Hund.« Unger sprang auf, rannte hinaus und bedachte erst im Flur, dass er damit seine Brotdose Moniques Gier schutzlos auslieferte.

Als er den Teamraum passieren wollte, hielt Schreiber ihn auf. Unger gefiel das nicht, aber Schreiber wirkte auf einmal überzeugend.

»Also erstens«, sagte er, »nach der Videoüberwachung war Lehman zur Tatzeit im Institut. Trotzdem bleibt die Möglichkeit, dass er das Video manipuliert hat. Zweitens: Eine amtliche Auskunft aus England zu erhalten, geht ja normalerweise nur schriftlich und dauert Wochen. Aber wenn es um einen richtig spektakulären Fall geht, machen die es telefonisch und sofort. Ich hab mit dem Chief der Londoner Meldebehörde gesprochen. Der hat von unserem Fall in der Zeitung gelesen. Er hat sich höchstpersönlich ins Archiv …«

»Ist dabei auch was herausgekommen?«

»Lehman stammt aus einer normalen Mittelschichtfamilie. Aber eine Besonderheit gibt es: Sein Großvater war im Zweiten Weltkrieg als Soldat an der Befreiung Belgiens beteiligt gewesen.«

Unger setzte sich und strich wie ein prominenter Wikinger-Junge mit dem Zeigefinger an seiner Nase entlang. Er war durchaus fähig, Prioritäten zu setzen, auch wenn er dafür manchmal etwas länger brauchte.

»Lehman ist noch hier, ganz zufällig«, sagte Schreiber und grinste.

»Gut, sprechen Sie mit ihm drüber. Ich muss zu Mackenbach«, entschied Unger.

Ulrich Mackenbach befand sich weiterhin in Polizeigewahrsam. Zwar war der Haftbefehl gegen ihn bereits beantragt – in Hamburg war es üblich, die Festgenommenen bereits zu diesem Zeitpunkt in die Untersuchungshaftanstalt zu überführen –, doch hielt das Gespräch mit dem Anwalt den gewöhnlichen Gang der Dinge auf.

Unger nahm den Fahrstuhl hinunter zum Zellentrakt. Seinem Erregungszustand hätte eher die Treppe entsprochen, aber er zwang sich zur Ruhe und konnte noch einmal alles überdenken, während er darauf wartete, dass sich die Fahrstuhltür wieder öffnete.

Das Besprechungszimmer des Zellentraktes war in der üblichen Weise spärlich mit einem Tisch und zwei Stühlen eingerichtet, sonst nichts, ungemütlicher als Silke Grabowskis Wohnung. Auf den Stühlen saßen Ulrich Mackenbach und ein Mann in dunkelgrauem Anzug, der sich als Dr. Müller-Reusling vorstellte.

»Ich habe meinem Mandanten geraten, sich zur Sache nicht erneut einzulassen, bis ich Einsicht in die Ermittlungsakte habe«, sagte er.

»Und Ihr Mandant folgt Ihrem Rat?«

»Natürlich.«

»Dann wird er uns bei der Suche nach seiner Schwester wohl nicht weiterhelfen können.«

Unger tat diese Äußerung wohl überlegt, sie war das Ergebnis der Fahrstuhlfahrt. Der erste Kontakt zwischen dem Ermittler und dem Strafverteidiger verlief, solange Unger sich zurückerinnern konnte, fast immer in der gleichen Weise. Es gab nur wenige Varianten, wie bei einer Schacheröffnung. Ein Anwalt, der etwas auf sich hielt, riet seinem Mandanten meistens, sich zur Sache zunächst nicht einzulassen. Ob es für den Mandanten hilfreich war oder nicht, dieser Rat kam fast immer, er war eine Machtdemonstration des Anwalts. Das war so vorhersehbar, dass Unger sich regelmäßig gut darauf vorbereiten konnte, dieses Mal im Fahrstuhl. Unger interessierte sich nicht für Elisabeth Kraanens Verschwinden, er wollte mit Ulrich Mackenbach ins Gespräch kommen.

»Was ist mit Elisabeth?«, fragte Ulrich.

»Sie ist verschwunden, wie Sie wissen. Bei unserem jetzigen Kenntnisstand können wir nicht ausschließen, dass sie in Gefahr ist. Und Sie könnten uns vielleicht einen Tipp geben.«

Das war ziemlich dick aufgetragen. Aber es wirkte.

»Ich weiß nicht, wo sie ist.«

»Kommt es denn öfter vor, dass Ihre Schwester spurlos verschwindet?«

Ungerer musterte den Anwalt, der unschlüssig auf seinem Stuhl hin und her rutschte, kurz Luft holte, um einzuschreiten, und dann die Luft wieder abließ. Natürlich vermutete er hinter Ungers Verhalten eine Taktik, allerdings war er sich offenbar nicht sicher, ob nicht doch ein Notfall vorlag. Er sagte nichts und überließ seinem Mandanten die Entscheidung.

»Nein. Noch nie.«

»Meinen Sie, dass es Zufall ist, wenn Ihre Schwester ausgerechnet jetzt verschwindet?«

Ulrich Mackenbach zuckte mit den Schultern. Er sah betroffen aus, blieb jedoch eine Antwort schuldig.

»Ihr Vater wollte Sie enterben?«

»Elisabeth.«

»Nein, Sie beide.«

»Nein, nur Elisabeth.«

Jetzt wurde es für Müller-Reusling doch zu heikel. »Also, das geht nun zu weit«, rief er.

Ulrich Mackenbach beachtete ihn nicht. »Nur Elisabeth. Vater hatte Streit mit ihr. In seiner ersten Wut hat er uns beide auf den Pflichtteil setzen wollen. Aber ich hatte mit dem Streit überhaupt nichts zu tun. Das sah er später auch ein.«

»Er wollte also zum Schluss nur noch Ihre Schwester enterben?«

»Ja.«

»Worum ging es denn bei diesem Streit?«

»Weiß ich nicht.«

»Ach, kommen Sie, Herr Mackenbach! Die beiden haben sich so heftig gestritten, dass Ihr Vater Ihre Schwester enterben wollte, und Sie haben nicht gefragt, worum es in dem Streit ging?«

»Doch, ich hab gefragt. Aber sie haben es mir nicht erzählt. Beide nicht.«

Unger hatte sein Gegenüber so weit, dass er bereitwillig erzählte und der Anwalt nichts dagegen sagte.

»Wie war denn sonst so das Verhältnis zwischen Ihrem Vater und Ihrer Schwester?«

»Kühl. Jeder hatte ein kühles Verhältnis zu Vater, außer vielleicht Frau Grabowski.«

»Aber Ihre Schwester hatte ein besonders kühles Verhältnis zu ihm?«

Ulrich ließ eine Weile vergehen, bevor er antwortete. »Sie glaubt, er sei schuld am Tod unserer Mutter.«

»Wie das?«

»Sie glaubt, er hätte sie vergiftet. Sie sagt, sie habe Phosphor bei ihm gefunden, und damit soll er unsere Mutter vergiftet haben. Sie hat sich in diesen Verdacht hineingesteigert, völlig hysterisch. Wahrscheinlich war das der Grund für den Streit, den sie hatten.«

»Phosphor! Ihre Mutter starb an einer Phosphorvergiftung, Ihr Vater hatte einen erhöhten Phosphorgehalt im Körper und auch Frau Grabowski weist Symptome einer Phosphorvergiftung auf. Und Sie erzählen ganz beiläufig, dass die Schwester Phosphor beim Vater gefunden hat.« Ungers Beherrschung war dahin.

»So, das geht jetzt wirklich zu weit«, intervenierte der Anwalt, doch Unger ließ sich nicht bremsen.

»Sie kannten die Adresse von Frau Grabowski. Und Sie kannten das Testament, in dem Irene Grabowski bedacht wurde. Und Sie waren kurz vor dem Tod Ihres Vaters bei ihr gewesen, um sie als Erbschleicherin zu beschimpfen. Nichts davon haben Sie freiwillig zugegeben. Sie haben ständig gelogen! Und auf einmal behaupten Sie, der Vater hätte die Mutter ermordet und die Schwester hätte Phosphor bei ihm gefunden. Als käme das in den besten Familien vor.«

»Herr Mackenbach wird keine weiteren Fragen mehr beantworten«, ordnete Müller-Reusling an, deutlich energischer als zuvor. »Wenn Herr Mackenbach weitere Fragen beantwortet, kann ich keine effektive Verteidigung mehr aufbauen und wäre gezwungen, das Mandat niederzulegen.«

Natürlich wäre er nicht gezwungen. Unger kannte solche Ausrufe von Anwälten zur Genüge. Sie sollten nur den eigenen Mandanten auf Linie bringen. Ein üblicher Schachzug bei der Aussageverweigerungs-Eröffnung.

»Warum haben Sie Frau Grabowski 500.000 Euro angeboten?«, fragte Unger weiter, als hätte er den Anwalt nicht gehört.

»Was hab ich?«

»Ihre Schwester hat Frau Grabowski 500.000 Euro angeboten. Wofür?«

»Davon weiß ich nichts.«

»Jetzt ist wirklich Schluss«, intervenierte Müller-Reusling erneut.

»Nur noch das: Woher stammen die Medikamente, die Sie Ihrem Vater mitgebracht haben?«

»Keine Fragen mehr und keine Antworten!«, wiederholte sich Müller-Reusling. Insoweit saß er am längeren Hebel.

Ulrich Mackenbach antwortete nicht mehr und Unger verließ den Raum.

## 36

Der Blick war verstellt gewesen. In Ungers Wahrnehmung hatte immer Ulrich Mackenbach vor seiner Schwester gestanden. Und all die anderen Verdächtigen daneben. Er hatte Elisabeth Kraanen nicht beachtet. Sie war approbierte Pharmazeutin und hier ging es um Vergiftung und Medikamente, und dennoch hatte Unger sie nicht im Fokus gehabt. Ein Anfängerfehler.

»Die Mail von der Graben-Apotheke ist gekommen«, empfing Monique Unger, als er wieder den Teamraum betrat. »Die Rezepte von Carl Werner Mackenbach und Silke Grabowski waren von Elisabeth Kraanen eingereicht und bearbeitet worden.«

»Sie arbeitet doch in einer ganz anderen Apotheke.« Unger suchte nach einer Entschuldigung für seinen Fehler.

»Ja, bei der Raphael-Apotheke in Altona, halbtags. Haben wir nachgeprüft. Aber in der Graben-Apotheke hilft sie stundenweise aus.«

»Das hat sie uns natürlich nicht erzählt«, raunte Unger. Die Verdächtige hatte lückenhafte Angaben gemacht. Eine bessere Entschuldigung war ihm nicht eingefallen. »Wird nach ihr gefahndet?«

»Sie ist nur ausgeschrieben. Maßnahmen wurden bislang nicht eingeleitet.«

»Wir machen eine Funkzellenabfrage. Sofort.« Unger polterte in sein Büro und schloss die Tür. Vor lauter Ärger über sich selbst musste er jetzt ein Wurstbrot essen. Er setzte sich an den Schreibtisch, die Brotdose lag noch unberührt da. Moniques Esssucht hatte sie verschont. Als Unger die Dose öffnete und die beiden Stullen erblickte, merkte er, dass er zum Essen zu aufgeregt war. So saß er nur da, stierte in die Brotdose und haderte mit sich.

Nach einer Weile sah er Schreiber in der Tür stehen; wie lange er da schon stand, konnte Unger nicht sagen. Er hatte sich in seiner typischen Art unbemerkt angeschlichen.

»Und?«, fragte Unger.

»Lehman sagt, sein Großvater hat die Mona Lisa als Soldat gegen Ende des Zweiten Weltkrieges in Belgien aus den Trümmern eines zerbombten Wohnhauses gezogen und natürlich für eine Kopie gehalten. Er nahm das Bild als Andenken mit nach London und hängte es zu Hause übers Sofa. Als er starb, hat Lehmans Vater die alten Sachen auf den Dachboden verfrachtet. Und als der Vater starb, hat die Mutter das Haus verkauft. Sie entrümpelten alles, das Bild brachte Lehman zu einem Trödler in der Portobello Road. Kurz darauf ist er zum Studium nach Deutschland umgezogen. Als Mackenbach die Mona Lisa im Artefakt-Institut prüfen ließ, wurde Lehman klar, dass er damals das Original in den Händen gehalten hatte. Er ging zu Mackenbach senior und verlangte das Bild heraus.«

»Er wollte ihn also nicht warnen, sondern das Bild haben.«

»Genau. Mackenbach verweigerte alle Ansprüche, weil sie verjährt seien. Das dürfte wohl auch zutreffen. Dann, so Lehman, habe er sich Mackenbach junior angedient.«

»Aber den Alten hat er nicht umgebracht, sagt er?«

»Das sagt er. Haftbefehl?«

»Erst mal vernehmen Sie ihn als Beschuldigten. Dann sehen wir weiter.«

»Östlich der Kennedybrücke!«, rief Monique. Sie stand in der Tür und zog hastig ihre Jacke über. »Elisabeth Kraanens Handy wurde östlich der Kennedybrücke geortet.«

Eine Viertelstunde später standen Unger und Monique im Foyer des Hotel Atlantic, des seit 100 Jahren berühmtesten Grandhotels in Hamburg. Hier war ein »James Bond« gedreht worden und Udo Lindenberg hatte sich hier als Dauergast einquartiert. Die prominentesten Persönlichkeiten des vergangenen Jahrhunderts waren hier abgestiegen, wenn sie Hamburg besuchten, und hatten den wilhelminischen Charme des Hotels über die Jahrzehnte hinweg abgewetzt. Unger hatte dieses Hotel in seinem Leben erst einmal betreten, in der Hochzeitsnacht, bevor er mit Tina die teuerste Reise seines Lebens angetreten hatte.

Und heute zum zweiten Mal. Das Handy von Elisabeth Kraanen hatte sich von hier aus in das Mobilfunknetz eingeloggt. Sie musste sich im Hotel befinden, allenfalls in einem Umkreis von zehn oder 20 Metern außerhalb. Dieser Bereich wurde von Beamten des 11. Kommissariats abgesucht. Das Hotel nahmen sich Unger und Monique vor.

Sie standen vor dem Rezeptionstresen, der Guest Relation Manager des Hotels dahinter.

»Elisabeth Kraanen? Gibt es hier nicht«, sagte der Mann mit einer vornehmen Gelassenheit und blätterte die Gästeliste des Computers durch.

»Eine allein reisende Frau, blond, Anfang 30?«, schob Unger nach.

»Vielleicht Frau Giocondo? Kokoschka-Suite.«

Unger und Monique blickten sich an, dann schoss es ihnen durch den Kopf. La Gioconda, die Mona Lisa! Natürlich!

»Bringen Sie uns bitte hin«, sagte Unger.

Mit einer einfachen Schlüsselkarte, vielleicht eine von Mackenbach Technologies, kamen sie nicht hinein. Die

Tür der Kokoschka-Suite war von innen verriegelt. Frau Giocondo musste auf dem Zimmer sein. Auf Klopfen und Rufen reagierte sie nicht.

»Dann eben mit Gewalt«, sagte Unger und trat drei Meter zurück. Eine Rammmasse von knapp 100 Kilo würde ausreichen.

Der Hotelmanager stellte sich vor die Tür und streckte Unger seine Hände abwehrend entgegen. »Moment, Moment! Unten haben wir für Notfälle eine Generalkarte. Die überwindet auch die Innenverriegelung.«

»Dann holen Sie sie«, schnaufte Unger wie ein Stier, der gerade einen Ausbruchsversuch unternehmen wollte.

Nach zwei Minuten war der nicht mehr ganz so gelassene Hotelmanager wieder zurück und zog eine rote Schlüsselkarte durch den Schließschacht. Es klickte und die Tür ließ sich öffnen. Unger schob den Manager zur Seite.

»Frau Kraanen?«, rief er und drückte langsam die Tür auf. Eine glamouröse Hotelsuite mit dem Flair vergangener Atlantiküberquerungen öffnete sich, 100 Jahre alt, aber frisch renoviert. Zwischen schweren Vorhängen gaben große Fenster den Blick auf die Außenalster frei. Davor thronte eine massige Sitzgruppe, an der rechten Wand standen ein Sekretär, ein Fernseher und eine Kommode, die aussah wie ein geöffneter Schrankkoffer aus der Kolonialzeit. Ein Gemälde von Oskar Kokoschka hing über der Sitzgruppe, das Porträt eines jungen Mädchens. Original? Fälschung? Was macht's?

»Frau Kraanen? Sind Sie da? Hier ist Matthias Unger von der Polizei.«

In der Mitte des Raumes lag ein Paar achtlos ausgezogener Sneaker. Ansonsten sah alles unberührt aus, fast wie Silke Grabowskis Wohnzimmer.

Links stand die Tür zum Badezimmer offen, Licht brannte, niemand war drin.

Auch die Doppeltür zum Schlafraum stand offen. Unger ging langsam darauf zu. Monique und der Hotelmanager blieben am Eingang stehen.

Elisabeth saß gekrümmt auf dem Bett und schaute auf die Alster. Neben ihr standen ein Sessel und ein Tisch, darauf ein leeres Weinglas, Reste einer Pizza und eine leere Flasche Rotwein. Eine zweite Flasche lag auf dem Boden und tropfte einen roten Fleck auf den Teppich.

»Ha, der Kommissar! Alles klar, Herr Kommissar?«, fragte Elisabeth. Dann summte sie die Melodie des Falco-Hits und wippte mit dem Kopf. »Wollen Sie auch einen Schluck? Oh, leer.«

Unger setzte sich zu Elisabeth auf den Sessel.

»Es wäre aber noch etwas Essen da«, sagte Elisabeth und deutete auf den Tisch.

Unger dachte an die Brote, die unberührt im Büro auf ihn warteten. Essen mochte er aber nicht. Er spürte, wie sein Puls pochte, natürlich nicht wegen der Aufregung, nur wegen der Treppe, die er vor ein paar Minuten heraufgehastet war.

»Es heißt gar nicht ›dadideldumm‹, es heißt ›drah di net um‹. Wussten Sie das, Herr Kommissar? Generationen von norddeutschen Falco-Fans haben das falsch verstanden.«

Elisabeth griff zu einem Wasserglas, das auf dem Nachttisch stand, und trank es aus. Unger schaute sich um, auf dem Nachttisch standen ein weiteres Glas und zwei Medikamentenpackungen. Er untersuchte die Packungen: Dolevar-Brausetabletten und Marinol-Kapseln.

»Haben Sie das eingenommen?«, fragte er.

»Magenkrämpfe«, antwortete Elisabeth. »Nur wegen der Magenkrämpfe.«

Natürlich, das war möglich, dachte sich Unger, und dass er nicht hier war, um Elisabeths Umgang mit Medikamenten zu beurteilen. Dennoch rief er Monique und gab ihr die Packungen, damit sie die Wirkung und eine mögliche Überdosierung abklärte.

»Das war ein Arschloch, dieser Falco«, sagte Elisabeth und summte weiter.

»Wie Ihr Vater?«

»Ja, die beiden hatten Ähnlichkeit.«

»Und beide sind jetzt tot.«

»Falco hab ich aber nicht umgebracht, Herr Kommissar.« Elisabeth lächelte in sich hinein und summte weiter.

»Aber Ihren Vater haben Sie getötet.«

Elisabeth nahm erneut das Wasserglas in die Hand, es war leer.

»Die Schlampe hat geredet, nicht?«, fragte sie.

»Wer?«

»Hat sie nicht? Auch egal.« Sie stand wortlos auf, schlurfte ins Bad, Unger folgte ihr. Sie füllte das Glas mit Wasser, trank es leer, füllte es erneut und schlurfte zurück ins Schlafzimmer. Unger folgte wieder. Sie setzten sich hin wie zuvor.

»Haben Sie eine Ahnung, wie es ist, wenn es nie reicht? Wenn man nicht gut genug ist? Das ganze Leben lang, nicht gut genug?«

»Sie waren nicht gut genug für Ihren Vater? Deshalb haben Sie ihn getötet?«

»Niemand war gut genug für ihn! Er war sich selbst genug. Und wen er nicht mehr brauchte, der musste abtreten.«

Elisabeth hielt sich den Bauch und wischte Schweißtropfen aus dem Gesicht.

»Haben Sie das öfter? Magenkrämpfe?«, fragte Unger.

»Frauen haben das öfter.«

»Wen hat Ihr Vater denn nicht mehr gebraucht?«

»Unsere Mutter. Der Vater braucht die Mutter nicht, ist doch witzig, oder?«

»Ich finde das nicht witzig.«

»Er hat sie betrogen, damals und jetzt.«

»Sie wussten von dem Verhältnis mit Irene Grabowski?«

»Ich hab die beiden belauscht, ich war acht oder neun. Mutter war ein paar Tage zu einer Tante gefahren. Wir Kinder mussten zur Schule und konnten nicht mit, und Vater sagte, Irene würde sich um uns kümmern. Sie steckten uns abends ins Bett, wir sollten schlafen und nicht wieder rauskommen. Aber ich konnte nicht schlafen. Ich ging zu Irene, sie war nicht in ihrem Zimmer. Dann ging ich ins Schlafzimmer. Da waren sie. Nackt. Er quetschte ihre Brüste mit seinen behaarten Pranken und rammte sie von hinten, während sie stöhnten.« Elisabeth schaute auf den Nachttisch. »Wo ist das Marinol?«

»Gleich. Erzählen Sie erst mal weiter.«

»Ich wollte weglaufen, aber ich konnte nicht. Ich blieb stehen, bis sie mich bemerkten. Irene schrie und zog die Bettdecke über den Kopf, dann fing sie an zu weinen. Und dann passierte das Schlimmste: Vater kam auf mich zu, sein Glied war noch steif. Er packte mich an den Armen und schrie. Ich dürfe niemandem sagen, was ich gesehen hätte, schrie er. Dann musste ich wieder ins Bett.«

»Und haben Sie es jemandem erzählt?«

»Nur Ulrich. Aber er glaubte mir nicht.«

»Ihrer Mutter haben Sie es nicht erzählt?«

»Nein. Sie hat es nie erfahren.«

»Wie lange ging das so?«

»Ein paar Monate. Aber ich glaube, sie haben es nie wieder in unserem Haus miteinander getrieben. Wenn Irene mal Urlaub hatte, musste Vater plötzlich allein auf Geschäftsreise. Irgendwann war Irene weg und tauchte nicht mehr auf.«

»Chef«, rief Monique vom Nebenraum und Unger ging zu ihr hinaus.

»Das hier ist ein starkes, aber relativ ungefährliches Schmerzmittel«, berichtete Monique und hielt die Packung Dolevar hoch. »Es fehlen sechs Tabletten, Tageshöchstdosis sind acht. Kann aber in Verbindung mit Alkohol bedenklich sein.« Jetzt hob Monique die Packung Marinol hoch. »Das hier ist ein Betäubungsmittel auf Cannabisgrundlage. Es wird bei Appetitlosigkeit, Übelkeit und Brechreiz eingesetzt. Ich hab vorsichtshalber einen Arzt gerufen, wird etwas dauern.«

»Das dürften wohl kaum Medikamente gegen Menstruationsbeschwerden sein«, schätzte Unger.

»Ich würde tippen, dass die Frau drogenabhängig ist«, schätzte Monique.

Unger ging zurück zu Elisabeth.

»Ich brauche das Marinol, nur eine Kapsel noch«, flehte Elisabeth Unger an.

»Gleich kommt ein Arzt. Der gibt Ihnen, was Sie brauchen.«

»Ich will keinen Arzt! Ich weiß selbst, was ich brauche.«

»Tut mir leid«, sagte Unger und schüttelte den Kopf. Dann setzte er sich wieder zu ihr.

So saßen sie sich zwei oder drei Minuten schweigend gegenüber. Unger schaute Elisabeth an, Elisabeth blickte aus dem Fenster, hielt sich den Bauch und wischte einige Male den Schweiß von der Stirn. Einmal verzerrte sie ihr Gesicht vor Schmerzen.

Unger nahm langsam das Gespräch wieder auf. »Sie haben Ihren Vater getötet, weil er Ihre Mutter betrogen hatte und zu Ihnen gefühllos war. Sie haben ihn doch getötet, nicht?«

»Er hat unsere Mutter umgebracht. Er hat sie nicht nur betrogen, er hat sie umgebracht. Als Irene vor ein paar Jahren zurückkam, wusste ich, dass er wieder was mit ihr anfangen würde. Ich sagte ihm, dass er das nicht machen dürfe. Er lachte. Ich sagte, wenn er Mutter wieder betrüge, dann würde ich es ihr erzählen. Aber er lachte weiter. Ich sprach mit Ulrich drüber, er sagte, ich solle mich da nicht einmischen. Etwas Zeit verging, und Vater erzählte mir, er hätte in einem Krimi gelesen, dass jemand mit weißem Phosphor vergiftet wurde. Ob das so einfach ginge, wollte er wissen. Ich sagte ihm, dass das überhaupt nicht einfach sei. Mal eben ein Stück abbröckeln, das geht ganz schnell in Flammen auf. Das muss man ganz anders machen.«

»Wie denn?«

»Zuerst in Schwefelkohlenstoff lösen, dann auf Mehl träufeln und den Schwefelkohlenstoff verdunsten lassen. Dann kann man das Essen damit würzen, schmeckt nach Knoblauch. Oder man nimmt es als Rattengift.«

»Sie haben Ihrem Vater erzählt, wie er Ihre Mutter vergiften konnte.«

»Er hat so scheinheilig gefragt, ich dachte mir nichts dabei. An so etwas denkt man doch auch nicht: dass jemand seine eigene Ehefrau umbringen will. Nach Mutters Tod hab ich aber daran gedacht, sie hatte Symptome einer chronischen Phosphorvergiftung. Ich hab dann heimlich das Haus durchsucht und weißen Phosphor gefunden.« Elisabeth nahm ihr Wasserglas und trank es halb leer. »Den Phosphor nahm ich mit nach Hause. Ich stellte Vater zur Rede und er lachte. Er lachte! Er sagte, ich könne ihn ja anzeigen, aber er wusste genau, dass ich das nicht konnte. Er hat mit mir gemacht, was er wollte. Er hat mich zur Mitwisserin, zur Mittäterin beim Mord an meiner Mutter gemacht. Aber ich blieb seine gute Tochter. Ich habe ihn gehasst und blieb doch immer die gute Tochter.«

»Haben Sie mit Ihrem Bruder nicht darüber gesprochen?«

»Der wollte von allem nichts wissen. Er sagte, ich würde übertreiben und mir alles einbilden. Er hatte nur die Firma im Kopf. Da durfte es keinen Skandal geben, das wäre geschäftsschädigend. Und wenn sich etwas Anstößiges anbahnte, kehrte er es unter den Teppich. Unser Vater ermordet unsere Mutter und Ulrich macht die Augen zu.«

»Und warum sind Sie nicht direkt zur Polizei gegangen?«

»Ha, die Polizei. Vater hätte alles abgestritten, Ulrich hätte ihn dabei unterstützt und mir hätte niemand geglaubt. Ein langes Verfahren, viele Verhöre und zum Schluss wäre alles im Sande verlaufen. So wäre es gekommen, nicht wahr?«

»Das weiß ich nicht«, antwortete Unger und dachte, ja, so wäre es wahrscheinlich gekommen. »Also haben Sie Ihren Vater selbst gerichtet.«

»Ja, ich wollte ihn töten! So wie er Mutter getötet hat. Mit Phosphor.«

Elisabeth hustete und würgte. Der Schweiß lief stärker als zuvor. Sie trank den Rest Wasser aus.

»Und Frau Grabowski?«, fragte Unger.

»Die auch, sie steckte mit ihm unter einer Decke. Sie hat ihn verführt.«

Unger nickte. Ja, so wird es gewesen sein. Er holte tief Luft und seufzte. »Sie mischten den Phosphor in deren Medikamente?«

»Vater nahm Tabletten wegen seines Cholesterins ein, Silke wegen ihres Blutdrucks. Ich bot ihnen an, die Medikamente aus der Apotheke mitzubringen oder Ulrich mitzugeben.«

»Ulrich wusste nichts davon, dass Sie die Medikamente vergiftet haben?«

»Nein. Dann hätte er nicht mitgemacht.«

»Aber irgendwann kam Ihr Vater Ihnen auf die Schliche.«

»Er kannte die Symptome einer Phosphorvergiftung. Das hatte er bei Mutter gesehen.«

»Er nahm die Medikamente, die er von Ihnen bekommen hatte, nicht mehr ein und wollte Sie enterben.«

»Ja.«

»Also erschlugen Sie ihn und täuschten einen Einbruch vor.«

Elisabeth nickte.

»Aber auf das Erbe kam es Ihnen nicht an, Sie wollten nur Ihren Vater töten.«

»Hm …«, sagte Elisabeth verächtlich, »das Erbe.«

»Wieso haben Sie ihn ausgerechnet mit der Mona Lisa erschlagen?«

»Es war das Symbol seines Ehebruchs.«

»Und Ihr Mann gab Ihnen ein falsches Alibi?«

Elisabeth nickte wieder. »Ich sagte ihm, dass ich an diesem Abend bei meiner Selbsthilfegruppe gewesen wäre. Wegen meines Alkoholproblems. Und dass das nicht an die Öffentlichkeit kommen dürfe.« Elisabeth hechelte kurz. »Eigentlich hatte ich nicht geglaubt, dass er für mich lügen würde. Aber er tat es.«

»Sie hatten nicht geglaubt, dass er Ihnen das falsche Alibi bestätigt? Dann hätten wir Sie gleich von Anfang an verdächtigt.«

»Ja.«

»Und das wäre Ihnen egal gewesen?«

»Ich habe meinen Vater umgebracht. Ich verdiene eine Strafe.«

Ein heftiger Krampf durchfuhr Elisabeth.

»Der Arzt kommt gleich, er wird Ihnen helfen«, sagte Unger.

»Er wird nichts mehr ausrichten können.«

»Was heißt das?«

In einem hohen Schwall erbrach Elisabeth eine Masse aus kleinen Stückchen Salami und Pizzateig, die in die Bettdecke sickerte und den Geruch von Knoblauch verbreitete.

Unger schaute dem Geschehen entsetzt zu und begriff allmählich, was vor sich ging. »Haben Sie Phosphor zu sich genommen?«, schrie er. Elisabeth antwortete nicht. Sie war nicht mehr bei Bewusstsein.

# 37

Monique und Unger standen im Stau, so wie man frühmorgens in Hamburg immer im Stau steht. Taxen warteten bräsig in zweiter Reihe, Lieferwagen auch, und Ampeln öffneten den Weg auf die Kreuzungen, um dafür zu sorgen, dass anschließend der Querverkehr bis zur Mitte kam, um den Verkehr noch mehr zu erlahmen. Monique hatte sich angeboten, Unger beim Schränkerücken zu helfen. Sie sehe zwar nicht so aus, könne aber anpacken. Unger hatte das Angebot angenommen, und so befanden sie sich auf dem Weg zur Wohnung seiner Mutter. Und sie würden sich gewaltig verspäten.

»Scheiße!«, rief Monique aus und schlug mit der flachen Hand aufs Lenkrad, als wäre es daran schuld, dass die Ampel wieder auf Rot umsprang.

»Ruhig, Mädchen, ruhig«, sagte Unger. »Erzählen Sie lieber mal, was der Arzt genau gesagt hat. Sie ist also über den Berg?«

Monique hatte kurz mit dem Krankenhaus telefoniert, bevor sie losgefahren waren. »Ja, sie wird wohl durchkommen. Aber es war extrem knapp. Sie hatte so viel Phosphor geschluckt, dass es für einen Elefanten gereicht hätte, sagt der Arzt. Wenn sie eine weitere Kapsel von dem Marinol genommen hätte, hätte sie sich nicht erbrochen, der restliche Phosphor wäre ins Blut übergegangen und hätte ihr den Rest gegeben.«

Die Ampel sprang wieder auf Grün, Monique fuhr rasant an und bremste ebenso rasant ab, um kurz vor der Fahrertür eines wartenden Golfs zum Stehen zu kommen.

»So ein Arschloch!«, schimpfte Monique.

»Wir sollten ihn vorläufig festnehmen«, schlug Unger vor.

Monique tat so, als hätte sie Ungers Bemerkung nicht gehört. »Wir haben ihr das Leben gerettet«, sagte sie.

»Ja. Ein Leben, das sie nicht mehr haben wollte.«

»Sie war ihrem Vater hörig. Und davon hat sie sich befreit. Auch eine Spielart von Original und Fälschung, nicht?«, fragte Monique.

»Aber sie muss jetzt mit der Schuld leben. Und hören Sie auf mit Original und Fälschung, davon wird einem ja schwindelig.«

»Was ich nicht verstehe: Warum hat Elisabeth Kraanen der Grabowski eine halbe Million Euro angeboten?«

»Das war Schweigegeld. Sie glaubte, der alte Mackenbach hätte der Frau Grabowski erzählt, dass Elisabeth versucht habe, die beiden zu vergiften. Er hat ihr das aber nie erzählt. Deshalb konnte Frau Grabowski nicht verstehen, was Elisabeth überhaupt von ihr wollte.«

Der Golf kam ein paar Meter voran und Monique hatte bis zur Warteschlange vor der nächsten Ampel freie Fahrt.

»Ich hab übrigens Frau Grabowski im UKE untergebracht, Nervenklinik. Sie ging freiwillig«, berichtete Monique.

»Wie haben Sie das geschafft?«

»Ich hab ihr gesagt, dass sie für mich suizidgefährdet sei und dass ich den Amtsarzt rufe, wenn sie nicht freiwillig ins Krankenhaus geht.«

Silke Grabowski und Ulrich Mackenbach waren noch am Abend aus der Untersuchungshaft entlassen worden und hatten sich spontan darauf geeinigt, dass Elisabeth weiterhin zu einem Drittel Erbin bleiben sollte. Das war keine Selbstverständlichkeit, Dr. Müller-Reusling hatte mit den Worten »Blutige Hand nimmt kein Erbe!« darauf hingewiesen, dass nach geltendem Recht die Erbschaft angefochten werden könne, wenn der Erbe den Erblasser vorsätzlich getötet habe. Silke hatte sogar auf ihren Anteil verzichten wollen, weil sie meinte, sie habe das Erbe nicht verdient. Aber Ulrich hatte darauf bestanden, dass es bei der Drittelteilung bleiben sollte, und Silke hatte sich bedankt. Neue Freundschaften bahnten sich an.

»Dass dieser widerliche Lehman bis auf den Drohbrief sauber ist, kann ich nicht fassen«, sagte Monique und schüttelte voller Abscheu den Kopf. »Aber was ist mit Schadler?«

»Sein Anwalt hat den Staatsanwalt angerufen und gesagt, dass Schadler die Mona Lisa gar nicht endgültig für sich haben wollte.«

»Sondern?«

»Er habe den Gedanken nicht ertragen, dass das kostbarste aller Gemälde auf einem Seziertisch herumlag. Er wollte es so schnell wie möglich restaurieren lassen und dann zurückgeben.«

»Was für ein Schwachsinn. Damit kommt er doch nicht durch, oder?«

»Keine Ahnung. Vielleicht stimmt das sogar. Schadler ist eben ein komischer Kauz. Möglich, dass er sich in das Lächeln der alten Dame verliebt hat. Und dann wollte er gewissermaßen seine Geliebte schnell zum Arzt bringen.«

»Schwachsinn.«

Kurze Fahrt, dann wieder eine rote Ampel.

Fast so wichtig wie die Aufklärung des Mordfalles

war für Unger seit Tagen eine ganz andere Frage, die er immer wieder zurückgestellt hatte. Jetzt musste er sie stellen. Ganz beiläufig. »Was mich noch mal interessieren würde, Monique: Haben Sie Ihre leiblichen Eltern eigentlich gefunden?«

»Meine leiblichen Eltern?«

»Ja, Sie sagten doch neulich, dass Ihre Adoptiveltern Ihnen an Ihrem 18. Geburtstag erzählten, dass Sie adoptiert wurden, damit Sie Ihre leiblichen Eltern suchen können. Haben Sie sie gefunden?«

»Nö, ich hab nicht nach ihnen gesucht.«

»Nicht?«

»Nö. Ich fühle mich nicht als Fälschung. Meine Eltern sind diejenigen, die mich aufgezogen haben.«

Unger nickte, das leuchtete ihm ein.

Als sie an ihrem Ziel angekommen waren, hatte der Maler die Esszimmerwand bereits mit der Hilfe eines Nachbarn freigeräumt. Die Mutter stand daneben und schaute Unger vorwurfsvoll an. Aber sie sagte nichts. Vielleicht hatte sie sich verändert, ein kleines Stück. Vielleicht war sie authentischer geworden. Vielleicht.

# ZWEITER TEIL:
# WAS WAR

Die Mona Lisa, das »berühmteste Stück Pappelholz der Welt«, wie Bob Dylan sie bezeichnete, von den Italienern wird sie »La Gioconda« genannt, von den Franzosen »La Joconde«: die Heitere. Sie lächelt verhalten und wir wissen nicht, warum sie das tut. Wir betrachten den Gesichtsausdruck und stellen uns die Situation vor, die ihn hervorgebracht haben könnte. Vielleicht macht Leonardo gerade eine schlüpfrige Bemerkung, als Lisa bei ihm Modell sitzt. Vielleicht denkt sie an ihren kleinen Hund oder an die letzte Liebesnacht. Vielleicht hütet sie ein Geheimnis und malt sich die Überraschung der anderen aus, wenn sie es lüftet. Ihr Lächeln ist geheimnisvoll.

Und tatsächlich ziehen sich die Geheimnisse durch die Geschichte des Bildes, vom Moment ihrer Entstehung an bis hin zu ihren Erlebnissen in den zweieinhalb Jahren, nachdem sie 1911 aus dem Louvre gestohlen worden war. La Gioconda, sie müsste »L'Enigmatica« heißen: Die Rätselhafte.

Wir wissen so wenig über sie. Gemalt Anfang des 16. Jahrhunderts, verkauft an den französischen König Franz I, dann durchgängig in französischem Staatsbesitz. Das ist im Wesentlichen alles, was wir aus ihrer Jugendzeit wissen. Wir können nicht sicher sagen, wen das Porträt darstellen soll, ja nicht einmal, ob die Mona Lisa – und zwar die Mona Lisa, die im Louvre hängt – tatsächlich von Leonardo da Vinci gemalt wurde. Entgegen seiner sonstigen Gewohnheit hat Leonardo keine Aufzeichnungen, nicht einmal Skizzen von dem Gemälde hinterlassen. Was wir wissen, stammt von lakonischen Bemerkungen einiger Chronisten, von denen die meisten Leonardo nicht persönlich gekannt oder das Gemälde auch nur selbst gesehen haben.

Und weil wir nun mal so sind, dass wir offene Fragen nicht ertragen, spekulieren wir uns die Köpfe heiß. Die einen glauben, das Porträt stelle die Mailänder Herzogin Isabella von Aragón dar. Andere vermuten, es handele sich um ein Selbstbildnis Leonardos, um seine Mutter oder um seinen Schüler und Geliebten Salaj. Wieder andere wollen eine chinesische Sklavin in dem Bild erkennen. Manche glauben, die Dame sei schwanger – deshalb lächle sie. Andere halten sie für schwer krank – aber aus welchem Grund sollte sie dann lächeln? Sogar die schattenhaften Umrisse eines Außerirdischen wurden jüngst festgestellt und mystische Botschaften hineininterpretiert, womöglich hat sich Dan Brown bereits an die belletristische Umsetzung gemacht.

Das alles sind unbelegte Spekulationen, Marketinggags vielleicht, vieles sogar ausgemachter Blödsinn. Die herrschende Meinung geht davon aus, dass die Mona Lisa ein Auftragswerk war, schnöder Broterwerb, nichts Besonderes, kein Grund also für Leonardo, umfangreiche Aufzeichnungen zu machen. Der florentinische Kaufmann Francesco del Giocondo beauftragte Leonardo im Frühjahr 1503, ein Porträt von seiner Frau Lisa del Giocondo anzufertigen, und um dieses Porträt dürfte es sich bei der Mona Lisa handeln. Deshalb wird sie von den Italienern »La Gioconda« genannt und von uns Mona

Lisa; Monna war in Italien eine gängige Abkürzung für Madonna. Und deshalb ließ Leonardo sie lächeln – das rätselhafte Lächeln der Mona Lisa ist nur ein Gimmick, eine Anspielung auf ihren Familiennamen. Die Arbeiten an dem Gemälde dürften etwa drei Jahre gedauert haben. Das Werk wurde beim Auftraggeber allerdings nie abgeliefert. Warum, wissen wir nicht. Möglicherweise war Francesco del Giocondo nicht zufrieden mit dem Bild oder es hat ihm zu lange gedauert, bis Leonardo damit fertig wurde. Viele vermuten, dass Leonardo das Gemälde nicht hergeben wollte, vielleicht weil er sich darin verliebt hatte – möglich, aber eher unwahrscheinlich: Es war für ihn doch nur ein Auftragswerk, über das er nicht einmal Aufzeichnungen anfertigte.

Nach einer anderen These, für die vieles spricht, handelt es sich bei dem Gemälde um die Darstellung einer fiktiven Person, um das idealisierte Bild einer Mutter. Es wurde von Giuliano de' Medici für seinen Sohn als Trost für dessen im Kindbett verstorbene Mutter in Auftrag gegeben. Der Name des Bildes »La Gioconda« wird dabei in seiner weiteren Bedeutung als »die Tröstende« verstanden. Es steht fest, dass Leonardo etwa zur gleichen Zeit auch Lisa de Giocondo gemalt hat. Die Namensähnlichkeit könnte zu einer möglichen Verwechslung durch die Chronisten geführt haben.

Welche dieser beiden Thesen zutrifft, wir wissen es nicht. Das ist wirklich typisch für dieses Bild, L'Enigmatica. Und, als gäbe es nicht schon genug Verwirrung, möglicherweise ist es abermals ausgetauscht worden. Leonardo behielt es in seinem Besitz, nach seinem Tod gehörte es dem französischen König Franz I. Doch kein Testament, kein Kaufvertrag, keine Quittung zeugen von dem Erwerb. Mag sein, dass Leonardo es ihm vor seinem Tod verkauft hatte, mag sein, er hat es ihm vermacht. Möglich ist auch, dass Leonardos Erbe – Salaj – es an den König verkaufte. Und wenn Letzteres der Fall war: Hat Salaj wirklich die *echte* Mona Lisa verkauft?

Immerhin ist das Bild weder datiert noch signiert. Man geht davon aus, dass Leonardo auch nach 1506 immer wieder Veränderungen daran vorgenommen hat. Probierte er vielleicht neue Maltechniken aus, nachdem Francesco del Giocondo die Abnahme verweigerte und Leonardo keine anderweitige Verwendung für das Gemälde fand? Ist es also am Ende nur eine Studie? Hat Leonardo die Mona Lisa überhaupt selbst gemalt? Er hatte viele Schüler, und es war durchaus üblich, dass die Hintergründe und nebensächliche Details sogar bei wichtigen Werken von den Schülern ausgeführt wurden. Zweifel sind erlaubt, zumal es mehrere Mona Lisas gibt. Mindestens drei: Vor einigen Jahren entpuppte sich eine Dame, die bis dahin für eine der unzähligen Kopien gehalten wurde, als Original, und im selben Jahr wurde im Prado in Madrid eine weitere Lisa von einer Übermalung befreit, die sie seit Jahrhunderten bedeckt hatte. Von den drei Schwestern hat Leonardo allenfalls zwei selbst gemalt. Die dritte, die im Prado, stammt vermutlich von einem seiner Schüler, vielleicht Salaj. Wäre es da so abwegig zu vermuten, dass Salaj das Original als Andenken an seinen Meister und Geliebten für sich selbst behalten wollte und heimlich gegen die von ihm gefertigte Kopie ausgetauscht hat? Dann wäre die Prado-Lisa vielleicht die echte und die Louvre-Lisa die nachgemachte. Für diese Vermutung existieren keine Beweise. Salaj würde es niemandem verraten haben. Es würde sein Geheimnis bleiben und das der beiden Damen. Wir wissen es nicht – noch ein Rätsel um die mysteriöse Frau.

Das mysteriöseste Geheimnis um die Mona Lisa dürfte aber der Raub von 1911 sein. Er konnte bis heute nicht restlos aufgeklärt werden. Das Gemälde wurde entwendet und zweieinhalb Jahre später italienischen Kunsthändlern durch den mutmaßlichen Dieb Vincenzo Peruggia zum Kauf angeboten. Wesentlich mehr kann man nicht mit Sicherheit sagen. Typisch für die Causa Mona Lisa.

Nach Jahrhunderten der vornehmen Langeweile wollte die florentinische Dame es auf ihre alten Tage noch einmal wissen. Plötzlich und unerwartet war sie ausgebüxt, so unerwartet, dass es einen ganzen Tag brauchte, bis man es begriffen hatte. Die Polizei konnte die Tatortspuren so weit rekonstruieren, dass das Bild abgehängt, aus dem Rahmen gedrückt und durch einen Seitenausgang weggebracht worden war. Am Rahmen entdeckte man Fingerabdrücke des Täters, konnte sie aber niemandem zuordnen. Ein paar Straßen entfernt fand sich in einem Vorgarten der Türknauf des Seitenausgangs, von dem die Polizei sich nicht erklären konnte, wie er da hingelangt war. Man tappte im Dunkeln.

Der Aufschrei in der Öffentlichkeit war groß. Das zuvor schon berühmte Gemälde wurde durch den kollektiven Schmerz des Verlustes zum Nationalheiligtum. Menschen pilgerten in den Louvre, einige beteten vor der Wand, an der die Mona Lisa gehangen hatte, andere legten Blumen nieder. Gedenkgottesdienste wurden abgehalten.

Für drei Wochen füllten der Raub der Mona Lisa und die prekäre Sicherheitslage im Louvre die Schlagzeilen der Zeitungen. Tests der Polizei sollen ergeben haben, dass man Kunstgegenstände ohne besonderen Aufwand unbemerkt aus dem Louvre habe entwenden können. Eine sofort durchgeführte Inventur ergab gewaltige Fehlbestände.

Nicht einmal zwei Wochen nach dem Diebstahl fand sich im *Paris Journal* der Bericht über einen jungen Mann, der der Redaktion eine kleine antike Figur zugespielt und behauptet hatte, diese und zwei weitere Figuren ohne Schwierigkeiten aus dem Louvre entwendet zu haben. Die Spur führte zu dem Schriftsteller Guillaume Apollinaire und dem Maler Pablo Picasso. Tatsächlich hatte der Dieb die beiden weiteren Figuren an Apollinaire gegeben, der sie anschließend an Picasso verkauft hatte. Unmittelbar nach dem Artikel im *Paris Journal* schickte Picasso die Figuren anonym an die Redaktion. Die Polizei war ihm aber bereits auf der Spur. Wer mit antiken Figuren hehlt, der hat auch mit dem Diebstahl der Mona Lisa zu tun, war die Vermutung. Apollinaire und Picasso wurden verhaftet, aber kurz darauf wieder freigelassen. Bezüglich der Mona Lisa konnte man ihnen nichts nachweisen.

Nach diesem Reinfall hatte die Polizei bald eine weitere heiße Spur. Sie erhielt den Hinweis, dass die sogenannte Pinon-Bande die Mona Lisa in der belgischen Stadt Gent auf dem Schwarzmarkt anbiete. Zwei verdeckte Ermittler tarnten sich als reiche amerikanische Kunstliebhaber und nahmen Kontakt auf. Doch bevor die Falle zuschnappen konnte, hatte eine Zeitung Wind von den Ermittlungen bekommen und die Geschichte veröffentlicht, der Deal platzte, die Pinon-Bande war über alle Berge.

In der französischen Presse tobten die Spekulationen

und zwar umso heftiger, je weniger die Polizei neue Ermittlungserfolge vermelden konnte. Schnell geisterte der Verdacht durch die Gazetten, ein amerikanischer Tycoon habe den Diebstahl in Auftrag gegeben. Eisenbahnmogul J. P. Morgan kommentierte dies lapidar mit dem Ausspruch, er würde die Mona Lisa kaufen und dem Louvre zurückgeben, falls sie ihm angeboten werde. Doch bald war ein neuer Hauptverdächtiger ausgemacht, der Lieblingsfeind der Franzosen: Deutschland. In den Jahren vor dem Ersten Weltkrieg hatte sich die außenpolitische Konfliktlage mit dem Deutschen Reich immer weiter zugespitzt, und Zeugen hatten bekundet, dass ihnen in den Wochen vor dem Diebstahl im Louvre ein Deutscher aufgefallen sei, der sich immer wieder in der Nähe der Mona Lisa aufgehalten habe. Da war bald klar, dass die deutsche Regierung den Diebstahl der Mona Lisa angeordnet haben musste, um sich ein politisches Druckmittel zu verschaffen. Als sich allmählich die Erkenntnis herumsprach, dass eine solche Taktik nur dann Erfolgsaussichten haben könnte, wenn sich Deutschland zu der Tat bekannte, versiegte das Gerücht allmählich.

1912 wurden die Ermittlungen eingestellt, der Louvre strich die Mona Lisa aus seinem Museumskatalog, das inzwischen berühmteste Gemälde der Welt galt als verloren. Es wurde still um die lächelnde Dame. Ihr Platz im Louvre war bereits von einer Vertreterin eingenommen worden, die ihr im Aussehen recht nahekam, »Die Frau mit der Perle« von Camille Corot. Jetzt wurde die Vertreterin zur Nachfolgerin. Doch das Leben in der Anonymität gefiel der Mona Lisa nicht, sie kehrte zurück. Mit einem Paukenschlag.

Ende November 1913 erhielt der italienische Kunsthändler Alfredo Geri einen Brief, in dem ein gewisser Vincenzo Leonardo behauptete, die Mona Lisa zu besitzen, und anbot, sie gegen einen Unkostenbeitrag von 500.000 Lire, heute etwa 1,2 Millionen Euro, seinem Heimatland zurückzugeben. Geri zeigte dem Direktor der Uffizien in Florenz, Giovanni Poggi, diesen Brief. Sie vermuteten eine der unzähligen schlechten Kopien, vereinbarten aber, der Sache auf den Grund zu gehen, und bestellten Leonardo nach Florenz, um das angebotene Gemälde zu besichtigen. Der Mann reiste tatsächlich an und präsentierte den beiden staunenden Interessenten das Kunstwerk. Schnell wurde klar, dass es sich um das Original handelte. Das Bild wurde beschlagnahmt und Leonardo verhaftet. Er gestand den Diebstahl und machte bereitwillig detaillierte Angaben.

Sein wahrer Name war Vincenzo Peruggia, 32 Jahre alt, wohnhaft 5 Rue de l'Hôpital Saint-Louis in Paris, von Beruf Anstreicher. Er stammte aus einem kleinen italienischen Dorf nahe der Grenze zur Schweiz. Bereits seit einigen Jahren hatte er in Paris gelebt und bis wenige Monate vor dem Diebstahl der Mona Lisa im Louvre gearbeitet, wo er an der Herstellung der Schutzverglasungen für wertvolle Gemälde mitgewirkt hatte. Er gab an, die Mona Lisa bis zu ihrem Transport nach Florenz in seiner kleinen, ärmlichen Wohnung versteckt zu haben. Er sei der Auffassung gewesen, die Mona Lisa wäre durch Napoleon geraubt worden, und er habe die Tat unternommen, um das Gemälde wieder nach Italien zurückzuführen. Er sei Patriot und habe es als unerträgliche Demütigung empfunden, die Gioconda in den Händen der Franzosen zu sehen. Das war offensichtlich eine Schutzbehauptung. Bei selbstloser und rein patriotischer Motivation wäre kaum erklärlich gewesen, warum Peruggia eine Unkostenerstattung verlangt hatte, die ihn reich gemacht hätte. Doch sein Kalkül ging auf. Kaum wurde die Tat bekannt, feierte ihn die italienische Öffentlichkeit als Nationalheld. Sogar das – italienische – Strafgericht ließ sich in dem anschließenden Gerichtsverfahren beeindrucken und verhängte in der Berufungsinstanz eine Freiheitsstrafe von nur sieben Monaten. Unter Anrechnung der inzwischen genauso lange währenden Untersuchungshaft verließ Peruggia das Gerichtsgebäude als freier Mann.

Für die französischen Ermittlungsbehörden war die Angelegenheit jedoch immer peinlicher geworden. Sie hatten routinemäßig alle aktiven und ehemaligen Mitarbeiter des Louvre überprüft und verhört, auch Peruggia, und mussten einräumen, dass ihr nichts Verdächtiges an ihm aufgefallen war. Ein Vergleich seiner Fingerabdrücke mit denen, die nach dem Diebstahl am Bilderrahmen der Mona Lisa sichergestellt worden waren, hätte die Ermittlungen gleich in eine ganz andere Richtung geführt. Noch peinlicher wurde es, als man feststellte, dass Peruggia bereits polizeibekannt war. 1908 war er wegen eines versuchten Raubes in Verdacht geraten, ein Jahr später war er nach einem Streit mit einer Prostituierten erneut festgenommen worden. Seit diesem Vorfall existierte von ihm eine Karteikarte mit Fingerabdrücken und Fotos in der Verbrecherkartei der Pariser Polizei.

Die lächelnde Lisa vollführte eine Rundreise durch die Museen ihres Geburtslandes, kehrte anschließend unter lautem Wehklagen des italienischen Volkes zu ihrem Zuhause im Louvre zurück, nahm wieder ihren angestammten Platz ein und wurde so zur Nachfolgerin ihrer Nachfolgerin.

Die Affäre galt als halbwegs geklärt, doch ein Unbehagen blieb. Zu rätselhaft erschien das Lächeln der alten Dame, um glauben zu können, dass nicht doch noch ein Geheimnis verborgen geblieben wäre. Handelte es sich bei der zurückgekehrten Lisa nicht vielleicht um eine Fälschung, war sie eine Betrügerin? Konnte man dem einfältigen Mann aus den italienischen Alpen wirklich zutrauen, ohne Hintermänner gehandelt zu haben? Immer wieder tauchten Gerüchte auf und fanden Gehör, noch war das Bedürfnis der Öffentlichkeit nach wohliger Empörung nicht gestillt.

Ein Interview, das Peruggia im Juli 1915 dem französischen Journalisten George Prade gab, feuerte die Gerüchteküche neu an. Peruggia erklärte, dass er nicht von sich aus auf die Idee gekommen sei, die Mona Lisa zu entwenden, sondern von einem Deutschen dazu angestiftet worden war. Dieser Mann habe ihn angesprochen, als er noch im Louvre gearbeitet hatte. Er habe ihm mehrmals Geld zugesteckt und an seine patriotische Pflicht appelliert, die von Napoleon geraubte Gioconda nach Italien zurückzubringen. Er selbst bekleide in Deutschland eine hohe Position und würde Peruggia bei der Rückführung helfen. Entgegen der getroffenen Vereinbarung habe sich der Deutsche allerdings nach der Tat nicht wieder bei ihm gemeldet. Offensichtlich sei der Mann ein *agent provocateur* gewesen, der in Zeiten politischer Annäherung zwischen Frankreich und Italien Missstimmung erzeugen wollte.

Da war er wieder, der Deutsche, von dem bereits andere Zeugen kurz nach dem Raub berichtet hatten. Die Historiker sind sich heute nicht darüber im Klaren, ob sie Peruggias neue Geschichte glauben sollen. Auffällig ist nämlich der Zeitpunkt, zu dem er das Interview gab. Zwei Monate zuvor war Italien auf der Seite Frankreichs in den Ersten Weltkrieg eingetreten. Eine gegenseitige Sympathiewelle ging durch die Bevölkerungen beider Länder, und der gemeinsame Feind war Deutschland. Es ist gut möglich, dass Peruggia auf dieser Welle reiten wollte.

Man konnte Peruggias Behauptung damals glauben oder auch nicht, weiterführende Ermittlungen waren zu dieser Zeit, mitten im Krieg, jedenfalls nicht möglich, erst recht nicht nach einem Deutschen, erst recht nicht in Deutschland.

Bewegung kam erst viele Jahre später wieder in die Sache. 1932 veröffentlichte der renommierte amerikanische Journalist Karl Decker in der *Saturday Evening Post* einen Artikel, in dem er ein tolldreistes Gaunerstück offenbarte, den wohl cleversten Coup der Kunstgeschichte – wenn er denn wahr ist. Decker behauptete, ein Interview mit dem Argentinier Marqués Eduardo de Valfierno geführt zu haben, in dem Valfierno sich gerühmt habe, den Raub der Mona Lisa initiiert zu haben. Der Kunstfälscher Yves Chaudron habe sechs Kopien angefertigt, die Valfierno in die USA verschifft habe. Dann habe er Peruggia zu dem Diebstahl angestiftet und die Kopien anschließend an reiche Amerikaner für jeweils zehn Millionen Dollar als Original verkauft. Die echte Mona Lisa habe er dafür nicht gebraucht, nach dem Diebstahl habe er sich bei Peruggia nicht mehr gemeldet. Genial dürfte dabei vor allem die Raffinesse gewesen sein, mit der er vorgab, seine Käufer gefunden zu haben. Denn bereits vor dem Diebstahl will er ihnen berichtet haben, dass eine finstere Gaunerbande im Begriff sei, ein unschätzbar wertvolles Gemälde aus dem Louvre zu stehlen. Dann sei er mit ihnen darin übereingekommen, dass man alles tun müsse, diesen Schurken das Kunstwerk wieder zu entreißen, bevor sie Schlimmes damit anstellen könnten. Notfalls müsse man es mit viel Geld auslösen. Von dem Glauben an ihren selbstlosen Einsatz für die Kunst beseelt versprachen die Angesprochenen jede erdenkliche – und in aller Bescheidenheit vertrauliche – Unterstützung. Sprachlos seien sie gewesen, als sie später in der Zeitung lasen, dass die Mona Lisa gestohlen worden war, ausgerechnet die Mona Lisa, und noch sprachloser, als sie hörten, dass sie sie mit zehn Millionen Dollar vor der Zerstörung retten konnten. Jeder von ihnen habe ohne zu zögern gezahlt und Zug um Zug eine der Kopien erhalten. Jedem sei es freigestellt gewesen, den Zeitpunkt der öffentlichen Bekanntmachung ihres edelmütigen Einsatzes selbst zu wählen. Und keiner von ihnen habe es tatsächlich öffentlich bekannt gegeben, sondern ihre Trophäen vergöttert, versteckt und verleugnet.

Der französische Kunsthistoriker Jérôme Coignard machte sich 1996 daran, Deckers Behauptungen zu überprüfen, und er kam zu einem ernüchternden Ergebnis. So hübsch Deckers Geschichte auch ist, wahr ist sie wohl nicht. Man hätte erwarten müssen, dass wenigstens eine der Kopien irgendwo auf der Welt wieder aufgetaucht wäre oder dass sich außerhalb von Deckers Artikel irgendeine weitere Spur finden würde. Aber nichts, weder hat man noch einmal etwas von dem geheimnisvollen Marques de Valfierno gehört, noch eine der Kopien gesehen. Jérôme Coignard und nach ihm die amerikanische Kunsthistorikerin Joaneath Spicer forschten intensiv nach Kopien, fanden auch einige, aber keine, deren Entstehungszeit sich auf 1911 datieren ließ.

Und – so plausibel sich Deckers Geschichte auch anhören mag – eines ist nicht recht nachvollziehbar: Ein so gerissener Mann wie Valfierno hätte bedacht, dass Peruggia vermutlich nicht ewig schweigend auf der echten Mona Lisa sitzen bleiben würde. Er hätte damit rechnen müssen, dass die Geschichte auffliegen, die betrogenen Käufer aussagen und so eine stattliche Menge von Ermittlungsansätzen liefern würden. Dem hätte Valfierno auf einfachste Weise vorbeugen können, indem er Peruggia gut bezahlt, ihm die Mona Lisa abgenommen und bei sich selbst übers Sofa oder in den Tresor gepackt hätte.

Hat sich Decker jetzt etwa alles aus den Fingern gesogen? Karl Decker, ein renommierter und seriöser Journalist? Wahrscheinlich. Vielleicht aber hat sich auch jemand anderes die Geschichte ausgedacht und unter dem Alias »Valfierno« an Decker weitergegeben, möglicherweise um ein wenig Geld zu verdienen. Vielleicht war es der Kunstfälscher Yves Chaudron, den hat es wirklich gegeben. Vielleicht hatte sich die Angelegenheit exakt so zugetragen, wie sie im Roman erzählt wird, und Chaudron peppte sie ein wenig auf, insbesondere an den Stellen, die er nicht so genau kannte. Oder es war der Hehler Pinon, der vorsichtshalber seine eigene Tatbeteiligung wegließ. Wahrscheinlich nicht. Aber möglich wäre es.

Nachdem Jérôme Coignard die Mogelei von Karl Decker entlarvt hatte, machte er sich daran, Peruggias Behauptungen in dem Interview von 1915 nachzugehen. Danach muss es einen deutschen Agenten gegeben haben. Coignard recherchierte im Archiv des Auswärtigen Amtes in Berlin und fand gleich mehrere Aktenordner, die mit Unterlagen über den Raub der Mona Lisa gefüllt waren. Es handelte sich überwiegend um polizeiliche Überwachungsprotokolle. Gleich nach dem Diebstahl hatte die französische Polizei routinemäßig auch die deutschen Behörden um Amtshilfe gebeten und die deutsche Polizei nahm den 43-jährigen Otto Rosenberg aus Köln ins Visier: »Rosenberg ist der hiesigen Kriminalpolizei bekannt. Er verkehrt in Spielerkreisen, gilt als Falschspieler, Betrüger in Gemälden und Teppichen, als Hochstapler, auch als Kuppler und Mädchenhändler.« An anderer Stelle: »... kennt Rosenberg, hält ihn für einen Betrüger, hat ihn oft mit Pinon zusammen gesehen.« Hier taucht also die Pinon-Bande wieder auf, die bereits zu Anfang der Ermittlungen eine Rolle gespielt hatte. Wenn Rosenberg der Deutsche war, der Peruggia angestiftet hatte, dann war es kein deutscher Agent, sondern ein notorischer Krimineller. Die Spur »Rosenberg« wurde allerdings nicht weiter verfolgt. Der Grund ist nicht bekannt, vielleicht war er spurlos verschwunden oder er stellte sich aus nicht dokumentierten Gründen doch als unschuldig heraus. Wir wissen es nicht. Und wir wissen auch nicht, ob das damalige deutsche Reichsaußenamt die Tätigkeit eines *agent provocateur* überhaupt dokumentiert hätte.

Im Nazi-Regime gab es einen »Einsatzstab Reichsleiter Rosenberg«. Dabei handelte es sich um eine Parteiorganisation der NSDAP, die während des Zweiten Weltkrieges für die Aneignung von wertvollen Kulturgütern aus den besetzten Ländern, also für Kunstraub, zuständig war. Sie stand unter der Leitung des führenden NS-Parteiideologen Alfred Rosenberg. Die Namensgleichheit mit Otto Rosenberg könnte Spekulationen hervorrufen. Indes, Alfred Rosenberg war 1911 ein 19-jähriger Architekturstudent in Riga, Verbindungen zu Köln, Paris oder auch nur zu einer dort lebenden Verwandtschaft sind nicht bekannt. Bei der Namensgleichheit dürfte es sich um Zufall handeln.

Im Ergebnis könnte es aber gut so gewesen sein: Otto Rosenberg stiftete Peruggia zum Diebstahl der Mona Lisa an und versuchte, sie über die Pinon-Bande abzusetzen. Durch die verdeckten Ermittler abgeschreckt entschied er sich jedoch, sein Vorhaben aufzugeben, und ließ den Kontakt zu Peruggia abreißen, noch bevor er das Bild von ihm abgeholt hatte. Möglich ist aber auch die Version des Romans, nämlich dass Otto Rosenberg, alias Hermann Weber, die echte Mona Lisa heimlich bei Peruggia vertauschte. Eine der beiden Möglichkeiten kann ausgeschlossen werden, je nachdem, ob die damals zurückgeführte Mona Lisa das Original oder eine Kopie ist. Ich gebe es zu: Es ist das Original.

Theoretisch dürfte es möglich sein, ein Gemälde so zu fälschen, dass es als Fälschung nicht erkennbar ist. Man kann eine alte Leinwand nehmen und sie mit solchen Farben übermalen, die zur Zeit der Entstehung des Originals verwendet wurden. Praktisch wird dies aber immer schwieriger, je älter das Original ist und je besser es bereits untersucht wurde. Bei der Mona Lisa gilt: Es dürfte ausgeschlossen sein, dass im Louvre eine Fälschung hängt, aus drei Gründen: Erstens, eine im Jahr

2004 vorgenommene Infrarotuntersuchung ergab ein ungefähres Alter von 500 Jahren. Zweitens, man wird kein zweites Stück Pappelholz finden, dessen Alter und Maserung exakt dem des Originals entspricht. Drittens die Krakelüre, also die Alterungsrisse: Zwar ist es durch chemische Behandlung möglich, frische Farben altern zu lassen und dabei auch eine Krakelüre zu provozieren. Aber es ist kein Verfahren bekannt, mit dem der genaue Verlauf der Risse festgelegt werden kann. Die Krakelüre eines alten Bildes ist dessen Fingerabdruck, sie kommt so kein zweites Mal vor und ist nicht fälschbar. Die jetzt im Louvre hängende Mona Lisa ist dieselbe, die bereits vor 1911 dort hing.

Die nach dem jetzigen Kenntnisstand wahrscheinlichste Version des Raubes von 1911 ist also aufgedeckt. Aber sie ist keinesfalls sicher. Ebenso wenig ist sicher, wen das Gemälde darstellt. Sicher ist nur, dass die Mona Lisa lächelt.

Was bewirkt nun aber die Faszination, die von der geheimnisvollen Dame ausgeht? Ihr Lächeln? Ihre Schönheit? Ihr Blick? Wenn wir mal ehrlich sind: Nach unseren heutigen Maßstäben ist sie nicht wirklich eine herausragende Schönheit. Ihr Blick lässt uns vielleicht die Maltechnik bewundern, aber doch nicht in ekstatische Verzückung geraten. Und vom künstlerischen Standpunkt aus betrachtet? Die Fachleute sind sich weitgehend einig, dass die Mona Lisa eines Leonardo sicher würdig ist, aber sein genialstes Werk ist sie eher nicht. Nein, in Wahrheit sind wir nicht von dem Gemälde selbst fasziniert, sondern von seiner geheimnisvollen Aura, davon, dass wir so wenig über die Mona Lisa wissen. Unsere Fantasie trinkt sich an ihr besoffen, wir erfinden Geschichten über sie, die sie noch geheimnisvoller machen, ein sich selbst verstärkender Effekt. Peruggia hätte sie ohne diese Aura wohl nicht gestohlen, und ohne diesen Diebstahl wäre sie heute nicht das berühmteste Gemälde der Welt. Und dieses Buch würde es nicht geben. Und weil wir – frei nach Bertolt Brecht – nun mal so sind,

dass wir off'ne Fragen
nicht ertragen,
stehn wir hier und sehn betroffen
den Vorhang zu und alle Fragen offen.

*Weitere Krimis finden Sie auf den folgenden Seiten und im Internet:*

**WWW.GMEINER-SPANNUNG.DE**

**KAY JACOBS**
Kieler Dämmerung

978-3-8392-1889-1 (Paperback)
978-3-8392-5033-4 (pdf)
978-3-8392-5032-7 (epub)

**ATTENTAT** 1911, Kiels größter Stolz ist das neu erbaute Rathaus. Zur Einweihung hält sogar Kaiser Wilhelm II. Einzug. Durch einen Polizeispitzel erfahren Kriminalobersekretär Josef Rosenbaum und seine Kollegen, dass während der Einweihung ein Attentat auf den Kaiser verübt werden soll. Die Ermittler finden nur wenige Spuren und die neuen Hinweise scheinen den bisherigen Erkenntnissen zu widersprechen. Attentäter, Hintermänner und vor allem der Anschlagsplan bleiben weitgehend im Dunkeln. Eine Katastrophe bahnt sich an.

GMEINER SPANNUNG

WWW.GMEINER-VERLAG.DE
*Wir machen's spannend*

**KAY JACOBS**
Kieler Schatten

978-3-8392-1697-2 (Paperback)
978-3-8392-4671-9 (pdf)
978-3-8392-4670-2 (epub)

**ZWANGSVERSETZT** 1909. Kiel ist für Josef Rosenbaum lediglich eine Provinzstadt. Der Kriminalobersekretär wurde gerade von Berlin an die Ostsee versetzt. Sein erster Fall führt zu einem erschossenen Kranführer der Germaniawerft. In unmittelbarer Nähe des Tatortes werden Unterseeboote für die Kaiserliche Marine produziert, die das Deutsche Reich zu neuer Größe erstarken lassen sollen. Denn Kiel ist alles andere als provinziell, sondern eine Hochburg der Militärspionage. Und Rosenbaum befindet sich plötzlich mitten drin.

# Das Neueste aus der Gmeiner-Bibliothek

## Unser Lesermagazin

Bestellen Sie das kostenlose Krimi-Journal in Ihrer Buchhandlung oder unter www.gmeiner-verlag.de

## Informieren Sie sich ...

**www** ... auf unserer Homepage:
www.gmeiner-verlag.de

**@** ... über unseren Newsletter:
Melden Sie sich für unseren Newsletter an unter www.gmeiner-verlag.de/newsletter

**f** ... werden Sie Fan auf Facebook:
www.facebook.com/gmeiner.verlag

## Mitmachen und gewinnen!

Schicken Sie uns Ihre Meinung zu unseren Büchern per Mail an gewinnspiel@gmeiner-verlag.de und nehmen Sie automatisch an unserem Jahresgewinnspiel mit »mörderisch guten« Preisen teil!

**WWW.GMEINER-VERLA**
*Wir machen's spann*